文香

WENXIANG

■乔彩霞 著

陕西新华出版

太白文艺出版社·西安

图书在版编目（CIP）数据

文香 / 乔彩霞著. -- 西安 ：太白文艺出版社，
2024.7（2025.3重印）. -- ISBN 978-7-5513-2646-9

Ⅰ．I267

中国国家版本馆CIP数据核字第2024MY3386号

文香
WEN XIANG

作　　者	乔彩霞
责任编辑	王明媚
封面设计	刘柏宸
版式设计	建明文化
出版发行	太白文艺出版社
经　　销	新华书店
印　　刷	三河市双升印务有限公司
开　　本	880mm×1230mm 1/32
字　　数	190千字
印　　张	10.25
版　　次	2024年7月第1版
印　　次	2025年3月第2次印刷
书　　号	ISBN 978-7-5513-2646-9
定　　价	58.00元

目录
CONTENTS

◎ 亲情篇

003　父亲的窑洞

012　姐姐

019　婆母的粽子

025　千里槐花飘香，慈母深情难忘

028　我的父亲是农民

033　一碗黑豆糊糊饭

◎ 亲子育儿篇

039　爱·友好·成长

　　　　——《你好，小孩》读后感

045　爱要倒过来

050　伴你读书

056　宠物

1

◎ 生活感悟篇

061　春到神木

068　当生命走进人生的秋天

073　文香

078　高家堡媳妇儿

088　化妆

092　回家

098　女人的觉醒

102　染发

105　师生关系

108　他乡是故乡

113　邂逅微笑

117　燕子归来

122　阳台上的春天

127　一朝沐杏雨，一生感师恩

133　用阳光的心态面对生活

136　总有一片晴空属于你

140　消逝在手机中的时光

144　读书改变命运，书香浸润人生

◎ 旅行篇

151　北京有个天安门

155　走马观花

158　绵山的禅意，古城的证书

163　成都之美

166　第一次看海

169　陪你一起看草原

173　千人唱响清涧道情，万人瞩目袖珍清涧

176　勤劳丰衣足食，智慧创造财富

178　青海之旅

181　印象福建

184　大美桂林

189　昭君泪

193　珠海拾贝

197　点亮高处的灯

◎ 美食篇

201   熬冬印象

204   蛋如花

208   家宴

212   金线吊葫芦

216   杀猪菜

218   舌尖上的美味，味蕾中的乡愁

           ——谈清涧手工粉条

221   无肉不欢的神木人

226   月是故乡明，饼最饥时香

229   高家堡挂面高高挂

◎ 民俗篇

237   二月二，龙抬头

241   贺岁，守岁，岁岁平安

243   记忆里的老物件

246   三弦悠扬

252   指尖上的面燕

◎ 读书札记

261　自然之魂，心灵之语

　　　　——读黄浩《黄土四季》札记

266　把生命活成一束光

　　　　——读苗雨田长篇小说《石峁》有感

273　不害怕，不焦虑，向阳而生

　　　　——读史铁生散文《我与地坛》有感

276　掉落人间的小太阳

　　　　——读《苏东坡传》有感

279　九层之台，始于垒土

　　　　——读郝卡厚《逐梦》有感

285　贫穷与富贵相遇

　　　　——读《红楼梦》刘姥姥三进大观园有感

289　平凡是生命的本色

　　　　——读路遥《平凡的世界》有感

291　破茧成蝶，活出自我

　　　　——《你当像鸟飞往你的山》读后感

296　生活真实的样子

　　　　——读《喜宝》有感

298 　撕破脸皮接受命运

　　　　——读《脸面》有感

302 　为爱而生

　　　　——读《梦里花落知多少》有感

306 　文学作品里的窗子

　　　　——读《长物志》有感

310 　金杯，银杯，不如老百姓的口碑

　　　　——读贺子明《回想录》有感

315 　掬水月在手，弄花香满衣

　　　　——读《追梦黄土地》有感

亲情篇

qinqing pian

父亲的窑洞

　　八十二岁的父亲决定箍一孔属于自己的窑洞。这个消息一经传出，如一声惊雷，马上就在村里炸开了锅。一时间，村里有人讥讽嘲笑，有人看热闹，有人前来劝阻，他们说："你这么一把年纪了，箍好窑让谁住呀？黄土都埋到脖子了……"人们都觉得父亲的举动有些迂腐可笑，有些不自量力，简直是不可理喻。可父亲的牛脾气上来了，如孩子般的任性、倔强，即便天王老子也挡不住他为自己箍窑洞的念想。可谓"一言既出，驷马难追"。

　　父亲一生善良正直，无锋无芒，平平淡淡，默默无闻，但在箍窑洞这一点上却分明有点愚公移山的坚忍与顽强。父亲一生箍了二十孔窑洞，仍乐此不疲。父亲从四十岁开始箍窑洞，为了给四个儿子娶媳妇儿，一直箍到六十岁，历经了二十年的艰难岁月，终于帮每个儿子箍好了窑洞成了家。父亲几十年如一日，含辛茹苦，无怨无悔，其中的酸甜苦辣只有他自己知道。父亲每次箍窑洞都是自己从河滩捡石头、在山上炸石头，然后一块一块亲自背到数百米高处的院子，经过敲击凿打，把奇形怪状的石头修整成方正美观的、表面呈条纹状的窑面石，然后用碎石做地基、桩基，用黄土、麦秸和泥灌缝。在做这一系列工作的过程中，父亲的手上磨出了血泡，肩膀上磨破了皮，父亲挺拔的身躯变成弧形，两鬓斑白代替了满头青丝。为了修建这二十孔窑洞，父亲向别人借过钱，给别人箍窑洞当过义工，以工换工。为了还债，他甚至像许三观一样偷偷地卖过血。父亲倾注了自己一生的热情，做了孩子们忠实的"房奴"。

每一孔窑洞都饱含着父亲对生活的美好憧憬，每一孔窑洞都承载着父亲对子女深沉的爱。过去，一位农民辛勤劳作一生，最基本的愿望就是修建几孔窑洞。窑洞就是庇护，就是温暖，就是灵魂的安置之地，窑洞就是家。一个男人有了窑洞，才有了成家立业的基础，才能娶妻生子。男人在黄土地上刨挖，女人则在土窑洞里操持家务、生儿育女。窑洞是黄土高原的产物、陕北人民的象征，它代表了古老的黄土地文化。窑洞凝聚了父亲一生的梦想。老实巴交的父亲为什么要箍这么多窑洞呢？因为他有四个儿子，所以他一生都在箍窑洞，把所箍的窑洞平均分给了自己的四个儿子，每人五孔窑洞，分别独立成院，每个院子就是一个儿子的家。小院都整齐划一地铺上蓝色的石板，种上高大的槐树，砌起红色的砖瓦墙，并在垴畔、硷畔栽了桃树、枣树、苹果树、梨树等。每到春天，房前屋后鲜花盛开，芳香四溢；每到夏天和秋天，院落内外果实累累，果香扑鼻，一片丰收的景象。置身其中，如入世外桃源，让人心旷神怡，流连忘返。

可是，孩子们长大成人后，有远走高飞的，有撒手人寰、儿媳改嫁的，物是人非，窑洞都成了摆设，每一处院落都渐渐变得荒芜，杂草丛生。每年的春华秋实之时，父亲都会扛着锄头，从一个小院走到另一个小院，刨除荆棘杂草。此时，他都不由得睹物思人，长吁短叹，老泪纵横。累了他就在其中一个院子的碾盘上躺下来，做一个甜甜的梦。一些记忆猝不及防地在父亲脑海里浮现，就像雨后顶破地面冒出的豌豆苗，迫不及待地蔓延成郁郁葱葱的一片。记忆是温暖的，梦境是温馨的，回忆是幸福的，父亲愿意在自己编织的梦境里安然若素。梦里是一个槐花飘香的春天，一群毛头小伙子围着槐树玩耍嬉戏的场景和他们曾经拥有过的天真烂漫的童年时光。他的四个儿子，活蹦乱跳，围着院内的大槐树爬上窜下地玩耍，一个孩子端着饭碗坐在树杈上吃饭，一个爬上树召集小伙伴来玩打仗游戏，老槐树就是他们瞭望的"哨塔"，剩下的在老槐树下捉迷藏。母亲在树下坐着缝缝补补，他和母亲拉着家常话。一个祥和恬静的农家小院里，小狗在忠实地看家护院，小猫依偎在母亲身边晒太阳，猪圈里传来猪抢食的"哼哼"声，羊群正在槐树下悠闲地吃着孩子们玩耍时折断的树枝。一个梦接着另一个梦，就像电视上播放的连续剧。他的大儿子开着一辆崭新的桑塔纳小轿车，把车稳稳地停在他面前，车上下来一个衣着华丽、模样俊俏的姑娘，那是他的儿媳妇，他的大儿子是远近闻名的农民企业家，村里第一个万元户。他的二儿子是村里的养鸡专业户，可以称得上腰缠万贯，骑着一辆崭新的大洋摩托车在他面前来了一个急刹车，卷起一股尘土。一辆天蓝色的载货车使劲儿给他按喇叭，父亲知道那是他开烟草专卖店的三儿子回来了。紧接着一辆农用三轮车冒着浓烟停在他的面前，那是他跑运输的四儿子。今天是父亲的生日，四个儿子纷纷赶回来给他庆生，幸福的笑容在父亲沧桑的脸上绽放。最后一个梦是他的大儿子患癌症去世，他的四儿子脑溢血去世，他的三儿子因为一场车祸倾家荡产，妻离子散。一阵轰隆隆的雷声惊醒了父亲的梦，院子里除了自己，空无一人，孤独凄凉感顿时笼罩了父亲，父亲心里涌起一股白发人送黑发人的揪心的痛。父亲哭了，像极了一个受了委屈的孩子，仿佛老天爷在他的心口剜了一块肉，鲜血直流。他的泪砸在滚烫的石碾上，似有千斤重量，石碾发出沉闷的回响，泪水和着倾盆大雨洒向地面，变成了一条悲伤的河流。父亲站起来，踉踉跄跄地往家走去……这让我想起著名作家余华的《活着》里的福贵，不管经历什么，父亲都能忍耐，坚强、乐观地活着。所不同的是福贵由一个地主的儿子沦落为穷苦的农民，他的人生经历了由富裕到贫穷的大起大落，而且承受了所有亲人都死在自己之前的残酷现实；而父亲一生清贫，安贫乐道。他虽然中年痛失两个儿子，一个儿媳，但也享受到了四世同堂的天伦之乐。现在，父亲有十六个孙子，十二个曾孙，可以说儿孙满堂，子孙绕膝，可谓老有所依，老有所养，老有所乐。

父亲的一生，含辛茹苦。他一生所执着追求的就是能让孩子们都住进一孔窗明几净的热炕暖窑里，为了这个卑微而崇高的目标，他付出了一生的心血。父亲年轻的时候是十里八乡有名的木匠，他背着木匠工具箱走乡串户，给东家做个门窗，给西家做个大衣柜、书橱、躺柜。父亲的手艺精湛，一块块木头经过他的巧手雕刻就会变成一件件栩栩如生的工艺品。窑洞窗户上的图案惟妙惟肖，有蛇抱九颗蛋、梅花鹿、富贵牡丹、天下苍生、鹊上梅梢、麒麟送子、松鹤延年、五福捧寿、双鱼吉庆、葫芦万代、满天星等。花鸟虫鱼、飞禽走兽这些造型，父亲都能信手拈来，都像一幅幅艺术画。父亲给别人做了一辈子木工活，可是自己却一直住在破窑洞里，三十岁时为了逃避饥饿，他赶着驴车，车上拉着妻子和四个儿子，从远处的深山老林来到这个穷乡僻壤的小村庄。初来乍到，如一棵小草在干石板上扎根，其中艰难可想而知。先问窑（租房）住在杨员外家里，父亲做了杨员外家的长工，而母亲则成了杨员外家的用人。后来，儿子们成家后父亲自己打了一孔土窑，土窑很小，门里进去就是一盘大火炕，火炕尽头是锅灶，窑掌（窑洞的最里边）放几个粮囤和几口瓷瓮，这就是全部家当了。窑洞虽小，但足以安放父亲疲惫的灵魂。后来，父亲又用石头在土窑外面接了个石口，窑洞看起来美观大方了些，但空间小，光线暗，而且距离公路很近，每一辆车经过，都会听到震耳欲聋的声音。屋漏偏逢连夜雨，就是如此简陋的窑洞，最终因为修建210国道被拆了，父亲无奈只好住在210国道旁边的一个破败不堪的房子里，那个房子是多年前的一个养蜂人留下的。那是一间低矮破旧的房子，屋里终年不见阳光，昏暗潮湿，落满灰尘，墙皮早已脱落了，墙上凹凸不平，墙角布满蜘蛛网。父亲把屈指可数的几件摆设搬进那个破房子，房子被挤得满满当当。屋顶上的瓦片东倒西歪，已经墙不避风、瓦不挡雨了，一下雨就会漏进一地的水。秋风萧瑟，秋雨绵绵，房子的地面上积满浑浊的雨水，父亲一边用盆子往外舀水，一边咒骂着鬼天气，脸上的皱纹里写满了悲怆与无奈。一个儿子苦口婆心地劝他说："爸，求你了，住我家窑洞里吧，你住在这个破房子里也不怕别人戳我的脊梁骨吗？你是要让别人骂我们是不孝之子吗？"后来，为了顾及儿子的颜面，倔强的父亲终于同意住进了儿子的窑洞。

那年冬天，那场大雪百年不遇，整整下了三天，雪下得有两尺多厚。早晨起来，连门都推不开。山上、地上全盖上了一层厚厚的白被子，天地连在一起，白茫茫的一片。父亲想到"冬天麦盖三层被，来年枕着馒头睡"的谚语，透过皑皑白雪，他似乎看到了金灿灿的谷穗，红彤彤的高粱，黄澄澄的玉米。所有丰收的幻象激发了他的奇思妙想。第二年的秋天，父亲决定箍一孔属于自己的窑洞。倔强的父亲觉得自己是寄人篱下，所以他决定箍一孔真正属于自己的窑洞。有一句话这样说：父母的家永远都是儿女的家，而儿女的家永远都不是父母的家。父亲是个要强的人，所以对此话深以为然。

这一年的春天来得特别迟，春寒料峭，寒气逼人，但是父亲坚信这年一定是个丰收年，因为他清楚地记得去年那场大雪。瑞雪兆丰年的吉祥预言激励了父亲种地的热情。父亲比往年种了更多的土豆、玉米、谷子，种下了为自己箍窑洞的希望。六月的天像小孩的脸说变就变，刚才还是艳阳高照，此刻已是乌云密布，电闪雷鸣，暴雨倾盆。八十二岁高龄的父亲在倾盆大雨里静穆着，布满皱纹的脸上写满了虔诚。父亲认为这场雨下得及时，下得恰如其分，这一场甘霖将给庄稼赐予良好的墒情，必将给田里的庄稼足够的滋养，今年真的会是一个丰收年。父亲决定箍窑洞，他首先跑宅基地建房审批手续，早出晚归，由村委会到镇政府，再到县政府，踏破铁鞋，磨破嘴皮，终于拿到了一纸批文。然后就着手买材料，从一砖一瓦到沙子水泥，再到钢筋、木头、瓷砖，凡所应有，无所不有。接下来就是雇佣匠人，很多人不愿意帮助年过八旬的父亲箍窑洞，他们担心父亲老了，开不起工钱。父亲便把自己当年的全部收成加上多年的积蓄倾囊而出，几摞人民币一字摆在匠人的面前，那架势就像孔乙己在咸亨酒店的柜台上排出九文钱一样，脸上写满了坚定的信念。匠人被父亲的执着与虔诚感动，也被一字排开的几万元人民币打动，这才放心地开工了。

　　经过十几天的辛勤劳作，父亲的窑洞要合龙口了。和以往修窑洞一样，合龙口的时间定在中午十二时。父亲在窑面上贴上一副大红对联"下石喜逢黄道日，合龙正遇紫微星"，横批是"黄道吉日"。负责施工的石匠师傅，在这孔窑的码头石最上面预留出一个小口，父亲在"龙口"内点了三炷香，烧了三张黄纸，又把装有谷子、糜子、豇豆、麦子、麻子的小红布袋等用五色线绑在口石旁的钉子上，将五块不同颜色的布尖尖用线穿在一起，用五色线把一双新红筷子绑成"十"字叉，将这些都挂在钉子上。挂好这些东西后，石匠师傅站起身，从上而下把绳子垂在地面上。父亲连忙把地面上一块准备好的口石拴牢，石匠大师傅边往上提绳子和口石，边高声唱道：

　　石头好像一条龙，摇摇摆摆不起身。

　　单等主家挂花红，花红挂在龙头上。

　　父亲见状，便快速在悬空的石头上绾好给石匠大师傅早已准备好的一块大红绸缎被面，以及几百元压喜钱。一是寓意今后的生活红红火火、吉祥喜庆，二是向辛苦多日的石匠师傅表达谢意。石匠师傅迅即把绾着花红的口石吊上去，喜钱装入自己的腰包，红绸被面披在身上，把口石小心翼翼地放入事先预留好的龙口中，表示龙口正式合好了！在噼里啪啦的鞭炮声中，父亲站在属于自己的崭新的窑洞前，他的脸好像绽开的白兰花，洋溢着满足和喜悦。虽然他发白如雪，但那是岁月沧桑撒下的鲜花；虽然他弯躯如弓，但那是时间老人积蓄的能量；虽然他手如槁木，但那是神农赐予的硕果。

姐姐

　　姐姐，是让人倍感温暖而又亲切的称谓，而我有幸沐浴在姐姐的深爱中，如孩子般汲取她的阳光雨露，感知她的情深意长。

　　记得姐姐八岁的时候就蹲在灶台上做饭洗锅了，因为母亲生下我以后身患重病，不能下地干活了。八岁的姐姐整天被繁重的家务活所拖累，既要为一家八口人做饭，又要照顾年幼的我，还要养羊喂猪，所以耽误了上学，不曾迈进学校的门槛半步。然而姐姐却是一个非常渴望读书的人，她每天背着我去学校，然后忙里偷闲地站在教室外面静静地听老师讲课，等到放学接我的时候，竟能背出所有讲课内容。回家后她也和我一起看我的课本，比上学的我还懂得多。当我向父亲请求让姐姐和我一起上学时，父亲还没开口说话，姐姐便无奈地摇头，推脱说自己要在家做营生，要照顾生病的母亲，当然还有一个重要的原因是这时姐姐已经十几岁了，超过了上学年龄，不好意思和学前班的我坐在一起上学。于是我每天回家都和姐姐在一起，一起挑水，一起割猪草，边干活边教她当天所学知识，所以我俩在一起总有说不完的话，从小两个人心有灵犀，既是姐妹，更是知己。就这样，姐姐的上学问题被无奈地搁置，但是不甘落后的姐姐硬是把我的小学课本全部自学了一遍，写信、记账都能够勉强应付。

姐姐心灵手巧，针线活儿做得非常精致，会做千层底的布鞋，会缝鸳鸯戏水的鞋垫儿，辛苦地为父母亲、四位兄长和我缝制了十几年布鞋。每天干完农活，姐姐就在灯下一针一线地为全家人做鞋，一双双布鞋做好后被姐姐编写上阿拉伯数字1—8，家里八口人，人人有份，有厚实的棉鞋，有轻巧的凉鞋，有补口鞋、毛底鞋、浅口鞋、拉带鞋，凡所应有，无所不有。而姐姐给我做的鞋更是用心，鞋面做成老虎的形状，或者在鞋帮上绣个蝴蝶结，我穿出去，左邻右舍的孩子都羡慕不已，大人们更是赞不绝口，我也常常为自己有一个巧手姐姐而无比自豪。姐姐还剪的一手好窗花，捏的一手好面人。每年春节前夕，村里人都把红绿纸拿到我家，排队等候姐姐为他们剪窗花。姐姐完全按照自己的想象，刀起纸落，各种栩栩如生的剪纸就呈现在众人面前。所剪图案有蛇抱九颗蛋、三羊开泰、吉祥如意、连年有余等，不胜枚举。每年清明节前夕，村里人纷纷争着请姐姐到自己家里捏面花，一块寻常的面团，被姐姐三下五除二就捣鼓成了一个玲珑可爱的面花，有小燕子、小狗、小猴子，也有大老虎、大狮子，还有子推馍、抓髻娃娃。人们为了感谢姐姐，都会送一个大面花给姐姐，姐姐舍不得吃，就拿回家给我吃。有时候我吃不完，姐姐就砍一棵酸枣树回来放在窗台上，把别人赠送的面花全部别在圪针上，花花绿绿的，成为乡村的一道美丽风景，羡煞邻家小孩。后来流行织毛衣，姐姐很快就学会了，首先为我织了一件大红色的开襟毛衣，手法是美国大平针。我穿在学校里炫耀，被老师慧眼识珠，老师推荐姐姐去了县里的地毯厂。姐姐不仅手法快，又能别出心裁，很快成为厂里的骨干，姐姐终于不用每天绕着锅台转了，可以在城里一展手艺，还因此与当时红极一时的供销社职工姐夫结了婚，育有一儿一女，生活向小康迈进。然而，改革的大潮风起云涌，很多国企面临改制，姐姐本来就是临时工，只能无奈下岗。下岗后，姐姐摆小摊，卖日用百货，每天安顿好年幼的孩子，骑着一辆半旧不新的自行车，载着大包小包去赶集，到了集市，支起货架开始营业，每天如此，风雨无阻。虽然天道酬勤，但是终因竞争激烈，导致姐姐的货物卖不出去。就在生活如此艰难的情况下，姐姐仍每个月按时给我寄生活费，为我买新衣服、新鞋，因为她不想让我因贫穷而产生自卑感。

　　苦心经营生活的姐姐终于等到我大学毕业的好消息，她委婉地向我说明她举步维艰的现状，她的孩子已经到了上学年龄，家乡落后的教育不能满足孩子的求知欲，因 210 国道改道延川，她所在的折家坪镇生意一落千丈，她不知道前方的路该如何去走。而我年轻气盛，初生牛犊不怕虎，决定带姐姐一家到 S 城创业，姐夫坚决反对，姐姐却带着两个孩子与我一路北上。初来乍到，租赁了五十平方米的房子，我们姐妹俩带着两个孩子便开始了蜗居和创业。姐姐用自己的全部积蓄租下了当时无人问津的新元大厦二楼全部柜台，然后把柜台五分之四转租，自己只留五分之一台面，售卖床上用品和日用针织百货。第一次和姐姐到西安进货，坐着大巴车昼夜兼程，一到西安，顾不上吃饭，我们俩就在康复路、李家村、小寨等批发市场来回穿梭，反复对比，最后大包小包地进了许多货。配齐了货品货号，我想终于可以喘息一下，吃点饭补充一下能量了，可姐姐说还是先把货托运了，再轻松吃饭。于是她扛着几个大包上了扶梯，我提着几个小包战战兢兢不敢迈上扶梯一步，就在我犹豫不决时，后面有人用力推了我一把，我就随着涌动的人潮上了扶梯。把货物全部放上大巴车，正准备去吃饭，姐姐突然发现我的小包被人割了一条大口子，进货剩下的饭钱、路费全部不翼而飞了。我们只好饿着肚子求大巴司机把我们捎回去，再付车费。一路饥寒交迫，但心里想着美好的明天，一切从容。

　　姐姐的第一单生意就让我产生了弃商从教的念头。一天早晨刚开门，一个打扮时尚、外表光鲜亮丽的女子来买床用，我们热诚接待。她几乎把所有的样品包装全部打开，反复对比，仔细挑选，折腾了一个多小时，终于挑好一套一米八的七件套，姐姐要价一千二百元，顾客硬砍至六百元，为了开市，我们就勉强答应，其实还不够进货价。包装好后顾客提了一下说太重了，拿不了不买了，我自告奋勇地说我送货。于是我提着沉甸甸的七件套，蹬着一双高跟鞋，深一脚浅一脚，七拐八弯终于到了一座旧式单元楼，没有电梯，我一鼓作气把东西提上六楼。她突然提出要试一下大小，我便帮她试，结果床罩太大，她竟不知道自己家的床多大，明显是一米五的床却买了一米八的床罩。我问她怎么办。她说："你好人做到底，帮我换个小的吧。"我气急败坏地把那套床用提回门市，对姐姐一通发火，姐姐耐心地重新包好一套一米五的就要去送货，她说顾客就是上帝，不可怠慢。我说还是我去吧，因为我根本不会叠柜台上被顾客弄乱的东西，更应付不了那么多顾客的讨价还价。等把东西送完已经中午十二点多了，此时我头昏脑涨，四肢无力，深感经商之不易，下决心去应聘教师。但是为了生计，姐姐坚持了下来。由于姐姐诚信经营，薄利多销，她的生意做得风生水起，二十年来，姐姐不仅扩充了门面，还注册了自己的商贸公司，经营范围由床用扩展为文化用品、体育用品、劳保用品、办公用品，规模类似于小型超市。后来，姐姐的两个孩子都大学毕业并考取了公务员，现在都在省城工作，姐夫提前离岗，帮助姐姐打理生意，姐姐在省城和S城都按揭了商品房，生活幸福安康。

有时候，我看见姐姐太辛苦了，劝她放弃做生意，她便语重心长地对我说："现在还不行，用钱处多着呢，要赡养老人、给儿子娶媳妇儿、给女儿准备嫁妆。"想想处于中年的她，确实任重道远，因为她心里装着每一个亲人，并时时处处替家人着想。二十多年来，她包揽了我们全家人的衣服，每次进货都为我们家人买衣服鞋袜，正因为有姐姐代劳，我竟然不知道自己老公和孩子衣服的尺码。姐姐在我生命中还扮演着母亲的角色。2008年S城流行婆婆为儿媳妇送金猪，她知道我婆母已病故，就为我买了奥运福娃吊坠。

姐姐不仅人长得俊俏，还做得一手好菜，简单的食材在她的手下顿成美味佳肴，不仅色香味俱全，而且让人回味无穷，口齿留香，但凡吃过她做的饭的人都会发出由衷的赞美。

我平时习惯到姐姐家蹭饭，边吃饭边回忆童年，或者静静地坐一会儿，也会感觉特别惬意，非常温馨，就像在母亲身边。如今已过不惑之年，我依然一如既往地能收到姐姐给的压岁钱，这是姐姐对我满满的爱。

我常常想，如果姐姐当年能进入学堂，能上学读书，一定会更有出息，肯定是那种上得了厅堂下得了厨房的超级女神，自然就不用吃那么多苦，受那么多累，在生活的历练中成为名副其实的女汉子。来 S 城二十年她吃了多少苦流了多少汗，只有她自己心里清楚，可喜的是她在 S 城已站稳脚跟，并一步步越走越稳。马上就是姐姐五十岁生日，祝福姐姐永远美丽，生意兴隆通四海，财源滚滚达三江，幸福日月长。

婆母的粽子

每逢佳节倍思亲。又是一年端午节，婆母离开我们已经整整十五个春秋了，我一直没有勇气触摸那份嵌入灵魂深处的记忆，更没有勇气写下关于她的只言片语。可谓："泪纵能干犹有迹，语多难寄反无词。""鸿雁在云鱼在水，惆怅此情难寄。""换我心，为你心，始知相忆深。"小院昨夜又东风，往事不堪回首月明中，晓梦何时沾巾，知是婆母入梦来。梦中婆母手把手教我包粽子，她一言不发，只是默默地注视着我，欲言又止的样子，当我要邀请她吃粽子时，她突然不见了。梦醒了，我的心口堵得慌，头痛欲裂，突然意识到端午节到了，该给她送粽子去了。每年端午节，我和爱人都会匆匆赶回家，买些粽子放在她的坟头，就像她活着的时候早早包好粽子捎到每一个儿女家一样。不同的是她表达的是真心实意的母爱，而我们寄托的是无法排遣的哀思和无法抵达的爱。

第一次吃婆母包的粽子是在大学期间，婆母包好粽子千里迢迢送到我和爱人所在的学校，她对未来的儿媳一无所知，当爱人在学校大门口的牧心餐馆，带着我出现在她的面前时，她无限爱怜地看着我，从随身携带的包裹里变戏法似的拿出一个粽子递给我："自己包的，赶紧吃了。"我恍惚中感觉到一股母爱的暖流在浑身弥漫开来，没有丝毫拘束，风卷残云，狼吞虎咽，转眼几个粽子下肚了。婆母慈祥地看着我："看把这孩儿饿的。""不是，不是，是您包的粽子太好吃了，甜而不腻，黏而爽口。"她说："好吃，你就每年端午都来家里吃粽子。"我和爱人相视一笑，这意味着婆母已经同意我成为她未来的儿媳了。丑媳妇儿总要见公婆，幸运的是我在一顿粽子的美餐中已经深得婆母喜爱，她大约在我的吃相中读懂了我的实诚吧。作为农民的婆母，她对儿媳的审美价值大约就是老实巴交，对她的儿子从一而终，两人能够相伴一生吧。而我也在婆母的粽香里认识了婆母，记住了她的善良慈祥。

最后一次吃婆母包的粽子是在我结婚七年以后。那天，婆母像每年端午节一样，早早地买好红枣、粽叶，将糯米泡在水里。泡好以后，就坐在院子里的梨树下开始包粽子。可这一次与往年不同，郁郁葱葱的梨树与婆母斑白的头发、孱弱的身体形成鲜明的对比。她干瘦的手指灵巧地拨弄着绿色的粽叶、红色的枣子、白色的糯米，动作娴熟，三下五除二，一个个棱角分明、结实可爱的粽子就包好了。就像古诗里描写的那样："碧装束裹三角尖，玉带一缕腰间缠。未解罗裳清香送，无限诱惑在里边"，让人看了垂涎欲滴。当时，婆母已进入生命的最后时刻，她想拼尽全力最后再包一回粽子，最后再爱儿孙一次。她也想把一份深深的母爱融入小小的粽子里，延续在儿孙未来的生命里。她说："孩儿们，你们都过来学学包粽子，以后我不能再给你们包粽子了，你们就自己动手包粽子吃吧。"我儿子撒娇地趴在她的肩膀上，不解地问："奶奶要去哪里呀？"婆母淡淡地说："我要去很远很远的地方。"儿子又问："奶奶什么时候回来呀？"只有小学文化程度的婆母却笑着做了一个非常诗意的回答："来生。"听着她们祖孙的对话，想着婆母不久将与我们阴阳两隔，我的眼泪簌簌地流下来。爱人和他的兄弟姐妹们都一边包着粽子，一边默默垂泪，泪水中包含着对母亲的无限不舍和眷念。三年前，她患了食管癌，她的孩子们倾其所有为她四处求医问药，可还是没有有效控制病情。人生最大的痛苦莫过于眼睁睁地看着自己最爱的人的生命一点点地走向终点，却无力挽救，那是怎样的一种绝望和痛苦？

　　婆母的一生命运多舛，她一边种地，一边帮子女们照看孩子，可谓含辛茹苦，任劳任怨。如今她一手带大的四个孙子，活泼可爱，纷纷背上小书包，可她没来得及享受孩子们对她爱的回报，就要撒手人寰，这让人心如刀绞。虽然我和婆母没有血缘关系，却亲密无间，像久别重逢的故友一样，无话不谈。她手把手教会我洗衣做饭，苦口婆心地教导我很多做人的道理。因为结婚之前，我被自己的父母娇生惯养，过着衣来伸手、饭来张口的日子，以致四体不勤，五谷不分，不会做家务，更不懂人情世故。婆母看我如此任性，并不多言，只是对我讲了她的童年和人生经历，她大约是想用她的经历言传身教，教育我如何做人做事。她说自己幼年失去父母，跟着兄嫂长大，从小就看别人脸色行事，时时小心，处处在意，总是抢着做家务，争着干最苦最累的活。她也讲了自己结婚后租住在一个大户人家的院落里，院落主人财大气粗，横行霸道，经常无端刁难，不许孩子在院子里大声喧哗和追逐打闹，不许在院子里晾衣服，不许在家里请客吃饭……但是房主却在婆母家的春灶前安着鸡窝，灶台上方拉着晾衣服的铁丝，房主家孩子的尿布就搭在上面，而性格内敛的婆母从来不说什么。在人民公社时期，为了赚得工分贴补公爹微薄的工资，以养活一家六口人，她常常早出晚归，辛勤劳作，主动挑脏活重活干，回到家还要养猪喂羊，含辛茹苦地抚育四个孩子。

她重视教育，也注重培养子女自强不息、为而不争的生活态度。在她的严格教育下，四个孩子全部考上大学，并走上工作岗位。她的性格正像一只包裹得严严实实的粽子，把所有的苦难、委屈、辛酸都深深地埋在心里，而正是这种长期的压抑、隐忍，加上生活上的克勤克俭和超负荷劳动，使她最终积郁、积劳成疾。

"快去煮粽子吧。"婆母孱弱的声音把我的思绪拉回现实中，我赶紧拭干了泪，帮她煮粽子。粽子在偌大的铁锅里煮了整整一夜，满屋弥漫着粽子的香甜。我们都彻夜未眠，婆母不停地咳，不住地吐出猩红刺鼻的痰，她的孩子们轮流给她捶背、换痰盂，给她喂水。一夜折腾，终于熬到天亮，婆母却安静地睡着了。慈祥善良的婆母经历了三年炼狱般病痛的折磨，带着对家人无限的牵挂与不舍，带着她曾经度过的五十四个春秋，再也没有醒来。她没有吃最后一口粽子，她已经很久滴水未进了。端午节，对婆母而言是一个生死劫，她用生命的余热，为孩子们熬煮了一锅香甜可口的粽子，为孩子们书写了一段刻骨铭心的关于粽子的记忆，而自己却没有能够跨越那道坎。面对一锅粽子，家人触景生情，号啕大哭，肝肠寸断。婆母的粽子在我们的生活中画上了一个悲痛的句号，但在我们的生命中历久弥新，芳香远播，虽然每次吃粽子都会泪流满面，心如刀割。

最后，把舒婷的诗《啊，母亲》献给婆母，祝福她在天堂里安息。

千里槐花飘香，慈母深情难忘

  母亲打电话说院子里的几棵槐树都打起了花苞，问我哪天有空，给我捎一筐槐花。她知道我爱闻槐花的香甜味道，爱吃槐花做成的美味佳肴，比如槐花糕、槐花麦饭、西施泪花（凉拌槐花）等，所以每年春天母亲都要千里迢迢给我捎来鲜嫩洁白、甜爽可口的槐花，几十年如一日，从未间断。

  然而，随着母亲年龄的增长，我越来越不愿接受母亲捎来的槐花，因为我担心母亲在采摘槐花的过程中，有什么闪失。虽然母亲身体硬朗，年近八旬依然能在家里的十亩地里春耕夏耘，秋收冬藏，能让果园里的桃树、杏树、苹果树、葡萄树、红枣树等硕果累累，十里飘香。但母亲毕竟老了，行动有些迟缓，身体远不如从前灵活，所以，昨天我断然回绝了母亲给我捎槐花的想法。我违心地说："千万别捎了，我现在已经不爱吃槐花了。"她半晌没说话，从沉默里我感觉到母亲的失望，赶紧安慰她说："你别捎，等我清明节放假回来自己摘，你给我做槐花糕吃。"母亲像孩子得到奖赏一样，顿时开怀大笑，愉悦地说："晓得了，晓得了。"

遥想当年，家庭生活困顿，每到农历二三月，家里粮食就断顿了。巧妇难为无米之炊，但勤劳善良的母亲总能想方设法为孩子们弄一口饭吃，摘一筐槐花，捋一把榆钱，挖一筐苦菜，拿回家清洗干净，配上少许玉米面，加些小蒜、沙葱、盐等少许作料，再放到锅里蒸熟，变成蒸槐花、蒸榆钱、蒸苦菜，就能填饱全家八口人的肚子，而槐花因其香甜可口更是无与伦比的美味。后来，生活日渐富裕，母亲便用槐花做成各种吃食，如槐花糕、槐花麦饭、槐花煎饼、槐花包子。直到多年以后，我仍能想起母亲做的种种槐花食品，并为之垂涎三尺。

一天中午，我正在单位忙得不可开交，突然有一个陌生电话打进来，出于礼貌我还是接听了，电话里传来一个中年男子急不可耐的大喊声："你是××吗？立马到车站接东西，从老家捎上来的。"不容我反应过来，电话就挂断了。我赶紧请了假，火速赶往汽车站，果然是母亲捎来的一大筐槐花。看着一筐新鲜娇嫩的槐花，闻着槐花散发出来的淡淡的清香，我顷刻间潸然泪下。家里的槐树每一棵都树干粗壮，需几人方可合抱，树冠遮天蔽日，郁郁葱葱，槐花高高垂挂在长满刺的枝条上，母亲是如何把槐花从槐树上捋下来的？是颤巍巍地爬上树干，猫着腰，弓着背，抖抖索索地一串一串把槐花摘下来，还是一步一步蹒跚着爬上陡峭的木梯，再细致入微地摘下朵朵槐花，还是砍断柔韧的浑身是刺的槐树枝，再认真地摘下每一朵槐花，我不敢细思量，更不敢发挥想象，想象里全是危险的景象，想象里全是担忧的幻想。总而言之，有一种神奇的力量，大约是伟大的母爱吧，让高不可攀的槐花，如云朵般落入母亲的筐中，然后路途迢迢，辗转来到我所在的城市，变成我餐桌上的美味，抚慰我味蕾中的乡愁。

我来神木已经几十年，母亲隔三岔五地给我捎东西，有时是一筐新鲜的韭菜，有时是一篮白花花的土鸡蛋，有时是一袋土豆和南瓜，有时是一袋刚从地里掰下的玉米棒子，有时是一箱香甜可口的大红枣、葡萄、苹果、梨……每次捎东西，母亲都不忘叮嘱我给亲朋好友、街坊邻里送一些。凡是吃过母亲捎来的东西的人，都对母亲亲手栽种的瓜果蔬菜赞不绝口，我也为此自豪无比。捎来的东西里饱含着一个母亲对远嫁的女儿深深的爱与牵挂，可谓千里槐花飘香，慈母深爱永藏。

我的父亲是农民

　　我的父亲是农民，他平凡如黄土地，沉默如大山。他用朴实无华的爱给予我生命，与母亲一起抚育了自己的六个孩子，十六个孙子、孙女，以及十个重孙。父亲幼年丧母，每天都要上山砍柴放羊，经历过最困难的饥荒年月；他年轻的时候当过长工，赶过牲口；老年的时候，他失去了两个儿子。无论是面对幼年的苦难，中年的艰辛，还是晚年的悲伤孤独，他都用大山般的缄默、钢铁般的意志坚强地活着，坦然面对多舛的命运，淡定地应对生活中的种种磨难。父亲是万千普通农民中的一员，他具有倔强的性格，独立自主，自强不息，不卑不亢。

　　父亲的农民身份第一次让我感到自卑大约是在我读初一的时候。父亲一大早从家里出发，带着煮熟的玉米棒子、红薯等步行六十里路来学校看我。当时我正在上课，父亲无所顾忌地推门而入，一边大声喊我的乳名，一边不容分说地把吃食放在我的课桌上，扭头就走了。不一会儿他又推开门对我说，吃的时候记得用热水泡一下。教室里顿时爆发出哄堂大笑，当时我羞愧极了，觉得父亲不仅扰乱了课堂秩序，还丢了我的脸面，仿佛所有的人都嘲笑我，我的世界充斥着讥笑的空气。我无地自容，只有把头埋在课本中，任凭委屈的泪水长流。

这种自卑感延续了很多年，直到有一天，我去儿子就读的高中看他。当时正在上晚自习，因为忙，我就迫不及待地敲打他的教室玻璃窗，他慌张地跑出来，问我怎么来学校找他，是不是家里有什么事，语气里有关切，但更多的是嗔怪。于是我就在想，儿子是不是也会因为他的母亲平凡丑陋而产生自卑感，是不是也像我当年嫌弃父亲一样。他不知道我是乘坐火车千里迢迢地赶着去看他，第二天早上要去省城开会，晚上就要返回家，此刻是我见他的唯一时机。这正如我当年并不知道我的父亲一天要步行一百二十里路往返学校与家中，他在我上课的时候无所顾忌地闯入教室，是因为要刻不容缓地返回家。即使一刻不敢耽误，他也要摸黑才能到家。想到父亲当年的艰难困苦和我的年少不懂事，不由得潸然泪下。

大学毕业分配的时候，我对于农民身份的父亲，不抱任何希望，更不奢望父亲能为我联系一个可心的单位。

但我的父亲是一个不认输的人，他得知村里有个人在市里当官时，便产生了试着找找的想法。于是一大早，父亲就背着一箱家里的苹果匆匆上路了，当我们到达那个乡党家里的时候，太阳已火辣辣地照在头顶。父亲汗流浃背地背着苹果，四处打听那个乡党的住处，直到天黑了才找到他家门口，那人却说自己帮不上忙。父亲显得局促不安又束手无策，他颤抖着手从衣兜里掏出皱巴巴的二百多元钱，虔诚地递给乡党。这一举动激怒了乡党，他恼羞成怒地一扬手，那些零钱如秋天枯黄的落叶纷纷飘落在洁净的地板上，显得寒碜十足，犹如我那颗无助失落的心。父亲蹲下来用粗糙的手去捡钱，我弯下腰搀扶父亲，眼泪如断线的珠子滴在父亲的手上，也滴在那一堆零钱上。我和父亲匆匆离开。

当时我觉得父亲是如此不合时宜，父亲是多么无能。我在幻想如果我的父亲是权高位重的高官，或者是腰缠万贯的富翁，那么我心仪已久的报社记者职位也许就唾手可得了，因为我曾经在该报刊的副刊上发表过几篇文章，有一定的基础，但我的父亲是目不识丁的农民。想到这些，再目睹父亲的窘迫不堪，我气急败坏地拂袖而去。父亲拼尽全力追上我，并给我买了一碗热气腾腾的羊肉面，自己要了一碗面汤，拿出出门的时候母亲给带的干饼，准备吃饭。我的心一下子被揪得生疼，难以下咽，赶紧又要了一个碗，把面给自己留了一少部分，其余的让给父亲。一碗面父女俩互相推让着吃了很久，仿佛面中蕴含了人生千般滋味。我顷刻间长大了，于是我决定远走他乡，自谋出路，不再为难农民父亲。

我参加工作以后，父亲常常给我送来大包小包的玉米、小米、梨、枣、蔬菜等，我再把它们分享给我的朋友、同事、邻居们，吃了父亲种的农副产品的亲朋好友们都赞不绝口，每每此时，我的心中就会油然生出一种自豪感、幸福感。我很庆幸，我的父亲是农民。

我知道，父母陪伴自己的日子正在做着减法，所以尽量多回家看看，或者带着他们四处走走，不希望他们一辈子固守一方贫穷的山水。我曾经让他们和我一起居住了三年，但勤快的父母闲不住，他们说住在钢筋水泥混凝土的单元楼里如同笼中的鸟儿，失去了自由与活力，人变得焦虑不安，甚至有些颓废。所以，他们决定回到自己的快乐老家，成了快乐的留守老人，为儿孙看家护院。

父亲老了，坐下来就打盹，和他说话他也爱搭不理的，带他出去走几步就想坐下来，目光忧郁涣散。我看着他，真想流泪。带他去检查，"脑梗"二字把我彻底击垮！高大伟岸、刚毅倔强的父亲，如今积劳成疾，郁郁寡欢。回家几日，他每晚固执地睡在我的车上，生怕人家把轮胎卸了，把车油偷走。我说车不值钱，没人要，他置若罔闻，每晚忍受虫叮蚊咬。他每年都要固执地将亲自种的土豆、玉米等拿给我。看到我回家只穿一身衣服，就偷偷塞钱让我买新衣服，其实我衣柜的衣服比他每天抽烟的数量还多，只因走得匆忙忘带而已。父亲朴实无华如黄土地，苦难深重地被岁月耕种，伤痕累累，缄默不语。祈愿父亲晚年安好！

　　每次回娘家，我就像孙悟空重返花果山，果园里梨树、枣树、葡萄树缀满沉甸甸的果实，信手拈来都是香甜可口的美味，极目所望全是金灿灿、红彤彤、黄澄澄的丰收景象。这些都记录着我对故乡无限的眷恋，它是我童年的乐园，是我少年的王国，是我青春的伊甸园，更是我中年的精神家园，那里有年迈的父母苍老无助的期盼，也有我割舍不掉的牵挂。父母在，家就在，"花果山"承载着我的爱！在每个这样的幸福时光，我都会无限自豪地告诉我的同学、同事：我骄傲，因为我的父亲是农民，是他亲手栽培了各种果树，是他给了我一方舒心的桃花源。父亲终于升级为我的自豪，我幸福的骄傲！

一碗黑豆糊糊饭

记得 1995 年来神木的第一天，婆母给我熬了一碗黑豆糊糊饭，她一边给我盛饭一边说："黑豆糊糊饭，一碗不饱，两碗顶穿个棉袄。"我说："那我一定要吃两碗。"当时刚下了一场秋雨，凉飕飕的，我端起碗，映入眼帘的却是黑乎乎的稀饭，色相不佳，我顿时没了食欲。我印象中，黑豆是用来喂养牲口的，现在竟然做成稀饭让我吃，心里不免五味杂陈，但碍于面子，我也只好硬着头皮往口里扒拉。不吃不知道，尝一口却让人回味无穷，其貌不扬的黑豆糊糊饭味道鲜美，口感爽滑，一股浓浓的豆香味沁人心脾。如婆母所言，一碗根本吃不饱，我连吃三碗。吃完，我好奇地问婆母："饭里面看不见黑豆，为什么叫黑豆糊糊饭？这种饭怎么做的？太好吃了。"婆母便给我简单地讲了一下黑豆糊糊饭的做法：先把黑豆在石磨上磨成面，然后和小米一起放在锅里熬。第二天早上，婆母下地干活去了，我想学着熬一锅黑豆糊糊饭，好让婆母一回家就能吃上现成的饭。于是，我就开始生火做饭，我先倒进半锅水，再舀了一大碗黑豆面、一大碗小米倒入锅中，盖上锅盖。之后，我就拿起一本小说《穆斯林的葬礼》坐在院子里开始读了，一读就忘了锅里还做着饭。一会儿，婆母从地里回来，她急急忙忙走进屋里，我也赶紧跟进去，眼前的场景让我一下子傻眼了：灶台上、脚地上遍是黑豆糊糊饭，屋子里充斥着一股浓浓的煳味，锅里没有一点儿稀饭，锅底粘满一层黑乎乎的稀饭颗粒，一股浓烟从锅底冒了出来。我羞得无地自容，局促不安地看着婆母，不知如何是好，出乎我意料的是婆母并没有责备我，而是微笑着说："要吃好饭，煳煿烟窜。"她的一句笑话顿时化解了我的尴尬，我便竹筒倒豆子似的一股脑儿说了我是怎么想的怎么做的。婆母纠正了我这次做饭的几个错误：首先，下料太多，这么少的水竟然煮了两碗料；其次，不能在冷水里煮米；最后，在熬煮的过程中人不能离开，要拿勺子不停地扬汤，这样才能煮出光滑细腻、香甜可口的黑豆糊糊饭。婆母还说，黑豆糊糊饭确实不好熬，全靠掌握火候和时间，熬久了稀烂，火小了米水两张皮，时间短了又半生不熟的，喝起来会感到很涩。

我问婆母："好好的黑豆为什么不整粒煮着吃，而要磨成面呢？"婆母说："还不是因为当时家里穷，缺吃少穿，为了节省粮食，同样多的黑豆磨成面煮在水里就会变多，汤就会变稠，这样就可以清汤灌大肚，填饱肚子。"我说："那么，黑豆糊糊饭是谁发明的？这个人可真聪明。"婆母叹口气说："谁发明的我不晓得，当年咱家隔壁邻居是卖豆腐的，做豆腐会产生豆腐渣，他看见咱家孩子多，没粮吃，很同情，就把豆腐渣送给咱家，我就试着把豆腐渣放在锅里煮，看能不能再做出点儿豆腐来，结果豆腐没有做出来，却发现在煮豆腐渣的水里加入少许米就可以变成好喝的粥。后来，家里的日子好了些，就自己在家里磨黑豆面，将黑豆放在石磨上磨，磨一次用纱罗子罗一次，罗出的豆子面用来蒸黑豆窝窝头吃，把既有豆子面又有小米颗粒一样大的豆子糁粒熬黑豆糊糊喝。""哦，真是一个不错的吃法。"婆母接着说："在吃黑豆糊糊饭的时候还可以蒸一些刚从地里刨出来的土豆，就着吃。把蒸熟的土豆剥了皮放碗里用筷子夹烂，再撒些儿胡麻盐，非常好吃。吃完胡麻盐土豆，再喝一碗黑豆糊糊饭那就赛过神仙了。"

现在，神木人民的生活水平大大提高，餐桌上可以喝到的稀饭有很多种，有绿豆稀饭、红豆稀饭、黄豆稀饭、土豆稀饭、扁豆稀饭、红小豆稀饭、豆腐稀饭，还有和菜饭、粉浆饭、豆浆饭、羊肉腥汤饭、和面饭、红枣饭等，林林总总品种之多，风味各异，令人回味无穷。但我还是最钟爱那一碗黑豆糊糊饭，因为那一碗黑豆糊糊饭里饱含着慈母的无限深情。在积贫积弱的艰苦岁月里，婆母用那一碗碗黑豆糊糊饭含辛茹苦地养育了她的子女；在和平幸福年代，婆母又用一碗碗黑豆糊糊饭喂养她的孙子们。婆母用农村黄香柔滑、质黏味醇的新小米加上黑豆面，熬出来的黑豆糊糊饭上面漂着一层油，米粒儿悬而不浮，味道香而不腻。她每天都会给她的孙子熬黑豆糊糊饭喝，为此孙子们一个个脸蛋圆鼓鼓、粉嫩嫩、红扑扑的，从来不感冒，不生病。所以，用黑豆面熬成的稀饭，对我的家人来说，无论是贫困潦倒时还是丰衣足食时，永远是最好的美食，永远无法替代。一碗黑豆糊糊饭，饱含着一份朴实无华的母爱，滋养了三代人。如今婆母早已驾鹤西去，徒留下晚辈对她绵长的思念。就让我用一碗黑豆糊糊饭剪下一瞬间的光阴，送上一世纪的祝福，写上一千里的问候，报以一万年的平安，愿你处处尽春风，无论你在眼前或天边，我将真心为你祝福，愿你在天堂幸福快乐！

亲子育儿篇

qinzi yu'er pian

爱·友好·成长

——《你好，小孩》读后感

对儿童友好、善意养育是《你好，小孩》的主题，而整本书是通过爱来表现主题的。爱是一个人喜欢另一个人的美好感情，爱的有无是由被爱者决定的。孩子是经由我们的身体来到这个世界上的，他是独立的个体，他属于他自己，每个人都有被爱和施爱的权利。爱一个人，就尊重他是一个完整的个体，独立的人。自尊心是一个人的脊梁骨，是一个人精神人格的重要组成部分。我们爱孩子，就首先要学会尊重孩子，平等地对待孩子。可是我们经常以爱的名义，打着一切对孩子好的旗号伤害着孩子。比如孩子要吃一个苹果，我们却死死地拿着一个梨给孩子，并说："孩子，这是梨，梨对人身体好，维生素含量高，吃了吧，孩子。"但是孩子就是想吃苹果，这完全剥夺了孩子选择的自由。《你好，小孩》极力推崇儿童思想自由，父母完全以平等的身份与孩子和平相处，俯下身子倾听孩子的声音，面带微笑与孩子真诚对话，充分给孩子爱与自由，让孩子健康快乐地成长。

　　很多人看到书名第一眼会认为这是作者自己带孩子的一些经验总结，实则不然，因为作者曾经为央视记者及主持人，此书视野开阔，素材丰富，论证也很充分。她围绕着与小孩息息相关的六个关系展开论述：第一章是自我关系。她从孩子自身开始讲起，讲到尊重孩子的天性，以及如何帮助他们建立真正的自我成长的根基。第二章是亲子关系。她写到孩子的妈妈在这段亲子关系中扮演的角色，以及其如何与孩子建立有效且健康的养育关系。第三章写到爸爸，虽然很多人喜欢调侃丧偶式教育，但此书辨析了父母对孩子的不同影响下的不同行为，算是为爸爸发声，也讲述了爸爸应该如何有效地承担起一个父亲的责任。第四、五、六章外延到家庭、学校以及社会与小孩的关系，通过友好型的家庭、学校以及社会，来搭建孩子认知世界的阶梯，共同塑造孩子的心灵。

　　书中很多地方让我感触很深，引发了我强烈的共鸣。比如作者说到自己女儿本本有一天在公园里捡了根破树枝回家，本本说很像哈利·波特的魔法杖，作者克制住了觉得脏，容易割到手、弄坏家里器皿等各种内心戏，随她去了。本本跑去问爷爷怎么做成魔法杖。爷爷告诉她要削皮，还有对不平整的地方进行打磨和抛光。她二话不说搬来各种工具，在爷爷的指导下大刀阔斧地修理她的宝贝棍子，虽然动作笨拙却无比专注，完成之后兴冲冲地给妈妈炫耀她的魔法杖。妈妈对孩子一番表扬并建议说想要更光滑还可以打蜡，于是本本又去请教爷爷如何打蜡，最后自己不断打磨改进。

　　书中还讲到了关于低自尊和高自尊的话题。我们可以发现有些人看起来很普通，但是自信得不得了，你和她交流起来会觉得她是闪闪发光的；反观有些人，各方面都很优秀，但总是觉得少了些东西。看完才知道，他们一个是高自尊的人，一个是低自尊的人。高自尊的人往往拥有内在的安全感，能够欣赏自己的能力和长处，并接受自己的弱点和缺陷，能为自己的决定负责，并且独立性以及适应变化的能力都比较强。反之，低自尊的人即便很优秀，也会觉得自己没有价值，对自己和别人都缺乏正面评价，尤其是对自己很苛刻，很难接纳自己的弱点和缺陷。那如何培养孩子的高自尊呢？社会学家认为高自尊不仅仅来源于自我评价，还有他人的正面评价。对于孩子来说，他人的评价，尤其是自己亲密的人，比如父母的态度直接影响着孩子的自尊度。毁掉孩子的，很多时候都是以爱之名的干预，或者是堂而皇之地怕孩子骄傲而假装无视。

　　书中还有个案例让我印象深刻，就是遇到一个不随便给孩子贴标签的老师是多么幸福的一件事。案例说的是一个一年级男孩总坐不住，注意力很难集中。有一次班主任正上着课，这个男孩又坐不住了，站起来就往外走。快走到门口的时候班主任叫住他说："教授，你干吗去啊？"男孩说："你讲的课太难听了，我要出去。"作为老师当着全班人的面被学生这么说，大多数人都会觉得很难堪，但这位班主任说："你们看，教授特别棒，他没编理由说上厕所之类的，而是勇敢地说出了自己的真实想法，特别棒。"就这么到了五年级，这个男孩突然就开窍了，一跃成了学霸。我当时看完就觉得这个小孩真的很幸运，遇到个这么好的老师，给了他足够的耐心，也没给他贴问题男孩或者学渣的标签，或者叫家长。其实孩子间都有个体差异，有些孩子就是心智还没成熟到能适应班级纪律。我突然发现教育必须是柔软的，是可以有商量和改变空间的，是可以差异化的。

　　在书中最后一章中，有一则新闻报道：男孩被怀疑刮花了停车场的一辆车，在男孩父亲已经垫付了修理费用的情况下，办案的民警依然坚持追查了三天，翻看了大量监控录像，最后证实车子不是孩子刮的。这位警官说："我就是想还娃清白，让他很好地成长。"警官的做法平凡但伟大，我们每个人的社会身份和职业都不一样，如果在自己的岗位上，面对孩子的事情，都能像那位警官一样拥有一颗父母之心，那对孩子、对社会该有多大的正面影响？这就是友好型社会对孩子的影响，但这需要我们每一个人的努力。书中有很多案例，都是我们日常见到的，也许我们觉得当时处理得很好，但看完会发现原来做错了或者可以处理得更好。以前对孩子的一些举动和现象不理解或习以为常，看完这本书才明白背后的缘由。

阿德勒说："幸运的人一生都被童年治愈，而不幸的人一生都在治愈童年。"如果你是个焦虑的父母，不妨看看这本书，应该会有所收获。爱是人类最纯粹、最高尚的美好情感。尤其是对一个孩子而言，他需要爸爸妈妈帮他建立这种伟大的情感，由于我们没有经过学习和训练，所以我们只是将我们认为的爱给了孩子。孩子写作业，我们盯着；孩子没有考好，我们批评；孩子说话，我们中间打断；孩子调皮，我们当众羞辱；孩子顽劣，我们说孩子你再这样下去，我就不要你了；孩子犯错误，我们以暴力相待；孩子不好好学习，我们用恶劣的语言批评……无数次我们以爱的名义伤了孩子的自尊心，却希望孩子好好学习，天天向上，希望孩子成为"别人家的孩子"，希望孩子考出好成绩，希望孩子考上好的大学，希望孩子找到好工作。其实，我们的行为有悖于我们内心的真实想法。

无论孩子还是成年人，都更喜欢有一定自由度的环境。成年人在自由度较高的职场环境中更容易做出创新性的尝试，孩子也是一样，宽容、自由的氛围更能激发他们的潜力、创造力，更能培养孩子的自信心和主动学习的习惯。家长是一份职业，教育孩子需要方法，需要智慧，更需要情感。所以作为家长，我们要学会爱，明白爱是什么，然后用正确的爱的方式去爱我们最爱的孩子，让孩子觉得我们是最爱他的、最尊重他的那个人，让孩子通过我们的眼睛，看到最好的自己。只有这样，这个生命才能启航，去创造他自己的生活，去延展属于他自己的生命的奇迹。让我们与孩子友好相处，善意养育，让孩子在自由的空间里茁壮成长。

爱要倒过来

"爱要倒过来"是著名的动能教育专家张徐军先生关于教育孩子的理论，他提出"我是一切的根源，努力做到让别人喜欢我；我不一定喜欢所有人，我一定要欣赏所有人；我不一定喜欢我所欣赏的人，我一定会喜欢欣赏我的人；学会欣赏，让人喜欢"。这些理论可用于人际交往的方方面面，尤其是教育孩子方面。

日月如梭，光阴似箭。转眼间，孩子，你就长大了，看着你背上新书包，开心地走向学校，妈妈和哥哥一起送你上学，爸爸、妈妈、哥哥分享了你的开心，也有许多话想对你说……之前的各种担心，各种焦虑，此刻全部化作无声的期待与祝福！

"身体发肤，受之父母"，无论你处于何年龄，你的健康平安，永远是妈妈最大的心愿！

学习、生活中，态度决定一切，从敷衍到用眼到用心，你才会更加靠近品学兼优。孩子，从今天开始改变，好吗？

幼儿园三年无忧无虑、轻松快乐的日子已经结束，你已从嫩芽成长为一棵小树，需要自己去坚强勇敢地面对小风小雨。不管世界怎么变，你怎么变，和善第一！

尊敬师长，与同学和睦相处。良师益友会是你前进路上变得成熟强大的重要力量。

新起点，新生活，希望你积极进取，天天向上！

"一寸光阴一寸金，寸金难买寸光阴"，落实到行动上，干脆利落办事，一心一意完成作业。这点非常重要！

每个人都会犯错，撒谎不可取，应诚恳改过。言行一致，敢于担当，是最该拥有的品德。记住别人的好，做一个有情有义的好男儿！一撇一捺写个人，一生一世学做人。孩子，你已是小学生，除了学习之外，学做一个堂堂正正、胸怀宽广的人，也是至关重要的！

孩子，千言万语道不尽对你的关心。孩子，加油！爸爸妈妈相信你是最棒的！

有多少爱可以重来，有多少爱却无处安放！有多少人在我们的视线里渐行渐远，有多少人在我们的生命里突然离开。生活嬗变，来日并不方长。生命苦短，且行且珍惜！学会爱，爱父母，爱孩子，爱家人，爱自己！及时行孝，因为父母亲与我们相处的时间正在做着减法，常回家看看，多陪陪父母，因为陪伴是最长情的告白，陪伴是最温暖的语言，陪伴是最朴实的关爱！

"爱要倒过来"，就是要让自己心中有父母，用爱欣赏父母的优点，吸收父母的人生经验与智慧，感恩父母的辛苦付出。太阳光大，父母恩大！爱父母不仅要爱自己的父母，也要爱配偶的父母，爱自己的父母的是人，爱配偶的父母的是神。变小爱为大爱，是舍小家而顾大家的一种善举，是家庭和谐的催化剂，是家庭幸福的润滑油。

"爱要倒过来"，就是用理解去爱父母的缺点，而不是抱怨父母的不足。正因为父母有缺点，才使我们做孩子的有了成长的方向和超越的机会。我们更要感恩父母的缺点，父母是在用"牺牲"自己的方式来唤醒我们心中的爱，促使我们成长！

"爱要倒过来"，就是要学会欣赏他人，喜欢他人，接纳他人，感恩自己生命里的每一个人！不抱怨，不生气，不忌妒，不痛苦，不庸人自扰！生活中最难相处的是婆媳、妯娌、姑嫂等关系，但如果我们都能在相处的过程中拓宽心胸和格局，敞开心扉，化解心结，就一定能构建一个爱的能量场，共同吸收爱的能量，营造和谐稳定的家庭氛围，家和才能万事兴！我们如果能像爱自己的父母亲一样爱配偶的父母亲，如果能像爱自己的兄弟姐妹一样爱配偶的兄弟姐妹，如果能把儿媳或者女婿视为己出，让爱倒过来，那么，对方也会接受你，喜欢你，欣赏你，甚至崇拜你！精诚所至，金石为开，世事洞明，人情练达，天堑尚可变通途，何况家人之间的小小隔阂。爱是一切的动力，爱出者爱返！

"爱要倒过来"，就是要你爱上我的每位亲人，我爱上你的每位亲人。爱自己的亲人凭借骨肉亲情，爱对方的亲人倚仗仁义礼智。舒婷在《致橡树》里说："爱一个人，不仅要爱他伟岸的身躯，更要爱他脚下的土地。"这脚下的土地不正是他的家庭吗？一个家庭就像一台机器，家庭成员里面的父母、兄弟姊妹、子女就是这台机器的零部件，任何一个人的幸福健康都会关乎这台机器的正常运转，可谓牵一发而动全身！所以，处理好家庭成员之间的关系显得至关重要，每个小家庭和和美美、健健康康、快快乐乐，整个大家庭才能兴旺发达，花好月圆！

"爱要倒过来"，亦适合于同事与朋友之间的相处，所有的相遇都是缘分，要珍惜缘分，和平共事。用欣赏的眼睛看世界，世界处处花香鸟语；用欣赏的态度待同事，生活时时阳光明媚。退一步海阔天空，让三分心平气和。有多少理解包容，就有多少豁然开朗；有多少谦让恭敬，就有多少柳暗花明!

　　有人的地方就有江湖。江湖有江湖的规矩，朋友来了有好酒，豺狼来了有猎枪；棍棒过来，刀枪回去，阳奉阴违，风吹草倒，这都是规矩。但我的处世原则是，宁可天下人负我，我也要倾一世温柔，献一片忠诚，爱我所爱，无怨无悔！但愿世界还我一生幸福吉祥！

伴你读书

儿子三岁的时候，我就做了伴读老书童。每天下班回家，他就兴高采烈地举着一本漫画书，奶声奶气地让我给他讲故事。我就把他抱在怀里或者让他坐在我的膝盖上，我感觉怀里有一个小肉球，软绵绵地在滚动，有时发出银铃般清脆的笑声，有时突然蹦出一句让人啼笑皆非的只有他自己能听懂的话。比如讲到《狼和七只小山羊》的时候，他说："大灰狼进了小山羊的家以后，会不会先给小山羊喂奶，让小山羊吃得饱饱的再把它吃掉？"听着他稚气的问话，我总会开怀大笑。和他一起读童话故事，心里洋溢着满满的幸福，仿佛我怀里抱着的不只是个孩子，而是整个世界。《安徒生童话》《格林童话》《伊索寓言》《西游记》《格列佛游记》等书中的一个个故事，在我一天天的伴读中，渐次走进孩子的心里，伴着他的成长，伴着他的七彩童年。

上小学了，六一儿童节的时候，学校要求孩子和家长一起表演节目。我五音不全，没有任何艺术细胞，既不会唱歌，也不会跳舞，着急得像热锅上的蚂蚁，儿子说我们还是一起讲故事吧。把这一想法告诉老师以后，老师建议我们讲故事的时候稍微打扮一下，配上音乐。经过我们母子俩精心筹划，共同努力，《小红帽》音乐剧倾情上演。

自从儿子上了小学一年级，家里面就硝烟四起，一会儿因为儿子的字写得歪歪扭扭，让我大发雷霆；一会儿因为儿子的古诗背得结结巴巴，让我暴跳如雷；一会儿因为儿子的粗心大意，让我怒目圆睁甚至大打出手。每天都因为这样那样的问题，面对儿子声嘶力竭，捶胸顿足……可以用鸡飞狗跳、一地鸡毛来形容我们的生活。有时，我望着蒙昧无知的儿子，甚至开始怀疑自己的人生。人生到底是什么？李白说"人生在世不称意，明朝散发弄扁舟"，人生似乎是自我放逐；他又说"人生得意须尽欢，莫使金樽空对月"，人生又似乎是尽情欢乐。杜甫说"人生有情泪沾臆，江水江花岂终极"，人生仿佛是一场悲痛的心事；他又说"人生不相见，动如参与商。今夕复何夕，共此灯烛光"，人生又仿佛是一种无奈的感叹。文天祥说"人生自古谁无死，留取丹心照汗青"，人生似乎是一种为国奉献和牺牲。欧阳修说"人生自是有情痴，此恨不关风与月"，人生又似一段绵绵情恨。

纳兰性德说"人到情多情转薄，而今真个悔多情"，人生似乎又是一种无奈哀伤。王国维说"人生只似风前絮，欢也零星，悲也零星，都作连江点点萍"，让我们感受到人生的无常。而我的人生曾经似乎是"琴棋书画诗酒花"，如今"柴米油盐酱醋茶"，外加"鸡飞狗跳去带娃"。有时也在想，早知今日何必当初，但思考人生后的终极结论是：人生不如意事十之八九。心情沉郁时我喜欢读普希金的《假如生活欺骗了你》，"一切都将过去，而过去了的一切终将成为美好的回忆"这句，一直给我勉励，让我坚强。儿子再淘再闹，也会渐渐长大，长大后的孩子会是我的骄傲的！

　　一次，我带儿子去书城，精心为他挑了几本书。他一个人绕着书架转圈，最后蹑手蹑脚地走在我面前，背后紧握一个手枪玩具。我说结账吧，他一把推开书，把玩具递过来，还自言自语地说："买的书我又不看，还没有一个玩具枪好呢！"当时，我惭愧难当，有些无地自容。别人家的孩子爱读书，我家的孩子只爱玩具……

　　有时我也淡定地想，只要孩子拥有一个快乐的童年就行。有一群天真烂漫的伙伴，可以痛痛快快、随心所欲地在院里折腾一天，折腾饿了就把小伙伴带回家，把冰箱里能吃的东西吃个精光，然后和小伙伴们继续在家里载歌载舞、上蹿下跳地闹腾！我一次带儿子去朋友家做客，他一进门便把帽子、衣服、鞋、作业本和书包一股脑儿倒在人家地板上，弄得满地狼藉，然后伸手就抓放在餐桌上的美味佳肴，把我尴尬得无地自容，朋友却笑着说："这孩子绝对的纯天然原生态！"

　　渐渐地，我越来越觉得自己不是一个好家长。首先，我在辅导作业方面有些力不从心，一次给孩子辅导英语，发了一个小视频给老师，一会儿老师反馈说孩子本来读对了，让我纠正错了。想起自己的学生时代，英语学得挺好的，百分制的高考，英语也可以考到九十多分，二十多年后，竟辅导不了孩子的英语作业。这是怎样的不堪回首，又是怎样的岁月沧桑啊！其次，随着年龄的增长，我对孩子的要求越来越低，对他所犯的错误总是睁一只眼闭一只眼，或是放任自流，不管不顾。

　　后来儿子最爱读的书是《昆虫记》《鲁滨孙漂流记》，且百读不厌。再后来，儿子读书的兴趣与我的期望值背道而驰，如脱缰的野马，越跑越远。我让他读经典名著，他却整天抱着《米小圈上学记》《淘气包马小跳》《装在口袋里的爸爸》《半小时漫画中国史》之类的书，边看边笑，我感到很绝望。我撕烂过他正在津津有味地读的漫画书《老夫子》，我也曾因为他不按我的要求读书而抡起拳头。有一次，老师布置课外阅读《呼兰河传》《童年》，他说自己读不懂，没意思，却自作主张读起了《梁家河》《习近平在厦门》。又有一次，老师布置读《小英雄雨来》，他却读起了《普京传》《了不起的盖茨比》。对他的自作主张我先是烦恼愤怒，后来变得淡定，决定在阅读方面不再牵着他的鼻子走，而是遵循他的兴趣，他的阅读他做主。发现他喜欢读传记类和历史类的书，于是我就给他买这方面的书。最近，他又爱上鲁迅的作品，把家里书架上《鲁迅全集》快看完了。我终于明白，伴读的意义在于，该放手的时候就放手，伴读是为了让他羽翼丰满，伴读是为了让他积蓄力量，伴读要尊重孩子的选择。

我需要与孩子一起成长，用心陪伴，精心栽培，让他的生命如一朵美丽的百合尽情绽放，让他的生活美好而丰富，让他的内心充实而丰盈！因为有了孩子我们才更加去努力奋斗，孩子的培养教育是我们作为父母最值得关注的事情，也是最重要的事情。孩子是我们最伟大的事业，我们要用心经营！

我非常认可这一段话：家庭教育就是无痕的教育！当你泡在电视机前的时候，你教会了孩子懒惰；当你在下属面前趾高气扬的时候，你教会了孩子自负；当你和爱人吵得昏天黑地的时候，你教会了孩子自私；当你在乞讨者面前漠然走过的时候，你教会了孩子冷酷。你要记住，在孩子面前，再小的事也会对他造成影响，哪怕是随地吐一口痰，或者扔一个小小的烟头……

养育孩子，前半生用心，后半生就省心；前半生省心，后半生就要伤心。教育好自己的孩子，要大处着眼，小处着手，从日常生活小事做起。"千里之堤，溃于蚁穴"，成就一个人和毁灭一个人，都不是一朝一夕的事，是千千万万个日子累积的结果，是我们潜移默化的结果。

教育，简单地说，是以生命影响生命，以心灵点燃心灵，以品格传递品格，以行动带动行动。父母是原件，孩子是复印件。你的孩子只是老师众多学生中的一个，教育你的孩子也只是老师工作的一部分；但你不一样，孩子是你的唯一。教育好自己的孩子，永远是你最重要的事业！

宠物

　　人都有不知餍足的天性，每个小孩都有自己喜欢的宠物。我儿子小时候养过很多宠物，有鸽子、鸭子、小鸡、兔子、乌龟等，甚至一只小蚂蚁、一只小蜗牛都曾是我儿子的宠物。

　　儿子小的时候住在大杂院里，同龄孩子都有自己的宠物，小猫、小狗、小鸡、小鸭、小乌龟等。放学后，孩子们互相交换宠物来玩，或者各自带着宠物奔跑嬉戏，热闹非凡！那种开心快乐一点也不逊色于现在的孩子们对手机、电脑的痴迷。起初我儿子没有宠物，就每天拿了自己的玩具或者零食与小朋友们换着玩，我看到儿子对宠物爱不释手的样子，有点心疼，就给他买了一只小白兔。儿子整天趴在兔笼子前给兔子喂菜喂水，关怀备至。很快兔子长大了，笼子中放不下了，儿子就偷偷地把兔子抱在自己的床上，和兔子一起睡觉。不久他爸爸就忍受不了有兔子后家里的脏乱差，趁儿子上学的时候把兔子放生了。孩子伤心至极，哭了好几天。我正不知如何安慰他时，有只跛脚鸽子落在了我家窗台上，出于同情，我撒了些小米在它的面前，它大约是太累太饿了，没有丝毫恐惧，安静地吃饱喝足后，就地小憩，直到儿子放学回家，它还悠闲自在地卧在窗台上。儿子喜出望外，静静地守候着小鸽子，仿佛一位慈祥的母亲在凝视沉睡的婴儿，表情恬静安然。我便取了养兔子的笼子，轻手轻脚地去把鸽子抓住，放在笼子里。鸽子站起来了，这时我才注意到它的腿上正在流血，原来是受伤了，怪不得这么久都没有飞走。儿子紧张地问我，它会死吗？我安慰儿子说不会的不会的，可是心里难受极了，害怕它死了，这短暂的缘分又会带给孩子多么深的痛。于是这只鸽子就在我和儿子的精心照料下，顽强地活了下来，腿伤也好了。后来几次搬家，儿子都没有丢弃它。因为住在单元楼，大家嫌弃它的羽毛乱飞，还有鸟粪的异味，就不让它进屋了，可是它总是那么执着地站在窗户边，向我们张望，眼睛里的忧伤蔓延开来，让我觉得自己很残忍。夜晚，它的叫声打扰了我的睡眠，对它爱恨交加的复杂情绪让我思绪万千，原来一只忠实的鸽子也能永远地守望。其实，我更希望它飞向无比广阔的蓝天，找寻属于自己的幸福与自由，然而，那只跛足的鸽子竟然在一夜之间成了邻居家餐桌上的美味。邻居的孩子考大学，他的母亲非常迷信，说自己的儿子在高考第一天吃了鸽子肉，就一定能远走高飞，梦想成真。当然，邻居是先斩后奏，我也不好多说什么，可是儿子却因为失去了一只可爱的鸽子而哭闹不止。对他来说，失去的不只是一个宠物，而是一个亲密无间的朋友。

为了安抚他，我决定再给他买一只宠物。我让儿子自己选择，儿子斩钉截铁地选了一只乌龟，他的理由是乌龟的寿命长，因为《西游记》里有千年老龟。他肯定是害怕再次遭受与宠物的分离之苦，所以才选择了喂养乌龟。自从有了小乌龟，儿子每天回家后的第一件事就是去看小乌龟，有时给小乌龟铺上一块小纸巾，说怕小乌龟冷，有时给小乌龟喂一些水果，有时捉一只蜗牛或一只小蚂蚁让它们陪伴小乌龟，儿子说小乌龟太孤单了，应该有人陪伴。儿子的那份细心体贴，让我感动。儿子是如此喜欢他的宠物，正像父母喜欢自己的孩子一样，宠物在孩子的心中，是他美好记忆的源头，在孩子心中播下快乐的种子，成为他一生的宝贵财富。

生活感悟篇

shenghuo ganwu pian

春到神木

　　神木的春天真的很美，天空高远辽阔，蓝天白云，阳光明媚，光阴娴静。杏花滩的杏花挨挨挤挤，散发着淡淡清香。一树树的杏花灿然盛开，有的花瓣随风翩翩起舞，蜜蜂、蝴蝶呼朋引伴，穿梭其间，树上热闹非凡，春意盎然！春风吹过，柔嫩的垂柳枝条随风飘动，小鸟飞上枝头，叽叽喳喳地叫，好像正在歌唱一首春天的曲子。曾经的梦想像小鸟一样放飞天际，不知道它会带来什么，可能是一种新生活、一个新朋友、一个新世界。没有一个冬天不会过去，没有一个春天不会到来，春暖花开是冬天的句号。饱经沧桑的神木历经严冬的淬炼终于迎来了春天！

　　2022 年三八妇女节，单位组织徒步，我们从滨河新区水景公园徒步到杏花滩公园用了整整三个小时，路上我给同事们讲述了我来神木这些年的见闻和感受。往事零零散散，犹如照耀在树叶间的点点阳光，有些苦涩，有些温暖。回想二十七年前我刚到神木时，每次徒步全城仅仅需要半个小时，从黄庄出发，途经二粮站、神木汽车站、商贸大厦、神木体育场就到达终点神木宾馆。这一条路可以把整个神木尽数囊括，所有景观一览无余。当时东兴街上只有商贸大厦一栋大楼和物资局、汽车站、公安局、司法局、检察院等几栋小楼。东兴街的东西南北全是未开发的耕地，房东老太太每年秋收季节都会给我们送些她自己种的玉米、土豆、萝卜等农产品。

现在的神木街道南北足有十公里，东兴街南段延伸至杏花滩，北段延伸至鸳鸯塔村，成了真正的十里长街。而神木现在的发展重心早已转移至滨河新区，这个环境优美、功能齐全、设施先进、配套完善、运营高效的复合型产城一体化新区已初具规模，正逐渐成为神木经济发展的新亮点，对外宣传的新名片。神木职业技术学院成了神木的第一所大学，大剧院、新闻中心、政务大楼、和谐广场、神木中学、水景公园以崭新的面貌成为神木亮丽的风景，尤其是水景公园更是满目葱翠，人工湖碧波荡漾，音乐喷泉翩翩起舞，醉人景观星罗棋布，犹如一幅天然画卷，置身其中令人心旷神怡。忙碌了一天的人们纷纷聚集而来，有的驻足观赏喷泉，有的和家人一起散步……每个人脸上都洋溢着轻松愉悦的笑容。

东兴街上的高楼大厦鳞次栉比，三十层以上的地标性建筑不胜枚举，恒源大厦与创业大厦遥相呼应，长安银行顶楼的旋转餐厅更是年轻人网红打卡的好去处。各种商铺错落有致，商品琳琅满目。南北方向的东山路、麟州街、滨河路与东兴街像四条彩带平铺在麟州大地，东西方向的神华路、人民路、纬一路、惠民路、惠安路、惠泉路、古城路、油库路等更像无数条哈达系在美丽神木的脖颈上，网格状的交通让居民出行更加快捷便利。为了锻炼身体，我喜欢步行上下班，节假日喜欢徒步。一个人的徒步之旅，变成了发现之旅、诗意之旅、静心之旅，徒步神木，让我领略了神木的千变万化，让我欣赏到神木的万种风情，让我深深地爱上了神木这座城。有人说爱上一座城，是因为城里住着你爱的人。是的，我是因为嫁给了爱情，才开启了一段美好的神木之旅。

我于 1995 年来到神木，掐指一算已二十多年，在这二十多年里从白手起家到家境殷实，由青春年少进入不惑之年，可谓"苦尽甘来春满园，姹紫嫣红别样情"。一路走来，我见证了神木的经济腾飞，文化繁荣，政通人和。那时我们结婚没有彩礼，没有嫁妆，没有车，没有房。我和爱人参加工作后，就在他单位附近的黄庄村干河则租了一间南房，把两个人上大学时宿舍用过的被褥搬在一起，买点日常生活用品就算安了家。南房只有三十多平方米，我用一块花格子布将房子隔成两个小间，一边放着一张木板双人床，被子叠得整整齐齐，床头堆满报刊、书籍、教案，另一边就是生火做饭的地方。没有餐桌，没有茶几，更没有沙发，我和爱人做好简单的饭菜，每人盛一大碗蹲在地上吃，边吃边聊一天的见闻感受，家长里短，那种朴素的温馨让人觉得贫困的日子也可以过出芬芳的味道来。

南房冬天真的很冷，尤其是三九严冬，一阵阵刺骨的寒风刮得窗玻璃瑟瑟发抖，窗户上结着一层厚厚的冰霜，屋里只安一个火炉烧煤取暖，小小的火苗怎敌凛冽的寒风？温度稍高的时候玻璃上会结起一层层水汽，家里就会呈现烟雾笼罩、晦暗不明的画面。火炉一旦熄灭，窗户上立刻结成了厚厚的冰，更增添了南房的几分寒意。春寒料峭时晚上却不敢生炉子，院邻们闲谈时总会说张三、李四家的南房租客一氧化碳中毒身亡，因为春天风大，南房排风不良，极易发生一氧化碳中毒事件。所以，晚上再冷也是不敢生火的，为了取暖，每天晚上爱人都会用矿泉水瓶装满热水放在被窝里取暖。生炉子就要劈柴、捣炭、倒炉灰。所谓劈柴就是把一块块废旧的大木头，用斧头劈成一小段一小块，能够放入火炉那么大小。劈柴要顺着纹理下斧头，有时候累得劈不动柴，有时候劈完柴满手都是血泡。生炉子的时候更是满屋浓烟滚滚，呛得泪流满面。一个浓烟滚滚的小火炉温暖不了狭窄的南房里冬天的寒冷，一个噪声嗡嗡的电风扇也不能为闷热如蒸笼的南房带来片刻的清凉。一到酷暑季节，南房的房顶很薄，烈日似火，房子里热不可耐，待在屋里，每天都像蒸桑拿，大汗淋漓。好在两颗年轻的心揪着严寒拽着酷暑在岁月里摸爬滚打，因为年轻，所以干劲十足，每天起早贪黑辛苦工作，生活也是苦并开心快乐着。

当年干河则是一条名副其实的臭水沟，人们的生活污水被一桶一桶倒进干河里，河里漂着花花绿绿的垃圾袋，风吹过飘来阵阵恶臭味。这样的出租屋我们一住就是八年，八年里租过南房、西房、东房，租金由每年八十元涨到每年一千六百元，八年的租房生活让我们品尝了人生百味。我们在出租屋里追寻春天的脚步，昂首奋进，追梦扬帆。

2002 年，爱人的一位同事的朋友要去美国定居，急售人民小区的一套顶层毛坯单元房，当时房主急需用钱，房子便宜出售，要价十万元，在爱人同事的帮助下我们以九万元成交。九万元，对现在的大多数人来说大约就是一年的工资，可是对于当年的我们来讲已经是天文数字，当时我们手头只有三万元积蓄，好在有兄弟姊妹帮助，三天之内筹集到了九万元。可是买了房却没有钱装修，爱人别出心裁，自己买了大白粉、水泥、沙子，自己刷墙，又买了地板革铺上，简单地收拾了一下就迫不及待地从出租房搬进了自己的房子。这样既省下了房租，也不用再忍受出租房的严寒酷暑，以及劈柴、生火、倒炉灰，提桶倒泔水等种种麻烦。爱人感慨万千地说："现在我们终于有家了。"一棵无根的萍草，能够逆流而上已经十分不易，如果要生根发芽，不仅需要合适的水温和环境，更需要坚忍的毅力。是坚忍的毅力让我们融入神木时代发展的洪流中，是神木人的纯朴、忠厚、善良接纳了奋斗者的梦想。如今，我们已经跻身城市的高楼大厦，家里有独立的卫生间、有市政统一供应的暖气、安装了天然气灶、天然气热水器，人生充满了幸福感，生活如芝麻开花——节节高。

俗话说"贫贱夫妻百事哀"，我们结婚不久婆母不幸查出患有食管癌，婆母积劳成疾患了如此大的病，全家人都痛不欲生，我和爱人把结婚以来的全部积蓄拿出来给婆母治病。高昂的医疗费不仅没有留住婆母，还让我们负债累累，可怜的婆母没有赶上神木全民公费医疗的好政策，没有赶上惠农补贴的好时代。

在天堂的婆母做梦也不会想到她曾经住过的土窑洞现在已经变成了一栋栋移民搬迁新平房，新农村建设的步伐早已在偏远贫穷的小山村踏出了一条康庄大道。在全民共同富裕的道路上，我们总会忆苦思甜，总会想到婆母当年吃过的苦，受过的罪。那些年，我们回家探亲，每次都在九曲连环的土路上颠簸，三轮一程，驴车一程，步走一程。总是走一路吐一路，一路风尘，一路坎坷，所经之处，尘土飞扬。若遇下雨天，一双布鞋更是被满地的泥泞热情地拽住，尽情挽留，那真叫一个举步维艰，寸步难行。如今，神木农村早已实现了村村通，一条条柏油马路贯穿每一个村庄，通往城里的路越来越宽，越来越平坦。人们进出都是开着小汽车，回家就像是旅游度假。农村早已实现了"电灯电话、楼上楼下"，互联网也实现了全覆盖，社会福利更是面面俱到，有农村互助幸福院、日间照料中心、医养结合养老机构……神木人如沐春风，享受着政府的各种惠民政策。神木像一个奋发有为的青年正迈着豪迈矫健的步伐行走在春天里，努力践行忠勇、创新、包容、共享的城市精神，努力开创经济运行稳中有进，产业发展升级换挡，改革创新多点突破，城乡面貌显著改善，安全环保稳步推进，社会大局和谐稳定，民生事业长足发展的新局面，努力建设更加美好的新生活。春到神木，和煦的春风吹拂在神木大地上，神木人的日子如花儿般幸福开放。

当生命走进人生的秋天

生命是一树繁华，既有春天的绚丽多姿，夏天的茂盛苗壮，也有秋天的果香四溢，当然也难逃冬天的枯枝败叶，荒凉萧瑟。如果把人的一生比作四季，那么朝气蓬勃的少年就是万物复苏的春天；头角峥嵘的青年就是郁郁葱葱的夏天；成熟淡泊的中年就是硕果累累的秋天；桑榆晚景的老年就是傲雪凌霜的冬天。当生命走进人生的秋天，你就会顿悟：人生最美妙的风景，不是你头顶的光环，不是你所处的地位，不是你兜里的钱财，而是四季平安，身体健康！有人调侃说十年的同学聚会，相互之间比谁的事业最辉煌；二十年的同学聚会，比谁的孩子最优秀；三十年的同学聚会，比谁更显年轻；四十年的同学聚会，比谁更健康。可见，当生命走进人生的秋天，健康才是弥足珍贵的财富。然而，健康——如此简单的愿望，却常常在人生的秋天成为奢望，有人说自己眼睛昏花，有人说自己关节疼痛，有人说自己血压高，有人说自己患有脂肪肝。总而言之，疾病无孔不入。走进人生秋天的我们,处境尴尬,既有长江后浪推前浪的危机感,又有"树欲静而风不止,子欲孝而亲不待"的无奈,常常处于进退维谷的无奈之中,困顿多于不惑,心累多于不甘。伤怀之情无声地向你飞来,扰乱了你的睡眠,惊醒了你的好梦,让你两鬓早生华发。一次聚会,发现老友们脸上都多了几分沧桑,虽然大家都互相打哈哈,夸对方还很年轻,貌美如花,但我分明看到一位大姐的一颗门牙已经光荣下岗,而我自己也刚刚拔掉两颗松动已久的病牙。面对大鱼大肉只能望而兴叹,不禁感慨:年轻的时候有牙没肉吃,年老的时候有肉没牙吃,人生就是这么讽刺。锦衣玉食奈何天?风韵难存的半老徐娘们,既没有好身材,要么干瘪要么臃肿;也没有好胃口,不是牙疼就是肠胃不舒服,面对美味佳肴,徒增怅然之感。

当生命走进人生的秋天,已读遍人间繁华无数,是非成败如清晨的露珠,在秋日骄阳的照射下,如烟似雾般缥缈。往事如一条小河,缓缓流过我们的心田,曾经欢欣滋润的生活如今变得平淡无奇,曾经的悲苦也如满月似的宁静地悬挂在我们的脑海,让我们浮躁的心归于平静,一切尽可以释怀,凡事看淡看开,可以躺平但不摆烂。站在秋天的边上,心情像天空一样广阔,像海风一样自由,做事随意率性起来,想干吗就干吗,不需要讨好谁,可以坐拥书海,通过读书让渐渐黯淡的生命重新释放光华，可以通过写作让迟缓沉重的脚步随着日升月落重新发出流水一样清脆的足音。

　　周末与几个闺密一起走进秋天的农家小院，品香茗忆往昔。站在农家小院，极目所望，小猫慵懒地晒着太阳，小狗忠实地看家护院，红枣铺满宽敞整洁的院子，玉米棒子沉甸甸地挂在屋檐下，南瓜错落有致地摆放在窗台上，一派丰收景象。秋天的农家饭是刚从地里刨出来的红薯、土豆、花生和刚掰回来的玉米棒子这些天然绿色食品。秋天的温度不冷不热刚刚好，艳阳高照，万里无云，群山红遍，层林尽染，果挂枝头，穗满田野！只有这份朴素殷实的美和触手可及的收获的喜悦，才能沉淀中年的浮躁，才能让现实丰满起来。走进一孔窑洞，看到一盘铺着红毯的大炕，大家欢呼着脱鞋上炕，横七竖八地倒在红毯上，如倦鸟归林，择枝而栖，随即马上叽叽喳喳欢腾起来，仿佛回到了记忆中在农村中学任教时的喧闹场景，大家课余时间集中在某一个宿舍，边织毛衣边聊天。冬天的炉火上可以煮一锅羊杂汤，宿舍里散发出阵阵香味，惹得楼下宿舍的学生在楼道里上蹿下跳，只为嗅到那缕缕香味。也可以在炉灰里埋几个学生周末回家带来的红薯或者土豆，打完扑克大快朵颐，那份悠闲自在，那种轻松快乐令人回味无穷。谈笑在记忆的幽谷里徜徉，那是青春的印记，那是细细的回味，那是岁月的留香。此刻，大家挤在这盘大炕上，谈论各自的孩子、老人、生活、家庭。大家掏心掏肺，用自己的三寸不烂之舌道出生活的百般滋味，又如画家挥毫泼墨描绘出各自生活的春夏秋冬。大家先是开怀大笑，继而因为听到一些关于某个密友亲人仙逝的噩耗而默默垂泪。人到中年的我们要接受数不清的聚散离合甚至生离死别，身边的同事、朋友、亲戚、亲人，总在你没有任何思想准备的情况下，突然转身离去，没来得及告别，就成为永别。也许你是别人眼中的路人甲，却是家人心里的宝贝疙瘩；也许你是单位里的一根草，却是家里的一块宝。所以，我们要热爱生命，珍惜当下，善待自己，快乐生活。人间重晚晴，年过半百的我们，经常能收到同学、同事和亲朋好友们的父辈去世的讣告，面对生老病死已经心如止水，波澜不惊。我们早已明白一个道理：走着走着，秋天就到了，人生总有太多的来不及。时间走得太快，一眨眼就是一天，一回头就是一年，一转身就是一辈子，那些曾经的时光，委屈也好，快乐也罢，都已成为过去。当然更多的时候我们收到的是儿女辈喜结连理的喜帖，目睹的是晚辈欣欣向荣的事业景象，见证的是孩子们一树又一树花开般的幸福。当生命走进人生的秋天，我们是承上启下的枢纽站，上有老下有小，所以仍需有"老骥伏枥，志在千里；

烈士暮年，壮心不已"的胸怀和抱负。当生命走进人生的秋天，我们要努力做一个有温度、有情怀的人，让生活有色彩、有光芒，要把生命活成一束光，去拥抱渐行渐近的夕阳。

我喜欢秋天，秋天的天空色泽由浅蓝或湖蓝变成了一片瓦蓝，蓝得明亮而清澈。天的高度似乎因之而上升了许多。此时的风，呈现出一种自由自在、不凉不热、不急不躁的特点，从容稳妥，恰到好处。人到中年，生命渐趋倔强，既可以洞穿大山之厚，也可以征服大山之高，皱纹写下了沧海桑田，世事艰辛。如果能像鸟儿一样拥有渴望已久的自由，那该是何等幸福。鸟之所以自由，是因为每次飞翔在天空的轨迹都不相同，人只有冲出惯性轨道，才能改变生活的方式。步入人生的秋天，所有的锋芒毕露，所有的春光烂漫，所有的热情似火，从此将含蓄地交给秋凉的考验和严冬的深藏。

此刻不觉想起诸多写秋的佳句，当生命走进人生秋天的我们，心情如"觉人间，万事到秋来，都摇落"，事业如"高鸟黄云暮，寒蝉碧树秋"，理想如"秋景有时飞独鸟，夕阳无事起寒烟"，生活如"渡江去，满林黄叶雁声多"，身体如"落时西风时候，人共青山都瘦"。无数才子佳人妙语连珠，道出了生命走进人生秋天的我们的心声，成为我们的知音。此时无声胜有声，欲与古贤共享秋！

文香

　　坚持最久并引以为傲的事是一直喜欢读书。我读的书比较杂：少女时代酷爱诗歌，尤其喜欢现代诗歌，当时把徐志摩、舒婷、戴望舒、汪国真、余光中、顾城、海子、泰戈尔、雪莱、海涅、普希金等人的诗背得滚瓜烂熟。诗读得多了人好像变得特别敏感，哪怕是一棵小草，也能让我心生怜爱，惹得情丝万千；一片雪花也能让我顾盼流连，更不用说那光华流转，天地情殇，锦绣山河，绮丽梦想，这些都让我痴心眷顾。时间久了，自己也能轻吟低唱，甚至写几首稚嫩的诗，偶尔发表在校刊上，便能开心快乐好多天。青年时代喜欢读散文，鲁迅、朱自清、龙应台、席慕蓉、林清玄、余光中、梁实秋、三毛、冰心等人的散文几乎都读过了。上大学时又爱上了小说，中国现当代文学小说作品几乎全都读过，外国的经典名著也读了很多，大部分书名都忘了，只记得《牛虻》《安娜·卡列尼娜》《父与子》《猎人笔记》

《初恋》《白痴》《罪与罚》《恶之花》《老人与海》《百年孤独》《一个陌生女人的来信》《追风筝的人》《麦田里的守望者》等经典作品。现在，又喜欢读佛学、国学经典作品和人物传记，尤其喜欢茨威格的《昨日的世界》《三大师》《一个政治性人物的肖像》。他的匠心独运，贯串作品的人道主义精神，令人过目不忘。我读书很快，薄一点儿的书一天一本，厚点儿的书两三天一本，可以说是囫囵吞枣，随读随忘。但好读书，不求甚解，每有会意，便欣然忘食是真的。我从这些伟大的作品中感受到了人性的广度和深度，在文学的世界里我建立了自己秘密的精神家园，文学给予我精神的滋养。不管哪种体裁的作品，我阅读时都是有滋有味的。书是香的，翻开任何一本书，书香弥漫在空气中，仿佛能闻到纸张的香气，沁人心脾，书香浓厚的地方，总能感受到一种宁静的氛围。在书香的熏陶下，思维变得更加开阔，眼界变得更加宽广，心灵也得到净化。这种沁人心脾的香气，我称之为"文香"。

用我手写我心，记录生活，留住曾经的梦想，遵从自己的内心，让文香弥漫在静好的岁月里，让书香的魅力引导我们进入一个完全不同的世界，让我们在其中找到自己的心灵栖息地。生活因读书而充实美好，珍惜生命里的每时每刻每分每秒。我决意不浑浑噩噩苟活于世，而是以奋斗者的姿态，身体力行地去开拓未来。保持纯净的内心、健康的体魄、宽广的胸怀、乐观的态度、奋斗的热情，书写波澜壮阔的人生。当老师的十三年中，我的文学梦搁浅在忙乱的奔波中，消逝在鸡零狗碎的生活中。每天备课、上课、改作业、改作文，每天读的书就是教材，每天欣赏的文章就是学生的作文，偶尔发表的文章就是教学论文，我似乎已经忘了自己曾经是那样狂热的文学青年。

"天不老，情难绝，心似双丝网，中有千千结。"为了那份执着，那份热爱，我重新走进文学这个美丽的国度，行走于这个喧嚣的尘世，我想慢下来，我想静一静，我想用心聆听自己生命的声音，捕捉大自然的物语，如花开，如雪落，如风起，如浪涌。我将书写命运悲欢，记录人情冷暖；读别人的故事，写自己的春秋。

但生活总是不尽如人意，许多事情都不能随自己的愿望而发展。记得有一次，应朋友之邀请接收一单企业退休人员剥离人事档案，这需要从头学起，过去在理论上给企业培训了无数遍，实践操作起来还是有些棘手，好在有朋友助力，加上认真钻研，最终用一个月的时间完成整理、著录、扫描……然后是精准扶贫档案的指导培训整理，整整一年，四处奔波，风雨无阻，舟车劳顿，夜以继日。我似乎忘记了自己还是一个文学爱好者，没有读一本书，没有写一篇文章。直到有一天，有单位向我约稿让我参赛，盛情难却，于是重新坐电脑前敲击键盘，才发现大脑一片空白，挤牙膏似的敲出三五百字，感觉索然无味，更不要说获奖了。我向朋友说出自己的困惑，她说："你以后不要指导整理档案了，还是专心读书写文章吧，不要迷失在一堆故纸中，你真是被档案耽误了的作家！"

我决定摆脱繁重的工作，重新拿起笔，重拾这个古老的文学梦。写点儿豆腐块，弄个美篇，发到朋友圈，竟然获点赞无数，于是信心大增；给一些公众号投稿，如健容汇、天山雪莲、作家联盟、陕北诗刊、小说界、麟州文学等，所有投稿全被刊发，心之所向竟然成了忙乱生活中的诗与远方。之后发在公众号上的文章又被一些报刊选用，如《榆林日报》《中国档案报》《团结报》等。后来，文友们出版了自己的小说、散文、诗歌集，都会送我一本，并让我给他们的作品写评论。大家如此抬举我，盛情难却之下就写一些对作品的肤浅认识，不能称之为文学评论，而是类似读后感。发出去以后，却得到一致好评，甚是欣慰。于是我萌发了一个大胆的想法，不如自己也写一本书，给子孙后世留作念想。等我孙子长大了走进神木市图书馆，会不会很自豪地说："快来看呀，这本书是我奶奶写的。"

每每想到这里，我就会偷偷地笑出声来，仿佛又闻到了一缕淡淡的清香。那是文字的香味，带着我的思想、智慧、爱与温存。那文香的字里行间有对亲情的惦念，有对故乡的眷恋，有对美食的回味，有对美景的描摹，所言皆欢悦，所写皆美好。这样想一下，心里也是美的。

高家堡媳妇儿

百善孝为先

神木流传的一句名言"高家堡的女子，天上的冷子，跌在谁头上谁顶着"，用极其形象生动的比喻阐释了高家堡女子的厉害、霸道。也许是命运的安排，我有幸成为高家堡媳妇儿，往后余生我应该以怎样的姿态与众多"冷子"并肩作战，是摆在我面前的一大难题。

记得第一次随爱人踏入高家堡镇东山路北16号我婆家的大门时，内心充满了忐忑，但丑媳妇儿迟早要见公婆，于是鼓起勇气，大胆地往前走。一进大门，婆母便热情地接待了我，她从院子里的一棵大梨树上摘下了一筐金黄的梨，又从院里的菜地里摘了黄瓜、西红柿，一股脑儿放在院子里的小方桌上，让我坐在小凳上去吃，然后拿起一个竹篮说："我到镇上去买点肉，回来给你们做炸酱面。"婆母走后，我赶紧打扫庭院，不一会儿，院子内外整洁，窗明几净。我做这一切，完全是出于讨好婆母，想给她留下一个好的印象。俗话说：人情留一线，日后好相见！

我的勤快果真给婆母留下了很好的印象，我分明看到她眼睛里满是欣慰的赞许。可是，我公爹并不这么认为，我听到他和来家里串门的润生拉话，润生说："你家晓东可是带回来个好媳妇儿哦。"公爹沉默良久说："好不好都来了呀。"紧接着公爹又补充说："是一个清涧女子，听说南六县的人都很厉害，很难缠，你说晓东放下神木这么多好女娃不找，偏偏找一个外地人，唉……"我听了他的话顿时头晕目眩，如五雷轰顶。我分明读懂了他对我的嫌弃，预感到一段美丽的爱情故事将会因家人的反对而夭折，刘兰芝与焦仲卿，梁山伯与祝英台，陆游与唐琬，贾宝玉与林黛玉，罗密欧与朱丽叶，古今中外的爱情悲剧在我脑海里过了一遍，我如霜打的茄子般一点点蔫下去。于是，我对爱人说："你还是去找你们家给你相中的县长的女儿去吧！我这就回家去。"爱人不知道发生了什么事，觉得莫名其妙，便苦口婆心地劝我不要胡思乱想，还信誓旦旦地说："我今生今世只爱你一个人，非你不娶！"

后来，我如实告诉了爱人他父亲对我的评价，他如释重负地说："哪里都有好人，哪里也有坏人，我相信你不会令我的父母失望！"我说："英雄所见略同，我一定要好好表现，让你的家人对我们南六县人刮目相看！"从此以后，我便时时在意，处处小心，每时每刻都没有忘记我是一个外地媳妇儿，我深知百善孝为先的道理，要做好一个儿媳妇，首先就是孝顺父母。孝顺父母的第一件事，就是为了减轻父母的经济压力，我们完完全全地裸婚，没有彩礼，没有嫁妆，没有车，没有房。

孝顺父母的第二件事便是每个周末回高家堡帮父母干活。每次回家我都要把父母的衣服清洗一遍，把房屋打扫一遍，然后就是帮婆母劈柴。高家堡的冬天天寒地冻，需要劈柴生火取暖，所以，每个周末回去都要劈柴。有时候劈完柴，满手都是血泡，但为了讨得一个人的喜欢，就要不顾一切，奋不顾身，正像张爱玲所说的："爱一个人，可以低到尘埃里去，并在尘埃里开出花来。"

孝顺父母的第三件事，就是竭尽所能为婆母治病。在我们结婚第五个年头的时候，婆母查出患有食管癌，婆母积劳成疾患了如此大的病，全家人都痛不欲生，我和爱人把结婚以来的全部积蓄拿出来，爱人带着婆母去了西安肿瘤医院治疗，经过两年与病魔的顽强抗争，婆母还是不幸离世。临终前，婆母紧紧地拉着我的手，老泪纵横地递给我一个小红布包，布包里包着皱皱巴巴的一千多元钱，有几张一百元、五十元、二十元的，甚至还有一些角票，包里还放着一张小字条，上面写着："对不起，你结婚的时候，我什么也没有给你，而我生病时却花完了你们的全部积蓄。这些钱是我多年来卖菜卖葱挣来的钱，你拿着买一个金戒指吧！这是妈的一点儿心意，你一定要收下。"我看完字条泪如雨下，悲从中来。这难道不是婆母留给我最可贵的遗产吗，往后余生，那一枚金戒指将承载着温暖的母爱时光。

从租住南房到乔迁顶楼

我们最早租住了县公安局正对面黄庄村干河则的一间南房，房屋大小约三十平方米，一进门就是一个大灶台，灶台上安放着一口大锅；然后映入眼帘的是一盘土炕，炕很大，占据了大半间房的位置，剩下的空间，只能够安一个火炉，摆放一张桌子和几个凳子。当时可以说家徒四壁，而且每面墙都是黑乎乎的，听说，刚搬走一家三口人，他们买下了一间正房。房屋虽然简陋，但房东太太热情好客，对我们非常友善。她常常从自家地里摘了黄瓜、西红柿、西葫芦等蔬菜送给我们，秋天的时候，也会送我们玉米、红薯、土豆、南瓜等。在一个陌生的城市，初来乍到，能收到这样的馈赠，确实值得我一生铭记，所以，住在这样一个夏天热得像火炉、冬天冻得似冰窟的房子里，我们也并没有感到有多么艰难。

南房最难熬的是暑伏天，一到中午，房子就像火炉一样，薄薄的房顶被太阳烘烤得像一颗烫手的山芋，窗户打开吹进来的全是热流，小小的房间像蒸笼一样，热得人无处躲藏，更让人闹心的是蚊子的叮咬。我之所以能在那样的房子里坚守六年，个中原因是爱情的美好，是因为身边有爱人暖心的陪伴。

记得当年是生火炉来取暖的，每到冬天的早晨，房子的窗玻璃都结着一层厚厚的霜花，一生火做饭，家里面便烟雾缭绕，气蒸雾罩。窗玻璃上的霜花也会受热消融变成水流到地板上，家里天天上演"人水大战"。到了晚上炉子灭了，温度骤降，冻得人手脚生疼。每天晚上，我爱人都会用矿泉水瓶装两瓶开水，放入我的被窝，不但温暖了我的全身，也温暖了我的心。矿泉水瓶虽然被开水烫得奇形怪状，但那是有温度的，是一个暖男爱的温度。这可谓屋外千寒，心中永暖。但生活中只有温暖是远远不够的，每个人都想追求更高的、有品质的生活，尤其是在出租屋里生不着炉火的时候，在倒完炉灰安不上炉筒的时候，我便会气急败坏，泪流满面；

便会抱怨眼前的苟且，非常艳羡那些住在高楼大厦里的人。有时，我也会怨恨自己的爱人是政府部门的一个小小公务员，不能给我荣华富贵。也许我的爱人也在心里无数次地责备自己，当年择偶时固执己见，没有听从父母的忠告，找一个官二代或者富二代千金小姐，那样的话，他也许早已借助东风有了高官厚禄，也就不用和我挤在这样的简陋房子里了。

　　锅碗瓢盆的碰撞，柴米油盐的琐碎，让我们这些爱情至上主义者也开始怀疑爱情，怀疑人生。但转念一想，幸福是奋斗出来的，为了能拥有一间阳光明媚、有暖气的房子，我们夫妻同心，共筑有房梦。当时，我们两个人每月的工资加起来也就八九百元，一个月除了生活费、孩子的奶粉钱、人情往来开销，一个月最多只能攒下五百元，按照那样的速度，一年也只能攒六千元，二十年只能攒十二万元，而二十年后房价可能要翻几十倍，十二万元可能只能买几平方米。我们两人一合计，靠攒钱买房是根本行不通的，于是，我们选择了按揭贷款买房，在租房六年以后，为了把孩子从老家接回城里上幼儿园，为了给孩子一个好的学习环境，我们按揭贷款买了在人民小区四区三号楼三单元顶楼的一套房子。虽然房屋在顶楼，虽然是步梯，但对一个长期的租房者来说，这已让我们心满意足了。在拿到房屋钥匙的那一刻，我们喜极而泣。我们终于有了一个真正意义上属于自己的家了。

从小羚羊到朗逸

刚参加工作的时候，我在镇上中学任教，爱人在县城上班，他每天都是步行到单位，每天的奔波劳累让人心疼。我上班两个月后，同事丽说她爱人单位发的一辆羚羊牌自行车想卖，因为她爱人在企业上班，每年都会发福利，自行车家里已经有几辆了。我问她能不能赊账，等我发了工资再付钱给她，她说可以呀，还信不过你吗。于是，我便从丽手中赊到了一辆羚羊牌天蓝色的自行车。周末，我便兴高采烈地骑着新买来的自行车从店塔镇中学出发了，经过两个小时的长途跋涉，终于把自行车放在爱人的面前。就像当时电视广告里一个人大声喊着"秀兰，我给你把洗衣机买回来了"一样，我也一进大门就大声喊着"晓东，我给你把自行车买回来了"。他开心得合不拢嘴，上下左右前后打量着自行车，然后骑着自行车在院子里转了几圈，对自行车赞不绝口。我们家从此便有了第一辆自行车。这辆自行车他骑了四年，直到我从农村调回县城工作。我调回县城以后，小羚羊便归我了。每天早晨6点钟我就骑着小羚羊匆匆赶到二中，开始一天紧张而忙

碌的教学工作，中午 11 点回家吃饭，下午 1 点返回学校进行
自习辅导，晚 8 点下晚自习后回家。小羚羊载着我在家和学
校间两点一线，循环往复，我乐此不疲。但好景不长，一天
放学后，我骑着小羚羊到沙渠市场买菜，把自行车停在市场
门口，我记得清清楚楚自行车是上了锁的，因为钥匙一直握
在我手里，但当我买好菜走出市场的时候，小羚羊不见了踪影。
我急得团团转，路人说，别找了，可能被人偷走了。我怀着
沮丧的心情垂头丧气地走回家，告诉了爱人发生的事，再一
次感到贫贱夫妻百事哀，委屈的泪水夺眶而出。本以为爱人
会数落我不小心弄丢了小羚羊，我正准备迎接一场口舌之战。
出乎我意料的是他不但没有责备我，还安慰我说："没关系，
旧的不去，新的不来，我这就给你买一辆新自行车，小羚羊已
经骑了四五年了，也该换辆新的了。"于是，他用自己一个月
的工资为我买了一辆捷安特牌自行车。然而好景不长，自行
车又丢了，这次丢的好蹊跷，本来车子是放在出租屋的门外
面的，因为人在家里，所以就没有上锁，但就在我们在家里
吃饭的时候，小偷给我扔下一辆只有一个车闸的破旧自行车，
骑走了我的捷安特，对我来说等于是以新换旧，好歹也可以
骑着这辆破自行车去学校了。每次我骑着这辆破旧不堪的自
行车出现在二中校园时，和我熟识的同事就调侃我："哎呀，

守财奴，攒着钱下蛋呀，不要给你先人丢人了，换辆新自行车吧。"我的倔脾气也上来了，就不换，换了也会被小偷偷走。那辆破自行车又伴随了我好几年，虽然隔三岔五需要换零件、补胎，但再也没有被偷走。后来，我的一个闺密到西安陪读，她把两辆大阳牌摩托车以一千元卖给了我，家里一下子又有了两辆摩托车，我们两人上班的时候各自骑着摩托车，别提多开心了。

时光飞快，转眼到了2010年，我的工作也有了变动，我由神木二中调入神木县（今神木市）档案局做秘书工作。每次陪局长出差下乡，都是局长开车，我坐在副驾驶座上悠闲地欣赏着沿途的风景。局长出发的时候总是和我一样开心，可是返回的途中，可能是因为开车开累了，就开始教育我："你年纪轻轻的却不会开车，每次出去好像你是领导，我是你的司机，赶紧学开车去。"我表面连连承诺一定要学会开车，可是我心里发窘，我就是学会开车也没有车开呀。回家以后，我把自己的窘境告诉了爱人，他说不管怎样，先学会开车，拿上驾照。当时恰好局长的爱人在运管所上班，他姐夫又是一个驾校的教练，我和同事瑞琴便在局长引荐下顺利报名。经过一个月艰苦训练，终于拿到了驾照。万事俱备，只欠东风，于是我们又按揭了一辆朗逸小轿车。从此，我们也成了有车一族。幸福是奋斗出来的，从南房到楼房，从小羚羊到朗逸，经历了十五年的拼搏，我们的生活越来越好。

结婚二十几年来，我身体力行，不断努力提升自己。我觉得我做到了孝顺公婆，睦邻友好；我也做到了勤俭持家，温良谦恭。我想证明高家堡媳妇儿不是天上的冷子，是人间的四月天，我也想证明外地媳妇儿本地郎也可以创造一段美丽的爱情佳话。

化妆

　　有人说，爱化妆的女人不是人，是会呼吸的人民币。言下之意，就是化妆是吸金的。也有人说女人爱化妆，男人爱撒谎。但这些说法对于我和爱人就是个例外。我相貌平平，却不爱化妆，仪表堂堂的他却用情专一，不花心，不爱撒谎。

　　记得小时候家里穷，我和姐姐常常到山上挖药材去卖。有一年夏天，我们两人把挖来的药材拿到集市上卖了三十元钱。姐姐用这些钱给我们俩每人买了一件红色的的确良飘带衬衣，剩下的钱又买了一瓶大宝 SOD 蜜，又给父母每人买了一双胶鞋。回到家里，我们俩兴高采烈地把买到的东西一件件摆在父母的面前，父母很是欣慰，直夸我们俩勤快懂事。突然，那瓶大宝 SOD 蜜引起了父亲的注意，父亲问那是什么，我抢先向父亲炫耀说那是化妆品，抹了皮肤可以变白变美。父亲又问那个多少钱，姐姐怯怯地说："五元。"父亲听后勃然大怒，吼道："那个什么玩意儿，那么多钱可以买几斤猪肉呢！"我早已吓得魂不附体，两腿瑟瑟发抖，倔强的姐姐沉默着等待一场来自父亲的暴风骤雨。出乎我们姐妹俩意料的是，父亲高高举起的手又轻轻地放下来了，他长叹一口气说："都是我没本事，挣不来钱。你们确实长大了，应该好好打扮一下了，唉……"这次买化妆品父亲虽然没有打我们，但关于买化妆品的事确实在我心里留下了很大的阴影，从此以后，每次买化妆品，我都会不由自主地将化妆品的价格与猪肉的价格进行对比，心里默默地计算买这些猪肉可以给父亲做多少红烧肉。算着算着，买化妆品的兴致便会一扫而空，以至于我长大成人后都不屑于买化妆品。

我第一次用的化妆品是一支口红。2001年我由农村中学调入神木二中工作，凑巧的是那年二中换了新校长。国庆节全县举办歌咏比赛，俗话说"新官上任三把火"，新校长上任要点的第一把火便是学校要在这次全县干部职工的歌咏比赛中一举夺魁。比赛前，不甘落后、力争上游、振奋人心的排练自不可少，比赛时的仪表仪态、衣着打扮更不可少。记得比赛前一天，校长义正词严地对我们女教师说："所有的女教师注意了，你们明天在比赛前务必要精心装扮，要化妆、要盘头，如果谁蓬头垢面，衣冠不整，导致比赛失利，就扣除谁的半年量化奖金！"校长的话虽然有些蛮不讲理，但女教师们还是积极行动起来，都不想自己的量化奖金因为自己的形象而被扣掉。可是，对于平时不化妆的我，这样的要求确实有些强人所难，因为家里没有任何化妆品。于是，我第一次踏进化妆品商店，当时我想，化妆不就是买支口红，往嘴上一抹嘛，简单得很呢！但当我对店主说明来意后，好心的女老板说："过来坐下，你今天的化妆包在我身上。"她让我坐在一个小凳上，拿出一把类似剃须刀的修眉刀，三下五除二把我杂草丛生的眉毛修理成两道柳叶弯眉，然后在我的眼睛上涂了眼影，粘了假睫毛，又在我脸颊上抹上腮红，在我苍白的唇上抹上鲜艳的口红，又把我凌乱不堪的头发绾成一个尖尖的发髻高高地盘在脑后。女老板领我来到镜子前，我分明看到一个浓妆艳抹、妖艳的少妇，觉得特别奇怪，特别尴尬，请求她给我卸妆。我觉得自己这个样子不敢见人，老板娘置若罔闻地把我推出店外，嘴里大声地唱了一句"妹妹你大胆地往前走，往前走，莫回头"。比赛在即，我只好硬着头皮走进比赛大军的行列。当我走进比赛队伍，发现女同事们个个浓妆艳抹，整装待发。在大家的精心准备和不懈努力下，神木二中代表队最终取得了本届歌咏比赛的冠军。

从那以后，我便爱上了口红，虽然不会化妆，但总觉得抹点口红，人就会显得特别有精神。化妆之于我是一门非常高深的艺术，我还是望而却步，不敢造次。我很赞同林清玄先生的观点，读书是女人最好的化妆，是一种心灵的化妆。因为爱读书的女人，心里有一盏明灯，守得住心灵这个宁静的港湾，始终视书籍为精神伴侣，不挂金戴银，也能底气十足。她敢于素面朝天，心清气爽，身居闹市却能远离红尘喧嚣。

回家

　　天空一角，几丝淡云，风骤然而起，一切不过是虚幻。然而有太多的人执意将梦当作现实。我就喜欢做回家的梦，梦里有一排整齐的窑洞，窗户上贴着错落有致的窗花，小猫在碾盘上晒太阳，小狗在看家护院，母鸡每天都在下蛋，一切都是我喜欢的样子，安静祥和，恬淡美好。院落的主人就是我安享晚年的父母。人生不过是一个圆圈，无论走多远，都要回到原点，那就是回家。那些旧事不妨重提，那些故地不妨重游。我们每天都在奔波，为生计，为梦想，而每个人累死累活地奔波其终极目标就是为了能够体面地回家。陕北民间自古就有衣锦还乡的佳话，有叶落归根的夙愿，也有一生颠沛流离客死他乡的悲哀。为了踏上回家的路，人们不畏山高水长，不惧雨骤风狂，不顾"欲渡黄河冰塞川，将登太行雪满山"的行路艰难，因为每个人的心里都有一盏温暖的灯，照亮了回家的路。

也许，家就在前方不远处；也许，家还在遥远的向日葵盛开的地方；也许，家在海峡的对岸，一湾浅浅的海峡隔断了骨肉亲情；也许，家在大洋彼岸的异国他乡，一处相思，两处闲愁。无论距离家有多么遥远，回家的愿望都是一样的强烈，因为家里有我们魂牵梦绕的至亲至爱的人！回家的路，山一程，水一程，千里跋涉，风雨兼程。我们如此渴望外面世界的精彩，到最后才明白人生最美的风景都在回家的路上。春运期间，人们不惜一切代价要抢到一张回家的船票、火车票、机票，有的人甚至骑自行车、摩托车回家，更有甚者，千里迢迢步行回家。人们为了踏上回家的路，可谓义无反顾，而且回家的愿望非常单纯，就是能够与家人吃顿团圆饭。

"夕阳西下，断肠人在天涯"道出了多少人漂泊在外的辛酸无奈。那些因为暴雨、风雪、地震、泥石流等自然灾害导致火车晚点、飞机延误、交通堵塞而滞留着的人们，内心的焦虑不安可想而知，身体的饥寒交迫更让我们感同身受。回家的路如此艰难，为什么人们还一定要回家？当我们遇到挫折，脆弱无助的时候，总是千山万水赶回老家，老家的清静安宁总会给人们的心灵以无限慰藉；当我们踌躇满志，仕途畅通的时候，也要火速回家，与家人分享成功的喜悦，家人的鼓励能为我们的人生注入新的活力；当我们职场失意，走投无路的时候，唯一的选择就是回家，家的温暖会抚平我们所有创伤，让我们继续努力远行。

每一个节假日，我都要火速回家，因为沟壑纵横的大山深处有我的爹娘。父母一辈子守着这片土地，买东西要到百里以外的县城，山一程水一程，艰辛劳累。更愁煞人的是东西买回来后，往海拔千米的家里搬腾，走走停停歇歇，年轻力壮者怎么都好说，七老八十的老人们，等搬完后体力不支，老病发作，寻医问药，苦不堪言。不知情者总以为是儿女不孝，其实子女都想让父母亲进城，衣食无忧地安享晚年，可老人的心思他们不懂，宁愿贫穷受苦，也不愿连累子女！一生坚守，只因故土难离；一世抗争，只为把根留住！

五一回家，要陪母亲挖苦菜、挖小蒜、摘榆钱、捋槐花、割苜蓿，回家做成苦菜粥、榆钱饭、槐花糕……然后就着腌制好的小蒜吃，边品着母亲的手艺，边忆苦思甜，听着母亲千篇一律地叙述小时候生活的艰难困苦，以及各种挖野菜充饥的饥荒岁月，边感叹当今生活翻天覆地的变化，对未来又有了无限甜美的憧憬。无论母亲如何精心烹调，百般用心良苦地在蒸槐花或者炒苜蓿中加入肉丝、淀粉、白面，还是不再能吃出小时候的味道。那些年，粗茶淡饭却似山珍海味，令人刻骨铭心；如今每天吃着大鱼大肉，却食不甘味。真想向天再借五百年给父母，让父母尽享天伦，细品生活的乐趣与无限精彩。愿景总是这样美好恬静，一如乡村小院之寂静安宁。这样的乡村小院适合安放游子漂泊的灵魂，这样的乡村小院适合聆听留守老人、儿童孤独的心音，这样的乡村小院适合去除自己的浮躁，这样的乡村小院也适合老人颐养天年。陪伴是最长情的告白，因为家里还有一对古稀老人，所以花开花落皆喜欢，风轻云淡都心安。

国庆节回家，必须上我童年的"花果山"。狗尾巴花芬芳在田埂地头，点缀着秋意渐浓的大地。农人们采摘果实的同时，不忘唱一曲高亢的信天游，欢乐的笑容填满了脸上的皱纹，充满了对美好生活的向往，他们累并幸福着！南飞的大雁无限留恋地盘旋在低空，倾诉着对北方的怀念与感恩。蓝天在艳阳的高照下更显辽远空旷，深邃迷人，让我忍不住仰天长啸，对山呐喊，山谷传来的回响，回应着我对"花果山"深深的眷恋。这是我童年的乐园，这里留下我与发小们追逐打闹的足迹；这也是我少年的王国，这里我曾让几个侄儿侄女对我俯首称臣，高呼万岁；这是我青春的伊甸园，手捧三毛或琼瑶的小说，坐在果树上，想象着自己的白马王子从云中深情款款地走来，折一枝山丹丹花别在我的头上，摘一颗苹果抛过来，意境唯美浪漫；这是我中年的精神家园，这里有年迈的父母苍老无助的期盼，也有我割舍不掉的牵挂、爱与责任！父母在，家就在，"花果山"承载着我的爱！

回家，陪母亲摘梨、打枣、赶集，是母亲最开心的事情。在母亲眼里我是最棒的，谁说孩子是父母的软肋？此时，我分明成了父母耀眼的铠甲。母亲见了每一个人都要说一遍："这是我女子。"就好像寒秋穿了一件小棉袄，美在身上，暖在心里，还不由自主地要向别人炫耀一下。在家里的日子，总是那么悠闲恬适，温馨从容，虽然我不会温柔、体贴入微地与父母说话，我也没有精湛的厨艺烹调美味佳肴，但这样简单的陪伴，足够成为父母开心的理由和炫耀的资本。

我经常从自己所在的城里带上大块的肉，回家后放在铁锅中煮了给父母吃，可惜他们牙齿不好了，难以消受。每当如此，父母便感慨万千地说："现在的生活变好了，可是牙口不行了，肉咬不动了。"我便撒娇说："妈，今天突然就想吃漂着葱花芝麻蛋皮的长杂面了。""妈，我想吃烙饼粉汤了。""妈，我想吃韭菜合子了。"这些都是母亲的拿手饭菜。每每这时，母亲就开始颤巍巍地操勺持刀，无限美味尽在她的掌控之中！我便理所当然地坐享其成，享受衣来伸手、饭来张口的公主生活。待饭毕争抢着帮母亲拾掇，可是母亲每次都怕把我的新衣服弄脏了，将我拒于千里之外，于是我就心安理得地玩手机，或者与小狗追逐打闹，仿佛回到了童年一样，沐浴在父母的千宠百溺中。这个世界上除了父母，谁会对我如此放任，谁会给我一世纵容？

父母在，家就在！趁父母还健在，常回家看看！给父母的祈盼一个慰藉，给父母的孤独一份温暖，给父母向乡邻的炫耀添加新的光环！

女人的觉醒

有人说，女人应该像林徽因一样优雅，像张爱玲一样强大；也有人说女人应该像杨绛一样睿智，像李清照一样有才。过去我认为女人应该像孩子一样天真，像天使一样快乐，像黄牛一样劳动，像土地一样奉献；现在我认为女人要活得潇洒，长得健康，要有主见，要敢爱敢恨、敢想敢做，要真正为自己活着，这就是女人的觉醒。

遥想当年，省吃俭用，勤以持家，素面朝天，风尘仆仆，行色匆匆，积劳成疾，两鬓染霜，面容憔悴，沟壑纵横，未老先衰，美色殆尽，徒留伤悲。

穿衣打扮看家当，捉襟见肘的生活还是让我在高端的化妆品面前望而却步，对心仪之物也只能望梅止渴。有一次，我在超市买了满满一购物车蔬菜水果才花了八十元，而一瓶防晒霜就花了二百多元。回家后我自责不已，觉得自己太奢侈了，每用一次就心疼一次，感觉自己脸上抹的不是防晒霜，而是一家人的吃喝用度，从此以后我就再也没有买过化妆品。后来闺密们问我："你用的什么化妆品？皮肤为什么这么干？眼睛周围都有皱纹了。"我说："大宝天天见。"她们惊讶地说："天哪，那是男人用的化妆品。"从此以后我干脆连大宝也不用了。

现在工资大约已经是当年的二十倍，买化妆品已不再觉得囊中羞涩，可是我似乎有心理障碍，总是对化妆品敬而远之。每每买化妆品时，我就想到年迈的父母需要赡养，孩子的学费需要供给，家里的吃喝用度需要打理，于是就用"清水出芙蓉，天然去雕饰"来说服自己，用阿Q的精神胜利法来战胜自己，所以习惯了清水洗面，素颜朝天。虽然我看起来要比同龄人显老一些，但老是自然法则，只要健康快乐就好。

女人的时间都去哪儿了？记得刚生完小孩的时候，每天都围着孩子转，夜以继日，通宵达旦，给孩子一会儿喂奶，一会儿把尿，一会儿洗尿布，每晚和衣而卧，折腾十几次。有时为了给孩子剪指甲，整晚守候，刚剪一个手指甲他就醒了，而且把小手枕在头下面，于是关了灯在黑暗中耐心等待，听他睡踏实了再剪一个手指甲，他又敏感地趴下睡，把小手压在胸前，再关灯再等待，如此循环往复，就大半夜过去了。

终于可以睡了，却了无睡意，只好早早起床洗衣、做饭、拾掇家，或写育儿日记、思考人生，或读书品茶，寻找属于自己的短暂快乐。

待孩子稍大点，又要陪孩子做游戏、讲故事，一天忙得焦头烂额，哪里有时间去做自己喜欢的事？终于熬到了孩子上学了，又要每天起早贪黑，6点起床做早点，7点送孩子上学，8点到单位，11点接孩子回家，做午饭、辅导作业；下午1点送孩子上学，2点前赶到单位上班，5点半接孩子回家，做饭、辅导作业、陪读；晚9点安顿就寝，10点给全家人洗衣服、袜子，11点才能上床睡觉。每天像个陀螺，高速运转，周而复始，四季轮回，青春被消耗殆尽，匆匆地步入中年的行列。蓦然回首，不禁一声长叹，光阴易逝，时光易老；人生几何，慨当以慷；何以解忧，唯有诗书！

终于熬到孩子上大学，有了属于自己的时间了，就到图书馆办了借书卡，工作之余看看书，写写文章，有点儿小幸福了。

有几个闺密对我恨铁不成钢地说："你就好好糟蹋自己的那张脸，早早地变为黄脸婆，糟糠之妻早下堂。"陈闺密曾动员我一起健身，可我办了健身卡只去了一次，卡就闲置在家了，感觉自己特别懒惰，连洗脸、刷牙都懒得弄，更不要说做美容护理了。我觉得做那些事都是浪费时间，浪费金钱，于是我坚持自己本有的喜好，有点时间就窝在家里看书，有点小钱就买书，因为只有在书里我才能找到真正的快乐。

有时候我会反省，自己真的不像个女人，没有女人的温柔似水，没有女人的千娇百媚，有的只是女汉子的粗犷与强悍，鲁莽与蛮横。近来，从陈闺密身上学到很多东西，比如女人要活得自我，活得精致漂亮，女人要爱惜自己。已步入中年，吃饭再也不能每天清水挂面地瞎凑合了，要加强营养，补充维生素和钙；穿衣也不能随便买个地摊货，衣服宁缺毋滥，要少而精，要穿出自己的风格，要提升自己的气质；要保证充足的睡眠，更要有良好的心态，快乐的心情，力求健康开心每一天。

染 发

　　"一夜秋风秋叶落，两处秋霜明镜悲。豆蔻年华轻狂在，何妨秋月白发催。""未至而立霜侵鬓，青春对雪有所思。几分心事扰前路，几重崎岖少年时。""年年岁岁花相似，岁岁年年人不同。"时光不经意间穿过流年，在指缝间悄悄滑过，蓦然回首，爱人和我的两鬓已有了丝丝白发。有一天，我正在阳台赏花，爱人凑过来端详我良久，突然郑重地说："老婆去染头发吧！"我先是一怔，继而河东狮吼："怎么了，嫌我老了，看我不顺眼了？是不是你在外面遇到狐狸精了？好，既然你这么嫌弃我，那么离婚好啦！你走你的阳关大道，我踩我的独木桥，从此以后井水不犯河水，老死不相往来！"他保持了高度忍耐，沉默良久后说："你想歪了，你老了我不也老了吗？苍老是一段年华，岁月是一把杀猪刀，我们谁也逃不过它的千刀万剐，可是，我们的孩子还小，我们应该在孩子面前保持一颗年轻的心，保留一份年轻的念想，树立一个年轻的形象。这样的话我们在接孩子的时候，去给孩子开家长会的时候，别人就不会认为我们是孩子的爷爷奶奶，而是爸爸妈妈！"我冷静地一想，也确实如此。可我又反驳："染发可贵了，染一次发少则几百，多则上千元呢，不了，不了。"他说："那有何难？我给你钱，去染吧！"我反驳道："葛朗台，你真舍得花这个冤枉钱？"他一脸无所谓地说："为了所爱的人，我可以一掷千金呀！"我喜出望外地说："那好呀，快点儿拿来。"他便从口袋里掏出自己的工资卡给我，一副一掷千金的样子。可我拿着工资卡，却怎么也舍不得为了几根白发而慷慨解囊。

　　时光如水般流逝，我的白发不仅没有染，青丝也渐次变白，爱人实在看不下去了，偷偷地在网上买了染发剂。有一天下午，正好是周末，我窝在沙发里读余秋雨的《文化苦旅》，爱人神秘兮兮地在卫生间里捣鼓着什么，半天工夫他一手端着一个小盒子，一手拿着一块塑料披风，嬉皮笑脸地走到我面前，怯怯地对我说："老婆，过来坐小凳上，我给你染发！"我触电般从沙发上蹦起来："什么？你给我染发，真让我笑掉大牙，你可真是想一出是一出呀！""快点坐下！"他表情严肃地命令我，我只好乖乖地坐下来，他把那个塑料披肩披挂在我身上，在我的耳朵上扣上两个黑色的塑料耳套，然后用一把小木梳蘸着染发膏慢慢地梳在我的一缕缕白发上……他显得有些手忙脚乱，但那一丝不苟的样子让人忍俊不禁。过了很久，头发终于染完了，他让我坐在另一个小凳上耐心等待上色，自己则手脚麻利地收拾染发场地，地板上溅了一大摊栗色染发膏，加上各种工具横七竖八，杂乱无章的场景不亚于案发现场。我默默地望着他的背影，突然发现他的腰变粗了，背也有点儿驼，两鬓白发在阳光下显得格外耀眼。是啊，我们都老了，有一股酸楚的热流在我的心底潜滋暗长，终于变成一滴热泪夺眶而出。"君不见，高堂明镜悲白发，朝如青丝暮成雪。"过了半小时，我清洗了头发上的染发剂，镜子里显现出蓬勃厚重的一头栗红色头发，我顿时觉得自己年轻了许多，当即决定也要亲自为爱人染一次发，让他也重新焕发青春的光彩。

师生关系

  曾经，一则老师们在地震中逆行、飞奔上楼抱起幼儿往楼下撤退，奋不顾身救学生的新闻上过热搜，网友们无不被感动得热泪盈眶。在危难时刻，老师们不顾自身的安危，心系学生，一心为学生着想的行为，值得我们敬仰。此刻，老师像那高挂的太阳，将自己的温暖送给学生；老师像那汹涌的大海，将自己的热情奉献给学生。老师的爱，像太阳一般温暖，像春风一般和煦，像清泉一般甘甜。老师的爱，比父爱更严峻，比母爱更细腻，比友爱更纯洁。老师的爱，是天下最伟大、最高尚、最无私的爱。老师的爱，像一条长河，它恬静，泛着微微的涟漪；它清澈，看得见河底的块块卵石；它轻柔，如春风缓缓送我前行。时间如长河的浪花，带着悠悠笑声流去。思想与感情像潺潺流水，又一次淌过时间与空间的桥，冲拂我那如诗如画的童年，我的思绪被浸润在浓浓的师生情中。

  有一种关系，常常让我们引以为豪，那就是师生关系，我们会炫耀某某是自己的老师或者某某是自己的学生，流淌在眉飞色舞间的夸奖赞美之情真诚率真。在一个烟雨迷蒙的秋天，我乘车下乡，途经沿黄公路，一路上有三个美女学生做伴。我们谈笑风生，神吹瞎侃，谈及多年前二中的教学和学习生活。她们说那时的老师都会"降龙十八掌"，学生对老师望而生畏，但私下里调皮的学生会给老师们起一些绰号，如班主任叫老夫子，其他老师的绰号有碗饦、豆腐、老杠、老假、法海、孔乙己、祥林嫂、林妹妹等。我问她们当年给我起的绰号叫什么，她们笑而不答。其中一个狡黠地说："乔老师，就在上面那些绰号中，充分发挥你的想象力吧。"后来又说到她们大学毕业后，各种考试，各色面试，各样相亲，好在两个美女已经名花有主，尘埃落定。只有一个现在还是单身狗，她努着嘴抱怨道："都是乔老师当年棒打鸳鸯，害得我现在成了剩女。"其他两个女孩也佯装生气地说："都是乔老师当年对我们管教太严，害得我们与初恋失之交臂。"大家哈哈大笑，我便信誓旦旦地说："别怕，以后你们找对象的事包在我身上，我人脉广泛，资源丰富，帮你们牵线搭桥，保证你们在不久的将来定能找到自己的梦中情人，让你们有情人终成眷属。""你个老法海，我不想结婚。""啊，原来我是法海，吃我老衲一杖。"大家嘻嘻哈哈地打闹着，把师道尊严暂且放于一边。时过境迁，过去的师生关系如今早已变成了和谐、平等、友好的朋友关系。过去的学生也许成了今天的同事甚至顶头上司，长江后浪也许早已把昔日的老师拍在了人生的沙滩上。大家感慨原来那些调皮捣蛋的学生如今个个发展得风生水起，功成名就；而当年的高才生如今有的与学渣和谐地处成了同事，成了闺密，有的还成了夫妻。真是三十年河东，三十年河西！我再次给学生们当老师，讲的已经不再是戴望舒的《雨巷》里无望的爱情体验，而是文件的归档范围与保管期限、分类编号等冗长的理论。虽然少了些浪漫与激情，少了对美的事物的赏析与共鸣，但同学们仍能耐心地与我一起领会工作的责任担当。

我从教十三年，不敢说桃李满天下，但出去总能碰到曾经的学生。只要学生认出我这位老师，都会给予我足够的尊重和热情的帮助。当然，学生有什么困难，作为老师我也都会鼎力相助，这就是平凡而伟大的师生关系。师生之间总有一种亲和力，一种亲切感。一朝沐杏雨，一生感师恩。

他乡是故乡

"故乡容不下肉身，他乡容不下灵魂。若能一世安稳，谁愿颠沛流离。"这句话道出了多少漂泊在外的游子的心声。我于 1995 年来神木，掐指一算已然几十年。在这几十年里从白手起家到家境殷实，由青春年少进入不惑之年，可谓苦尽甘来春满园，姹紫嫣红别样情，人生渐入佳境，他乡已成故乡。

记得初到神木那夜，与恋人走在东兴街上，色彩斑斓的街店挤挤挨挨，拥挤熙攘的人流中我只认得他。我们走在悠长的街巷，胡同口像张开的大嘴，大槐树像远古的神灵，无光的四合院充满神秘，使我不敢前行。后来知道，这街其实很短，最南边是神木宾馆，最北边是开发公司，由北向南，步走半小时，可那夜却怎么也走不到尽头。恋人的父母亲认为外地人难打交道，我一个外地姑娘能不能被接纳？对爱的执着，对未来的迷茫，不被看好的爱情，让我对这个小城既充满热爱，又有一些恐惧。

　　我的故乡在陕北清涧，是一个山清水秀、人杰地灵的小山村，与著名的作家路遥同处一个乡镇，相距十公里。小时候，我常常到山上放羊，一会儿把羊群赶到山顶，一会儿把羊围在山沟沟里，让它们自由地奔跑、吃草、撒欢，我自己则在漫山遍野的果林里放空心灵。春天，风和日丽，鸟语花香，天空总是一片瓦蓝。随心所欲地采摘一些野花捧在手里，戴在头上，或者喂给羊群，心里自然有一份妙不可言的惬意。夏天，可以和小伙伴们在田野里跳格子、踢毽子，常常玩得忘乎所以，甚至丢失了羊，在父母的责骂声中偷偷溜回家。有时也到瓜农的地里偷摘西瓜，用羊角切割西瓜，羊角因为沾染了西瓜的汁液而暴露了我们偷窃的行为。农人们很是厚道和纯朴，即使发现自己的瓜被偷也不会打骂我们，而是亲切地说："西瓜还没有熟透，等熟透了再过来吃哦。"秋天是丰收的季节，瓜果梨枣沉甸甸地挂在枝头，我们像猴子一样上蹿下跳地从这棵树跳到那棵树，摘了苹果摘雪梨，吃完雪梨打枣子，将吃货的嘴脸暴露无遗。那份童真童趣永远定格在永不忘却的记忆里。时光流逝，故乡渐行渐远，对故乡的念念不忘却如一杯老酒，历久弥香。

　　故乡的美食便是妈妈的味道。无论是薄如蝉翼、筋道美味的清涧煎饼，还是金黄酥脆、唇齿留香的韭菜合子，或者是色香味俱全的猪肉翘板粉，还是抿节、稻黍饭，提起这些名字，就让人食欲大增，可谓舌尖上的美味，味蕾中的乡愁。神木人性格粗犷豪爽，饮食习惯也是异常豪放，大块吃肉、大碗喝酒的男人自不必说，就是下厨做饭的女人们也是豪放大于婉约。她们做饭喜欢一锅炖，做成大杂烩，比如，一锅水里煮上小米、大米、豌豆、土豆，熟了以后，再将炒好的小白菜或者腌酸菜、腌沙盖之类的小菜和进刚才煮好的杂粮饭中，便做成了和菜饭。神木女人不喜欢做炒菜，喜欢做黏黏菜，如小白菜黏黏菜、豆角黏黏菜、沙盖黏黏菜、酸菜黏黏菜，就是把各种配料简单翻炒后，倒入大量水，等水烧干，用勺子把菜搅黏，类似土豆泥。对不爱吃土豆的我，简直是吃饭如吃药，心不甘，情不愿，每次吃家人做的这种饭，我就条件反射似的想念故乡的饭、故乡的人。

工作中，我常常觉得自己之所以一事无成，都是由于我是外乡人，因为外乡人就如一片漂泊的浮萍，既没有根基也没有依靠，又像一件衣服失去扣子的陪伴，爱无所依附。一次到五台山游玩，一位鹤发童颜的老道士端详我良久，语重心长地对我说："你这个人，一生富贵，但无荣华，没有官运。"走过许多坎坷人生路，蓦然回首，衣带渐宽，一生无官。一个人的命运是由其性格决定的，像我这样走过半生依然棱角分明、锋芒毕露的人，是不可能在仕途上有大的发展的。工作二十四年，换了四个工作单位，对每一份工作不是锲而不舍、金石可镂，而是蜻蜓点水、浅尝辄止。有人说"人挪活，树挪死"，而我不断地调整工作岗位，每次都是弃明投暗，后来却渐入死胡同。我一生做过最大的官是中学班主任，管理八十多个初中生，每次开班会，站在讲台上侃侃而谈，至今想起来都觉得风光无限。我一生做得最久的官是业务股股长。一次到企业指导，人家好奇地问："股长是一个什么样的领导？"我毫不思索，脱口而出："股就是屁股的股，屁股虽然貌不惊人，可它在人体中起着新陈代谢的作用，功不可没，换言之，股长在业务工作中也是这样的。"那个人又说："那你们的馆长，就是输卵管的管了？"在场的所有人都捧腹大笑，我竟也笑出了眼泪，因为我知道屁股是永远不可能变成输卵管的。由于我是教师转行，所在单位是参公单位，事业编制的身份既没有车补，也不能被提拔，所以我的仕途止步于股长这一微不足道的官职。有时，我也自怨自艾地想，如果我不是外乡人，那会不会有扭转乾坤、力挽狂澜的神功武力呢？古人有"学而优则仕"的人生目标，现在人们也常说"不想当将军的士兵不是好士兵"，所以不是我不爱慕虚荣、追名逐利，而是现实使然。

　　有人说，爱上一座城，是因为城里住着你爱的人。舒婷诗云："不仅爱你伟岸的身躯，也爱你坚持的位置，足下的土地。"

我自从嫁给神木人，就把他乡作故乡，喜欢上了神木的一草一木，尤其爱上神木的美食。由十指不沾阳春水的青春少女，到任劳任怨的油腻大妈，不仅见证了神木的飞跃发展，也见识了神木人的无肉不欢，了解了神木饮食文化的博大精深。

在七千多平方公里的神木大地上，恐龙把脚印留给人类，森林把煤炭留给今天，黄河和长城在这里相会，成熟和不成熟的文明在这里留下最重要的印迹，农耕文明和游牧文明在这里和谐相处，黄河揽怀南下，长城横腰西延。五千多年来，神木人大碗喝酒、大块吃肉，无肉不欢，既强健了身体，保卫了家园，又把豪爽大气的性情代代传承，结交了天下朋友，发展了地方经济，从一个积贫积弱的穷地方变成了经济富裕的全国百强县。

如今，漫步神木街头，处处鸟语花香，高楼林立，道路四通八达，一派欣欣向荣的繁华景象。神奇神木，神秘神往。让我魂牵梦萦、朝思暮想、如痴如醉的故乡是回不去了，那姑且就把他乡当作故乡，在他乡一世安好。达·芬奇说："勤劳一日，可得一夜安眠。勤劳一生，可得幸福长眠。"我相信奋斗的人生就是幸福的，在纷繁复杂的社会中，学会淡然处世，宠辱不惊，即使不能衣锦还乡，荣归故里，也能在他乡安居乐业，快乐一生。

邂逅微笑

我与她萍水相逢。如果不是因为她善意的微笑，那么我将永远是她的路人甲，而她永远是我远远观望的小区保洁员。但女人拥有天生的神秘莫测，有的人对她掏心掏肺，千般恩宠，换来的只是她的热嘲冷讽，甚至是恶语中伤；有的人只需要一个善意的微笑，便可在人海中彼此欣赏，惺惺相惜，甚至温暖一生。

有缘千里来相会，无缘对面手难牵。人与人短期交往靠脾性，所谓臭味相投；长期交往靠性格，所谓物以类聚，人以群分；一生交往靠人品，所谓近朱者赤，近墨者黑。总而言之，我与她邂逅了，而且她的微笑对我进行了灵魂的救赎，她的善良让我懂得了友情的珍贵。

清明的内心，浮华的世界，彼此无法调和。那天因为单位上的琐碎事情绪低落，下班路上一个人生着闷气往回走。景随情迁吧，看见路边的垂柳也是那般虚情假意地将干枯的枝条摇来荡去，街上的商店更是萧条冷清，店里处处传出寂寞单调的靡靡之音。我一路绷着脸，迈着沉重的步子，不知不觉已到了小区院里。走到单元楼门口，一个五十多岁的保洁员向我微笑，出于礼貌我也向她挤出一个僵硬的微笑，"今天很冷，你穿这么少一定很冷吧？以后早晨多穿点儿。"我这才意识到自己气急败坏地离开单位的时候竟然忘了穿外套，此刻被冷风吹得瑟瑟发抖，一个路人突如其来的嘘寒问暖，感动得我差点儿落下泪来。"还行，这不马上就回家了嘛，谢谢。"

回到家，心情突然舒展开来，心里的阴霾也渐渐散去，是那个保洁员善意的微笑、温暖的问候融化了我心中的坚冰，让我豁然开朗。从此以后，每天上下班遇到她，彼此都友好地微笑，客套地打招呼，有时还站在一起聊天。从聊天中得知，她曾有一个妹妹，和我年龄相仿，三年前病故。她说她看到我就想起她的妹妹，觉得我特别亲切，很爱与我攀谈。因此，为了缓解她的思念之情，一有空我就和她聊几句。

有一天回家路上，我看见她从垃圾箱捡了很小的纸箱碎片，码得整整齐齐，我问她要那些碎片干什么，她说积攒起来卖废纸。我突然想起自家车库里堆着很多旧书、旧报和一些纸箱子，就把车库遥控给她，让她拿去卖了。过了几天她把车库遥控还给我，还把一百多元皱巴巴的零钱塞给我说：
"总共卖得这么多，我顺便把你的车库打扫干净了。"我把
钱塞回给她说："你辛苦了，这点钱算你的辛苦钱。"她再
三推辞，最后千恩万谢地走了。我打开车库门，眼前一亮，
她把杂乱无章、满地狼藉的车库收拾得井然有序、一尘不染。
我不禁心生感慨，我只要求她拿走废纸并未要求她拾掇，她
却默默地做了那么多，我何德何能，竟让她对我那么好，大
约是真的把我当成她妹妹了吧。

　　为了表达我的谢意，我便在家里翻箱倒柜，收拾了很多
自己的旧衣服给她。她感动得热泪盈眶，把衣服紧紧抱在胸
前，喃喃自语道："你真像我的亲妹妹，我妹妹在世的时候
也常送我衣服，可惜……"她想起了自己的妹妹，泣不成声。
我揽着她的肩真诚地说："好吧，以后我就是你的亲妹妹。"

　　过了几天，我下班回家的路上，她远远地向我招手，走
近一看她手里鼓鼓囊囊地提了一袋东西，硬塞给我，她说是
自己老家捎上来的新鲜蔬菜。我说："上我家一起吃饭吧，
正好我老公出差了。"她再三推辞，最后拗不过我，就和我
一起回家。

　　她进了门，先是有些拘束，继而撸起袖子就帮我拖地板、
擦桌子，顷刻间就把房子打扫得干干净净。我说："你的工

作是打扫小区院落，不是业主的家。"她说："我不是在业主家，我是在我妹家呀。"我赶紧附和："对，对，姐请坐。"

我炖了肉，炒了她送我的新鲜蔬菜，两个人就像亲姐妹一样边吃边说，无话不谈。和她在一起非常放松，不需要阿谀奉承，不需要刻意讨好，也没有言不由衷。

后来隔三岔五地她就在我下班路上塞给我一些吃食，有时是她自己做的手工蒸馍，有时是她老家捎来的新鲜蔬菜，有时是几颗土鸡蛋。我也时常把她带回家，让她自己挑我的衣服穿。我们俩就这样互相关爱着，彼此牵挂着、温暖着。直到有一天我没有看到她在小区打扫卫生，心里突然觉得少了些什么。我疯狂地到处打听她的下落，结果令我悲痛欲绝。听说她在下班回家的路上，为了救一个过马路闯红灯的小姑娘，而自己被车撞飞。她走了，没有向我告别，只留下一个浅浅的微笑。夏意渐浓，邂逅微笑，此刻，只剩绵长的回忆。

燕子归来

　　"昨夜西风凋碧树，独上西楼，望尽天涯路。"回首往事心凄然，梦里全是她的音容笑貌，她的言谈举止，一切都是那么亲切自然，那么祥和美好。她在我心里永远是那抹冬日暖阳，无论何时何地都给我信心和力量，让我始终能够直面惨淡的人生。在人生中，因为有她而温暖如春，因为有她而淡定从容。

　　她出生在一个群山环抱、沟壑纵横、山清水秀的小山村——袁家沟村。俗话说"一方水土养一方人，一方人筑一方城"，袁家沟村是千古名篇《沁园春·雪》的诞生地，是毛泽东向全国发出著名的《东征宣言》之地，是曾经养育出国家多位领导干部的风水宝地。所以上学时同学们戏称她为袁书记。

　　燕子似乎是胸怀伟大的梦想，担负伟大的使命而来的人，她学习特别刻苦勤奋。大概是物以类聚，人以群分的缘故，我

117

同样是勤奋好学的孩子，所以，开学两周以后，我们两个便成了形影不离的好朋友。我们一起打饭，一起上自习，一起玩耍，一起休息。我俩所在的清涧县中学的窑洞宿舍住的人特别多，大约有十二三人，大家十分拥挤地躺在一尺多宽的属于自己的位置上。我们常常半夜三更就会无端地被同宿舍年龄大的补习生拳脚相加，宿舍里以强凌弱的现象非常严重，当时宿舍流行的一句话就是大鱼吃小鱼，小鱼吃虾米，虾米吃青草。我和燕子、慧是当时年龄最小的青草，她们欺负我们无所不用其极，我们吃饭的搪瓷碗竟被那些霸道的家伙当成尿盆使用。我知道后顿时觉得蒙受了奇耻大辱，便把正在喝的一碗菜汤一下泼在了那个女生的脸上。宿舍里顿时乱作一团，打骂声、哭喊声嘈杂一片，像有人在鸟窝里戳了一棍子，混乱的喊叫声惊动了住在隔壁的班主任老师。班主任狠狠地批评了我们。风波最终平息了，但我们在那个宿舍是无论如何也待不下去了，燕子便像个大姐姐似的领着我去了南关中学她四姨的办公室。办公室很简陋，一床一桌一椅而已，但那个小小的办公室足以收留我们两个无家可归的寒门学子。从此，一放学，我们俩就挤在一张桌子上看书写字，互相考每天所学知识。我们俩还用一个饭盒打饭，共用一双筷子，就连晚上也挤在一个被窝里睡觉。后来，燕子四姨的工作调往延安，我俩又搬到她大舅的办公室。再后来她大舅退休，我俩又搬到她另一个亲戚的办公室。我们两个就像游击队员一样，流动作战。每天放学，我俩便在大灶买两个蒸馍，然后在她亲戚的办公室的火炉上烤成干馍片吃。有时我们也自己买一些红薯、土豆、玉米在炉子里烧着吃，整个屋子里弥漫着烧烤的味道，我俩一边吃着自烤的美味佳肴，一边快乐地读书写作业。那些时光是留在我生命里最悠闲自在与美好无限的回忆。

自三十多年前在清涧县中学的宿舍认识以来，燕子一直是我生命里那个最坚强、最勇敢、最勤奋、最善解人意的小强，我们虽无血缘关系，但朝夕相伴，我们早已情同手足，亲如姐妹。有一次，我遇到了一个人生难题，觉得自己生不如死，就给远方的燕子写了一封长信，流露出自己想轻生的念头。她收到信后，火速赶到我所在的城市，一见到我就劈头盖脸对我一顿臭骂，继而紧紧地抱住我，那一次我们都泪流满面。她像一个大姐姐一样语重心长地对我说："好好活着，我们的命不只是自己的，我们的命还属于身边的人，属于父母、兄弟姐妹、朋友、同学，千万不可以肆意挥霍，任意踩踏。"在燕子的鼓励下，我度过了人生中一段最迷茫的时光，重新开启了一程又一程美好的人生。然而，生活总是充满了讽刺，有一天，从故乡传来噩耗，有人说她自杀了。这个消息犹如晴天霹雳，让我心如刀绞，我感觉自己仿佛灵魂出窍，脑中一片空白，世界顷刻跌入万丈深渊。说实话，打死我也不会相信，一向乐观开朗、坚强自信的燕子会选择这样一条不归路。燕子满腹经纶，才华横溢，是某大学的教授；燕子心宽体胖，性格豪放，是我心中的女神。每次，我去燕子所在的城市，她都会振臂一呼，叫来同城工作的所有老师、同学、老乡，每次都是她安排饭局，不给任何人机会。席间，她幽默风趣，谈笑风生，豪情万丈，仿佛世界都在她的掌握之中。我们总有说不完的话题，我们总是心有灵犀，我们总能共同面对生活的种种问题。每次，我俩都促膝长谈，通宵达旦。每次我遇到困难，燕子都能统筹协调，对症下药，药到病除。呜呼哀哉！这样一个内心强大、能力超群、才华横溢之人，怎会选择这样一条路？也许，压倒她生命的最后一根稻草是她的孩子，因为她的儿子因病不幸离世，白发人送黑发人，其切肤之痛不言而喻。但燕子曾经在她儿子的葬礼上答应过我要好好活着，因为她还有八十高龄的老母亲和一个三岁的女儿需要照顾。她在这个世界除了有痛失爱子的悲戚外，还有一丝牵肠挂肚的爱与责任，一份作为大学教授的社会责任。我曾经以为燕子度过了人生最低迷的一段时光后，便会一步步走向坚强，就会重拾生活的希望，然而，她最终走进了人生的死胡同。

孩子的离世让她痛不欲生，让她的人生理想彻底幻灭。也许，还有其他鲜为人知的创伤，成了隐形杀手，给她的人生致命一击。她终究没有走完即将来临的冬天，在生命的秋天画上了一个悲惨的句号。她走的时候，我没有去送别，我没有勇气面对，我没有力量前行。扼腕长叹，悲痛欲绝，我在黑暗的夜晚，用心为她点燃一支红烛，用心为她祈祷，祝她在天堂里没有痛苦。

窗外传来"小燕子穿花衣，年年春天来这里"的歌谣，然而，燕子终究只能在午夜梦回对我呢喃了。燕子归来，终究是一个梦。

阳台上的春天

客厅的落地长窗内，是一方不能算小的阳台，阳台上因摆着几十盆花而生机盎然，四季如春。

率先登场的是水仙，明代诗人陈淳写道"玉面婵娟小，檀心馥郁多。盈盈仙骨在，端欲去凌波"，宋代杨万里诗云"韵绝香仍绝，花清月未清"，可见水仙高出群品的清香、清丽、高洁。这美丽的水仙是怎样来到主人家的呢？话说，阳台的女主人相信人生如夏花之绚烂，如秋叶之静美。她喜欢逛花市，仿佛如花在寻找十二少，要续一段前世今生的风花雪月。她春节前在千禧花店偶遇含苞待放的水仙，遂爱不释手，花二十元买回家。本以为花开一季，所以在水仙怒放之后，女主人便把水仙的残枝败叶丢在楼道里忘之脑后了。直到一天，收拾楼道的时候，欣喜地发现干枯的水仙根部发出嫩黄的幼芽，她感动于生命的顽强，遂把它再次请回家，像迎接一个久别重逢的老友一样，热情地把它摆回阳台，施之以肥，浇之以水。水仙像失宠的妃子重新获得帝王的宠爱一样，努力绽放出最美的模样。冬去春来，周而复始，它每年都与主人在最美的春风里、最暖的阳台上如期相遇。

次第亮相的是海棠花，浅粉红色的花，四瓣对称，任由绿色的叶子托举，花瓣虽小，生命力却最旺盛，四季盛开。此花朴实得像村姑一样，是阳台女主人从闺密家的花盆里信手拔来的，回到家随便插在一个小花盆里，一枝独秀的海棠给点阳光就灿烂，蓬蓬勃勃地滋生了一大盆，盛开了一季又一季，美丽了一年又一年。

在姹紫嫣红的春天，绣球花如期绽放。绣球花的花蕾绽放时，四五个花瓣组成一朵小花，七八朵小花组成一个大花球。这团团大花像火红的云霞，像绯红的胭脂，像孩子那苹果似的脸蛋……这花是阳台男主人买了绣球花籽种出来的。在一个阳光明媚的周末午后，他在阳台上找了一个花盆，放上松软的泥土，在泥土中间挖了一个小圆洞，把花籽放进去，接着又给圆洞填上土，浇上水。过了几天，花种发芽了，长出两片小黄叶，小叶片从泥土里探出小脑袋，非常调皮可爱。又过了几天，叶变成了南瓜叶状，而且叶子层层铺展开来，非常肥硕。又过了一段时间，绣球长出了几个花骨朵，花骨朵一天天长大，像一个亭亭玉立的少女待字闺中。一天清晨，女主人正在准备一家人的早餐，男主人兴高采烈地招呼女主人："快来看呀，绣球开花了！"女主人看到了五颜六色的绣球花，疑惑不解地问："一盆花怎么会开出五颜六色呢？"男主人故作深沉地说："春种一粒粟，秋收万颗子呀。因为我种了五颜六色的花种呀！"

尝到种花甜头的男主人又在网上购买了香水百合、长寿花的种子。本来是抱着试试的态度种植的，没想到竟然生根发芽，茁壮成长，在春夏之交一个阳光明媚的午后娇滴滴地开出一片灿烂绚丽。

香水百合花形恰如长号，色泽洁白，肉质较厚，素净淡雅，花香四溢，让你乍看喜欢，细看惊艳，惹人怜爱，犹如云裳仙子，只可远观不可亵玩！

男主人还从网上买了蟹爪兰，它像冬眠的蛇一样在初夏之晨势如破竹，竞相开放。蟹爪兰花色洋红而神态凌厉，呈张牙舞爪攫人之势，令人望而却步！

还有每天一开的扶桑花，它来到主人家还是颇有点儿故事的。一个朋友要搬家，她家原来住在一个四合院，后来乔迁至一个单元楼，由于扶桑花的花盆太大，太占地方，她就把花送给了我。她同时还送了我一大盆刺玫、一大盆朝天椒、一盆仙人球。我花了几十元钱雇了一辆人力三轮车，像迎接新娘子一样把扶桑花们迎回家。扶桑花花朵硕大肥美，鲜红艳丽，花形如牡丹，又像喇叭花，花瓣从花蕊伸出花柱，形态奇特。开花时，不仅花大，而且开得多，一天有五六朵次第开放，形成一树红花，但花期很短，早晨绽放，晚上凋谢，大约是半年的积蓄，只为一日挥霍！刺梅朵朵开，好运天天来，是朋友送给我最美的祝福。

抱团取暖的仙人球也是友人希望我在困难面前学会相互帮助，共渡难关。

娇生惯养，最难侍弄的仙客来和多肉植物是姐姐送给我的新年礼物。

长寿花最后登场，花期恰逢春节，为主人拜年贺岁！长寿花顾名思义寓意为健康长寿，大吉大利。它植株虽小，但枝繁叶茂，叶色青绿，花形玲珑精巧，簇拥成团，花色绚丽多彩，五彩缤纷！

阳台缘何春意闹，主人原来是花痴。浅深红白宜相间，先后仍须次第栽。阳台的主人如园丁，而女主人专掌浇水，隔三岔五，伴着夕阳西下，女主人便沐浴在落日的余晖里，提一喷壶，一边哼唱信天游，一边向众芳施水。另一园丁自然是男主人，专司翻掘盆土、播种、杀虫、施肥、修剪枝叶、移花嫁接之职！养花如育儿，需精心侍弄，用心栽培，悉心呵护。为了每一朵花的绽放，男主人也是拼尽全力，每天把喜阴的花搬至阴凉处，把喜阳的花挪在强光处，定时开窗通风。有时，他手捧一盆花，目不转睛，犹如端详初恋情人的脸，虔诚庄重，情深意长！不管什么花，他都喜欢，不计较花的容颜，花的名号，他都一并笑纳！

阳台采光极好，每天都有四五个小时阳光普照，暖暖的太阳照在每一盆花上，让花们享受充分的光合作用，开出更娇嫩艳丽的花朵。

在花团锦簇中，安置了一米多宽的榻榻米，恰到好处地将阳台与客厅隔断。榻榻米下面有暖气，冬天如火炕，将一地毯铺在榻榻米上，上置一小茶几，男女主人可以边赏花边对弈，亦可煮酒论英雄。女主人可以或躺或卧，头藏于阳台与客厅隔断墙后，免遭紫外线的照射，而身体恰如其分地被太阳妥妥当当地晒着，暖暖的阳光，热热的暖气，让人遍体温暖。每每此时，她总会想到一句话：王子在享受日光浴，乞丐也在晒太阳。在这样洒满阳光的午后，女主人喜欢嗅着花香，品着香茗，读一本好书，写一首小诗，那是最惬意的事。如花的阳台，写满春天的故事！

一朝沐杏雨，一生感师恩

十年树木，十载风，十载雨，十万栋梁。俗话说：一日为师，终身为父。我们每个人的生命里都有过那么几位有温度、有情怀的老师，他们曾经携我们走过风雨，走向光明，可谓师恩如海，倾我至诚。

记得，刚上小学的时候，村小学来了一位如花似玉的女老师，白皙的皮肤，沉静贤淑的面容，一双明亮的大眼睛顾盼有神，如瀑的黑发闪闪发光，娇小的身材，婀娜多姿，仿佛是从墙上贴的年画中走出来的。第一次上课，她自我介绍说："我姓马，大家叫我马老师就好了。"所以在我的记忆里只知道她叫马老师，而不知道她真实的姓名。马老师在村里只待了一个学期，孩子们却都深深地爱上了她。上课的时候，大家目不转睛地看着这个妙人儿，听着她天籁般的声音；下课的时候，大家就围在老师的身边叽叽喳喳说个不停。也不知道为什么马老师特别喜欢我，每天放学后，喜欢把我留下来给她做伴，她常常带我到小河边洗衣服，到水井打水，到山上捡柴。我更是乐此不疲，因为每次干完活，马老师都会给我分享她从城里带来的零食，有时是一个包着花纸的大白兔奶糖，有时是一块饼干，有时是几颗瓜子。不管是什么，我都喜欢，每样东西对我这个大山里的孩子来说都是稀罕物。有时，马老师也会把她的晚饭分一些给我，有时是西红柿鸡蛋面条，有时是一块发面葱花饼，有时是一块白面馒头。这些现在看来稀松平常的食物，那时于我而言却是人间至味，不仅让我唇齿留香，更让我萌生了长大后当老师的梦想。那时天真地想，只有当老师才有大白兔奶糖吃，只有当老师才有白面馒头吃。

有一天母亲生病了，什么也不能吃，我想了很久，给母亲弄个什么好吃的。望着学校对面满山的苹果树，我突发奇想，偷几个苹果给母亲吃，吃了苹果她的病一定会好起来的。于是我就挎着割猪草的筐子潜入苹果园，本来想摘几颗就返回家中，可是看着漫山遍野的如红灯笼似的红苹果，闻着苹果散发出的清香味道，我贪婪地摘了满满一筐苹果。正当我挎着装满苹果的筐子准备离开果园时，照看果园的老爷爷一声大喊："小偷，放下苹果！"我扔下苹果筐连滚带爬离开了果园。当天放学站路队的时候，校长神色凝重地提着一筐苹果放在所有学生面前，我一眼就认出那是我偷来的苹果，校长说："大家看看，有人竟然在光天化日之下偷了这么一筐苹果，是谁？快站出来！"我知道一场暴风雨就要来了，吓得瑟瑟发抖，眼泪不争气地流出来。马老师远远地望了我一眼，洞若观火似的说："不是偷的，是我让一个女同学去果园摘的，那不是偷，是买。"说着，马老师把五元钱放在了装满苹果的筐子上，又拿了一个苹果递给校长，笑着说："校长，你先尝尝。"接下来的事我已经忘记了，但马老师在关键时刻挺身而出，挽救了一个孩子即将被撕裂的自尊心，挽救了一个孩子的未来的善举却像一道烙印深深刻在我的心里。

"新竹高于旧竹枝，全凭老干为扶持。"时间如白驹过隙，转眼就是二十年，二十年在我们人生的刻度上屈指可数，在历史的长河里只是沧海一粟。在过去的岁月里，既有世事浮沉，又有命运悲欢，我们经历过人生的坎坷，也留下了许多美好的记忆。忆往昔，峥嵘岁月，衔环结草，以报恩德。看今日，壮美河山，迟日江山丽，春风花草香。

昨夜梦里依稀回到那段难忘的青春岁月，那些年、那些人、那些事，如一杯老酒，历久弥新，芳香四溢。最让我不能忘怀的是我的班主任贺智利老师，他曾经在生活上给予我极大的帮助，为我困惑的青春指点迷津。1993年7月我有幸考入榆林高等专科学校（今榆林学院），但当时要交八百元的学费，父亲为了我的学费跑遍了所有亲戚家，但只筹集到八十多元。我看着父亲苍老的双手握着皱巴巴的一堆零钱，颤巍巍地递到我的手里，我心如刀绞，泪如雨下。我当即做出辍学决定。所以，到了9月份报到的时候，我并没有出现在榆林高专校园，而是偷偷地拿着父亲借来的八十元钱，踏上了去省城西安打工的路。开学第三天，班主任贺智利老师把电报发到了我所在的小山村。村支书拿着电报火速找到我的父亲，父亲连夜赶往学校，当得知我并没有去学校报到而不知去向的时候，父亲号啕大哭。贺智利老师了解情况后，非常同情我的父亲，立刻慷慨解囊拿出一百元钱给我的父亲，让他赶紧找到我，并亲自帮目不识丁的父亲给榆林高专教务处写了一张请假条，假条的内容是我因病耽误报到。父亲拿着假条跌跌撞撞地去了教务处，然后风餐露宿、昼夜兼程去寻找失踪的女儿。还好，当时我到西安并没有找到工作，灰溜溜地回到了村里。父亲又带着我急匆匆地来到榆林高专，然而，八百元学费让我们父女一筹莫展，父亲只好再次去找贺智利老师想办法。贺老师为难地说："我兄妹八人，我是老大，拖累很大，实在没有钱再借给你们了，但是，我可以帮你们在教务处说说，看能不能推迟一段时间交学费。"父亲感动得老泪纵横，紧紧地握住贺老师的手，感激之情无以言表。我也暗暗下定决心，一定要努力学习，不辜负贺老师的良苦用心。贺老师领着我和父亲去了教务处，贺老师向教务处的领导说明我的家庭情况和面临的困难，并提议让我推迟半年交学费，如果半年后仍然交不上，就从他的工资中扣除我的学费。最后，教务处同意了贺老师的建议。在这个物欲横流、纷繁复杂的社会，有谁愿意帮助一个素昧平生的人，不仅慷慨解囊，鼎力相助，而且竭尽所能，那是一种怎样的气魄与胸怀啊！连我自己也想不通，贺老师为何这么帮我。随着时间的推移，我逐步了解到，贺老师曾经与我有过相同的经历，他幼年家境贫寒，成年后，因为兄妹众多，作为长兄的他承担着兄妹们的所有学费，生活非常拮据。他看到我的际遇有同病相邻之感，非常同情，所以才尽力帮助我。

后来，贺老师又在班上为我搞了几次募捐倡议，默默地为我准备了每一学期的生活费。他还让班干部免掉了我的班费、学杂费。都说苦难是一笔宝贵的财富，然而在苦难面前，我却被撞得头破血流，幸运的是，当苦难悄悄来敲门的时候，贺智利老师给我点亮了一盏灯，照亮了我泥泞的前程，让我在茫茫人海中奋勇前行，终于撷取了人生长河中的彩色珠贝。最后让我借用汪国真先生的《感谢》来表达对恩师贺智利的感谢之情：

让我怎样感谢你

当我走向你的时候

我原想收获一缕春风

你却给了我整个春天

让我怎样感谢你

当我走向你的时候

我原想捧起一簇浪花

你却给了我整个海洋

让我怎样感谢你

当我走向你的时候

我原想撷取一枚红叶

你却给了我整个枫林

让我怎样感谢你

当我走向你的时候

我原想亲吻一朵雪花

你却给了我银色的世界

用阳光的心态面对生活

　　曾经一度，有很多琐事缠着我，先是一个闺密的母亲病故，紧接着一个闺密的老公伤寒中风，还有一个闺密离婚，以及家里的一大堆事，都赶趟儿似的遇在一起。我不能袖手旁观，我要尽绵薄之力，跑跑腿，请朋友们吃个饭，陪闺密说说话，宽宽心。多愁善感的我面对闺密们的遭遇，一下子浮想联翩，想到自己年迈的父母，会不会突然撒手人寰，弃我而去，想到自己孱弱的身体会不会轰然倒下，让自己的孩子变成孤儿，心情也随之变得晦暗，看书也变得勉强，都是因为内心的浮躁。后来读了《庄子》，其中语云："为事逆之则败，顺之则成""忧喜更相接，乐极还自悲""人生天地之间，若白驹之过隙，忽然而已""谨慎能捕千秋蝉，小心驶得万年船"，其中道理让我一下子茅塞顿开。人生不如意事，十之八九，生老病死也是自然规律，懂得放下，便可山重水复疑无路，柳暗花明又一村。阳光总在风雨后，只要我们用阳光的心态面对生

133

活，以大海般博大的胸怀，以天空般宽阔的胸襟去审时度势，就一定能去伪存真，就一定会豁然开朗。只要用阳光的心态面对生活，你就会发现春天其实很美好，毕竟阳光多于阴暗，温暖战胜了寒冷，万物复苏代替了枯枝败叶。

有一次，家里水管坏了，叫了水暖工来修。水暖工走后，突然发现放在餐桌上的几本书不见了，我在心里嘀咕，会不会是他顺手牵羊拿走的，不过想起孔乙己说过"窃书不算偷"，况且即使他拿走了，看完也会还我的，于是这件事便作罢。岂料，今天收拾书房，却发现那几本书安然置于书柜，一定是家人放回去的。那个可恶的阴暗的猜度，差点儿让我冤枉一个好人。

记得儿子在上高中的时候，有几次说他头疼，我脑子里闪过很多坏念头，会不会有什么不好的病，赶紧小题大做，带着儿子做了 CT 等多项相关检查，然后心急如焚、如坐针毡地等待检查结果。等待结果一天，仿佛一个世纪一样漫长，直至看到疲劳过度的检查结果，我们母子俩才喜出望外，相拥而泣。而在这之前，就是那个过分担忧的坏念头让我食不甘味，寝不安席。其实，很多事情都是我们想多了。

让我们用阳光的心态面对生活，用欣赏的眼光看待世界，你会发现世界到处鸟语花香，正可谓"生活不是缺少美，而

134

是缺少发现美的眼睛"。让我们用信任的态度对待朋友，人间处处高山流水遇知音，正可谓"君子之交淡如水，小人之交甘若醴""相视而笑，莫逆于心"。让我们用包容的态度品读人生，你会发现生活充满七色阳光，正可谓"忘足，履之适也；忘要，带之适也；知忘是非，心之适也"。让我们走在春风里，多一些信任，少一些猜忌；多一些宽容，少一些狭隘；多一些关心，少一些冷漠！让这个春天更加温暖，期待花开半夏。

人到中年，诸事缠身。扶老携幼，承上启下，责任重大，义不容辞；闺密众多，饭局无数，今日购物，他日养生，礼尚往来，情深义重，相伴一生，欢乐无穷。然而一切欣欣然的背后，是工作与生活的拉锯战，父母需要我们，刻不容缓；孩子需要我们，时不我待；闺密需要我们，两肋插刀；工作需要我们，奋不顾身。但所有的忙碌奔波都值得，因为这恰恰说明我们被需要着，这何尝不是一种幸福？春天很美好，让我们在阳光下，做一朵自由行走的花。世上千寒，心中永暖。

总有一片晴空属于你

每个人都是独一无二的个体。无论是贫穷还是富裕，无论是英俊还是丑陋，无论是伟大还是平凡，你都是万千世界芸芸众生中的一员。是金子总会闪光，有梦想就可以飞翔，世界虽大，但总有一片晴空属于你，天高任鸟飞。

俗话说得好：三百六十行，行行出状元。高考只是一个人成长的必经之路，但不是唯一出路，所以我们都要幸福地走过这道门槛，迎接更多的挑战，拥抱更美好的未来。

这个世界上没有什么是一成不变的，一切都在动态发展，如同一个孩子的成长，小时了了，大未必佳；小时顽皮，长大却大有作为的比比皆是。有人调侃说，考大学就像坐火车，重点大学是豪华软卧，一本二本是硬卧，三本是硬座，专科是站票。其实不管乘坐什么，最终都会到达既定的目标。到了目的地，别人不会关心你是怎么来的，而是看你的能力，看你当下的真实水平。大学毕业后，各种考验纷沓而至，社会就像筛子一样一次次地筛选着人才。也有人做了细致的统计，发现古代很多科举状元，当年风光无限，但后来湮灭于历史长河，无人知晓，而曹雪芹、施耐庵等大文豪当年都曾经名落孙山。所以说高考不是命运的最终判决，它只是人生的一条必经之路。当我们羽翼日渐丰满，踏入社会后，会发现书本中所学的知识远远不够，还必须增强其他方面的技能，以更好地适应社会。所以生命里不要有太多的负累，很多视若生命的东西，一个转身已轻若鸿毛，随风如烟。我们都需要用执着的信念、强大的内心推波助澜，让我们奋不顾身，大步流星，心存信仰，追求心中所爱。

我对高考做了如下的比喻：每个人的高考结果都是一本书，分值就是书的封面，有的装帧精美，内容却简单；有的封面素雅，底蕴却丰厚。书的品质不在于书的厚度，更不在于外表的装帧，而在于其内容的丰盈，所以我们都要努力写好书里面的内容。我们要借助大学这个平台去充实书的内涵，到底谁是最后的人生赢家，关键还要看机遇，当然其他因素也很重要。所以我们要学会风轻云淡，随遇而安！

讲一些邻居们的故事。一位邻居老太太抚育的一双儿女，当年都幸运地考取了北京的名校，毕业后，双双出国定居。逢年过节，老人就孤独地守望着，希望子女回来团聚，可是他们盼来的只是一通冰冷而遥远的远洋电话，再亲切的问候也抵不过长久的厮守，永远的陪伴。生活中没有子女在身边，老人不仅孤独落寞，还有许多外人难以想象的困难，生病了没人陪护，柴米油盐酱醋茶都得自己张罗，凡此种种常常惹的老人长吁短叹。她非常羡慕另一对老人，儿子当年调皮捣蛋不爱上学，初中毕业就当了兵，复员转业后当了司机，后来又组建了自己的出租公司，生意做得风生水起，日子过得红红火火，每天围着老人转，经常陪伴老人左右，老人脸上总有掩饰不住的喜悦与幸福。可见，儿女表面的功成名就只能让父母表面风光，实则是无可奈何的煎熬。其实，老人真正的幸福生活就是有儿女相伴，在平凡中共享天伦。

高考成绩揭晓，或许你心有不甘，或许你踌躇满志……这些都没有必要了。那些心情，或悲伤，或忧郁，或激昂……都无法改变了。而高考之后的路，就像高楼大厦下密集分布的管网，千头万绪，步步为营，如果哪个细节布置不够严谨，都会影响主体建筑物的正常运行。所以高考只是万里长征走出了第一步，往后的路还需要我们更加努力，全力以赴。

没有一个人的成长是一帆风顺的，坎坷和磨难都是成功道路上的小伤痛，但伤痛终会被时间带走，阳光总在风雨后。你总会找到适合自己的生存方式，你总会拥抱一片属于自己的晴空。

　　没有什么能阻止鲜花的盛开，铺就大地的华美，装扮环境的娇颜；没有什么能阻止生命之舟冲过激流险滩，迎接坦途浩荡，风光无限。如果你成功了，戒骄戒躁，继续努力；如果你失败了，换一种方式去追求梦想，相信我们的未来之花都会诗意地绽放。

消逝在手机中的时光

　　非常怀念以前没有手机的单纯的日子和等待书信的美好时光，那时候，人们交流的工具是书信，休闲娱乐的方式是读书、看报、打球、散步……感觉那时的生活特别慢，特别唯美，特别温馨。可是那种鸿雁传书的慢生活一去不复返了，只留下无穷的美好记忆。那种刻骨铭心地思念一个人的悠长绵远的心境，似乎因为手机的出现而变淡变浅，一个电话、一条微信就可以天涯若比邻，但原先那种漫长的等待的感觉却让人回味无穷。

　　手机是信息时代的产物，21世纪以来，它得到了广泛应用。它不仅是人们方便快捷的交流通信工具，也是休闲娱乐的"掌上明珠"。随着科技的不断进步，手机越来越智能化、多样化、人性化，受到男女老幼的一致青睐。然而手机更像是一剂毒药，谋杀了友情、亲情、爱情，使人与人之间的距离越来越疏远。自从有了手机，一家人不再坐下来倾心交谈，而是各玩各的，各自徜徉在手机的世界里独享清欢。有这样一句网络流行语：世界上最遥远的距离不是天涯海角，而是我在你的面前，你却在玩手机。短信、微信问候代替了真实温暖的陪伴，发红包、抢红包取代了节日温馨的祝福，刷朋友圈、刷微博代替了孤灯香茗拥书城。然而，任何的交流脱离了现实，都会如高飞的风筝越飘越远。很多人贪图手机的便利，却忽略了现实中面对面交流的重要性。人们都忘了常回家看看父母，取而代之的是打电话、发信息，或者视频聊天，这无疑拉开了亲人的距离，疏远了亲情。人情变得淡薄，人与人的关系渐趋冷漠，这一切的骤变都是手机惹的祸。

看到一篇微信公众号推文的标题是《夫妻俩同时有了外遇，小三竟然是同一人》，乍一看标题吓了一跳，觉得不可思议，看了内文才知道小三原来指的是手机。文章说的是夫妻俩因为沉迷于手机而吵架、打架，甚至于离婚的种种现状，可谓触目惊心，震慑灵魂。还有很多新闻报道讲的是一些人因为玩手机而搭上身家性命的，令人扼腕叹息。

有一段时间，我疯狂地爱上了抢红包，闲暇时就在各种微信群里互抢红包，乐此不疲。有时候抢到一分钱都会傻笑半天，觉得特别有成就感。我当时认为速度就是金钱，金钱就是运气，运气就是幸福，幸福就是抢到红包！抢红包时所有的期盼都凝聚在一个"拆"字，看到"拆"字仿佛看到旧城改造一间破瓦房能兑换很多套单元房般喜出望外，因网速慢拆不开时又心急如焚。网络让你自恋、让你自慰、让你自欺、让你自娱自乐！抢红包成了我业余生活的主旋律，有几次因为抢红包，烧煳了饭，只好吃泡面。最悲壮的一次，边走路边抢红包，脚踩中路上的铁钉子，脚上鲜血直流，疼了好多天。儿子看到我抢红包上瘾了，就苦口婆心地劝我说："妈妈，这是在赌博呀！别玩了，看你的书去吧！"我就像一个真正的赌徒一样，沉浸其中，十匹马也拉不回来，对儿子的话充耳不闻。这样的兴奋日子持续了三个月，最终让我戒掉抢红包瘾的是我的老母亲。她来我家里小住，每天晚上，我把电视频道调成戏剧，让母亲看电视，然后就开始抢红包，完全不顾母亲的絮絮叨叨，也没有陪她说话，我似乎忘了她的存在。有几次，她好像有话要说，都被我漠视。有一天晚上，她也不看电视，就在我身边目不转睛地看着我，许久后她问我："你在手机上干什么呢？"我说抢红包。她说不敢抢，抢是犯法的。我说不是真的抢，是玩的。她又问："你能抢到多少？"我说有时候几分，有时候几元，最多也就十几块。她说："那你别抢了，我给你，你陪我拉一阵话吧！"说着她就从内衣口袋里颤巍巍地摸到了一个小荷包，把里面的钱全部倒出来，有硬币，有纸币。五元，十元，二十元……看着她数着皱巴巴的零钱，郑重其事地递给我，我的眼睛湿润了，我觉得自己一时的贪玩忽略了母亲的一片良苦用心。于是，我决定痛改前非，重新做人，从此以后再也没玩抢红包的游戏。

沉迷玩手机的日子，生活如坠云雾中，有人忘了阴晴圆缺的欢欣与落寞，有人忘了诗与远方，有人忘了健身强体，有人忘了追逐梦想，我好想回到那一茶一书一世界的宁静致远的恬淡安逸中，找到安放灵魂的地方。

人生最大的幸福就是能与父母、孩子、爱人坐在一起，每人端一碗面条，边吃边聊，享受舌尖上的美味，感受天伦之乐，品味生活的酸甜苦辣，而这样简单的愿望常会被手机击碎。有时候越是简单的念想越是难以抓紧靠近，只能无数次地用期待丈量时间，等待远离手机的宁静与欢乐。

读书改变命运，书香浸润人生

常常听到别人说自己小时候受到爷爷、奶奶或者父母的影响而读了很多书，可谓书香门第，心里就会产生无限感慨，心生羡慕之情。我出生在世代务农的农民家庭，家里不要说有许多书，连一张纸都没有。我小时候读的第一本书就是小学语文课本，那时我不知道除了课本以外还有书。因为书的极度匮乏，所以我把语文课本里的每一篇文章都背得滚瓜烂熟，甚至连标点符号都能记得一清二楚。后来，到乡上的中心小学上五年级，我读到了第一本课外书《少年文艺》，书里有很多有趣的故事，有很多优美的词语，当时我记住了很多成语，比如"大名鼎鼎"，而正是这样一个普通的成语影响了我，改变了我的命运。

说来话长，我年幼家贫，父亲被多子、饥荒、贫病所困扰，当我上完小学五年级要升入初中的时候，父亲便让我辍学在家务农。乡上中学的老师找到我家，父亲含泪诉说家中的困难与无奈，坚决不允许我继续上学。老师抚摸着我面黄肌瘦的脸问道："丫头，你想不想上学？"我低声嘟囔："当然想。"他又问："为什么？"我大声说："我想成为一个大名鼎鼎的人！"老师喜出望外地说："老乔，你看看，你女儿多有志气，赶紧让孩子回学校上学吧！说不定你女儿将来可以出人头地呢。"于是，在老师的帮助下，我又回到了学校，我知道学习机会的来之不易，所以学习格外勤奋刻苦，学校里认真读书自不必说，就是放学后，在房前屋后、山间地头，我也边放羊割草边放声朗读，寂静的小山村到处留下我的琅琅书声。功夫不负有心人，我终于考上了大学，可以说，是读书改变了我的命运。

读书不仅改变了我的命运，而且丰富了我的人生。通过读书，我认识了许多古今中外著名的文学家、政治家、思想家、艺术家、心理学家、哲学家……他们的思想、他们的智慧、他们的才情，甚至他们的为人处世之道都给予我人生的启迪、心灵的浸润、灵魂的洗涤。书中的各类人物形象也对我产生了深远的影响：鲁滨孙教会了我坚强勇敢，美人鱼启迪我真诚善良，孙少平鼓舞我为人生奋斗，桑提亚哥激发了我战胜困难的信心和斗志。文学作品里的人物形象也让我读懂了人性的复杂和人情的冷暖。如果戈理的《死魂灵》中，油滑狡诈的乞乞科夫，贪婪狠毒的泼留希金；福楼拜的《包法利夫人》中，懦弱无能的包法利，虚荣的包法利夫人；巴尔扎克的《高老头》中，野心勃勃的拉斯蒂涅，由于过分的溺爱而毁了女儿也毁了自己的高老头；司汤达的《红与黑》中，一心向上爬而不择手段的于连；《红楼梦》中，口蜜腹剑，一万个男人也及不上的王熙凤；《西游记》中，集神性、人性、猴性于一身的孙悟空；《三国演义》中的"智绝"诸葛亮……的确，书对人类真是太重要了，颓废的人可能因一本好书而变得热爱生活，心里充满仇恨的人可能因一本好书而变得会关心他人，心胸狭窄的人可能因一本好书而变得心胸宽广。书籍是知识的源头，是人类的精神食粮，是瞭望世界的窗口，是改造灵魂的工具，是打开知识宝库的钥匙。读书，能使人愉悦，使人聪明；读书，能鼓舞人去爱人类，爱和平；读书，能开阔视野，丰富人生，陶冶情操，塑造灵魂。

记得我上大学的时候，家里生活仍然特别困难，但我读书的热情与日俱增，当时可以不吃饭也要把钱节省下来去租书、买书、读书，可谓书比饭香，书比茶甜。书对于现实中的我，更像是生活里的串串香，令我嗜之如命。古语云"文不养家"，这说的是文学不能给人衣食温饱，更不能养家糊口，古代很多诗人、小说家都是一生穷困潦倒，郁郁寡欢，如陶渊明、杜甫等。在一般人看来生活中可以不读书，但不能没有柴米油盐酱醋茶。但对于我来说，生活中不能没有书，一日不读书，便自觉面目可憎，于是孤灯香茗拥书城的日子成了我生活的常态，每天工作之余，便把大量时间投入自己喜欢的书籍中，在书中与智者对话，与人物同呼吸，共命运。

　　莎士比亚说："生活里没有了书籍，就像没有了阳光；智慧里没有了书籍，就像鸟儿折断了翅膀。"杜甫说："富贵必从勤苦得，男儿须读五车书。"习近平总书记说："读书已成了我的一种生活方式。读书可以让人保持思想活力，让人得到智慧启发，让人滋养浩然之气。"所以，在大数据时代，在碎片化信息的文化氛围下，我们更要掀起全民阅读、共享书香的热潮，多读书、读好书，读经典之作，传承中华文化，树立文化自信。让读书成为我们每一个人的一种生活习惯，做一个博学多才的读书人。

旅行篇

lüxing pian

北京有个天安门

　　2008年，举世瞩目的第二十九届夏季奥林匹克运动会在北京举行，我想带着大儿子一睹鸟巢的风采，于是我和姐姐订了去北京的机票，她带着两个孩子，我带着一个孩子，准备开启一场说走就走的旅行。儿子当时十二岁，还没有坐过飞机，对坐飞机非常好奇，围着我叽叽喳喳问个不停，比如"妈妈，飞机会不会从空中掉下来"，"妈妈，飞机会不会爆炸"。他的疑问有点儿杞人忧天，但还是让为娘的我也紧张起来，就在去北京的前一天晚上，我做了一个噩梦，梦中飞机在空中爆炸了。第二天正在犹豫要不要取消行程，儿子却无比坚定地选择出发，我问他："为什么这么想去北京呀？"他仰起天真的笑脸说："北京有个天安门。"于是，为了看天安门，母子俩义无反顾地向北京出发。第二天，乘大巴去鄂尔多斯机场的路上，大巴车突然爆胎，发出一声震耳欲聋的巨响，我惊出一身冷汗。与此同时，我的心情即刻又松弛下来，因为我觉得这一声巨响应验了我的梦境，飞机是不会爆炸了。

到了北京，我们住在前门附近的一个宾馆，每天不管去哪里都要经过天安门广场。儿子在天安门广场上看了升旗仪式和降旗仪式，追着外国人合了影，还看了人们放风筝、打太极、玩空竹，所以天安门广场给他留下了非常深刻的印象。直到长大以后，问起他北京有什么好玩的，他的回答仍然是"北京有个天安门"。

去北京的目的是去看鸟巢，但到了北京那天，正好是8月8日，奥运会开幕式，全城戒严，鸟巢是根本去不了的，只好带儿子去看北京大学、清华大学的校园，让他树立远大理想，向全国顶尖的象牙塔进军。我给儿子买了印着北京大学和清华大学字样的文化衫，他穿上以后俨然一个未来的天之骄子。

"不到长城非好汉"，长城自然是要登的。登上八达岭长城，我们看到了长城蜿蜒曲折、奔腾起伏的身影，也看到了他雄伟险峻的风貌。站在长城之巅，我给儿子讲了孟姜女哭倒万里长城的民间故事，意在告诉儿子万里长城修建之艰辛，工程之浩大，也给他讲了万里长城是人类文明史上最伟大的建筑工程，也是中国古代重要的军事防御工事。长城像一个智者一样见证了金戈铁马，逐鹿疆场，民族纷争，改朝换代。登长城让儿子领略了古代劳动人民创造历史的大智大勇。接下来带儿子去看了故宫博物院，远远地望去，故宫黄琉璃瓦顶，青白石底座，朱红色墙壁，像一幅千门万户的绘画长卷，华丽而不失庄重，肃穆而不失风采。走进故宫，一座座宫殿各具特色，巍峨壮观，仿佛一草一木、一砖一瓦都有某种象征意义，体现了中国古代文化的精粹。儿子紧跟在导游姐姐后面，生怕漏掉关于故宫的任何一个讲解，他记住了故宫这个无与伦比的紫禁城，记住了皇权至上的太和殿、正大光明的乾清宫和庭院深深的坤宁宫。直到上初中时课文里出现了故宫博物院，儿子仍能对北京故宫津津乐道。

　　下一站我们到中央电视台电视塔，模拟主持。儿子从小就喜欢看天气预报，每天晚上播天气预报的时候，儿子就守在电视机前，随着播音员一起大声地朗读每一个城市的名字，后来，对全国各省会城市倒背如流。当听到导游说电视塔可以模仿播音员播放天气预报时，儿子欢呼雀跃，欣然前往。站在高四百零五米的电视塔栈桥向下望，有一种高瞻远瞩的豪迈，儿子坐在模拟主持的座位上喜不自禁，我拿出傻瓜相机咔嚓咔嚓给他拍了很多照片，让儿子过了一把当主持人的瘾。

　　最后带儿子去了欢乐谷，通票一张八十元，可以玩一整天。过山车、蹦极等刺激性的项目我和儿子都不敢挑战，只能望而兴叹。我们俩就玩了旋转木马，坐了小火车，在他表哥、表姐的怂恿下，不服输的儿子竟然一个人闯了两次鬼屋。由于缺乏经验，进去的时候没有带吃的喝的，里面的东西价格昂贵，舍不得花钱买，所以玩得很尽兴，但饿得两眼昏花。暮色沉沉之时，我们拖着又饿又累的身体走进了一家北京烤鸭店，两只烤鸭被我们风卷残云，一扫而空，就像猪八戒吃人参果，没来得及细品其香味。

　　本来去北京的目的是看鸟巢，但由于没有提前买奥运会开幕式的门票，根本就进不去。但是有心栽花花不开，无心插柳柳成荫，或者说歪打正着，我们此行不仅无数次地看到了儿子心心念念的天安门，还瞻仰了人民英雄纪念碑，参观了人民大会堂、中央电视台，游览了万里长城、故宫博物院、天坛、颐和园，游玩了北京海洋馆、欢乐谷，还去了北京大学、清华大学、中国人民大学等名校，大大地开阔了视野，更加坚定了儿子考上名校的远大理想，真是不虚此行。

走马观花

　　大儿子小学毕业那年，我正好带完初三毕业班，假期很长，于是我们随初三老师组的旅行团一起进行华东五市七日游。那是一次真正意义上的走马观花，要么在飞机上，要么在大巴上，每到一个景点，长则一小时，短则半小时。有一个关于旅游的经典段子："上车睡觉，下车拍照，服务区唱歌，景点购物。"所谓唱歌就是上厕所，景点游览的时间很短，但购物的时间却很长，有时导游还强迫游客买东西，如果游客不买东西，导游还会给游客甩脸子。那时候，真的有很多旅游乱象，记忆犹新的是，我和儿子从南京背回来的沉甸甸的盐水鸭竟然馊了。以至于后来，我旅游时都选择自驾或者自由行。

　　上有天堂，下有苏杭。我们第一站直达杭州，虽然在西湖只逗留了半小时，但西湖之美还是给我们留下了非常深刻的印象。西湖的美是柔弱的，不然苏东坡也不会把它比作"淡妆浓抹总相宜"的西子。西湖的水很绿很清，而且波平如镜，真的很像一位娴熟沉静的女子，那么温婉，那么优雅。近处水波潋滟，游船点点，莺飞草长，苏白两堤，桃柳夹岸，林泉幽美，环湖的绿荫丛中，隐藏着数不清的楼台亭榭。远处云山逶迤，雾霭缭绕，青黛含翠，峰奇石秀。正可谓"岸上湖中各自奇，山殇水酌两皆宜。只言游舫浑如画，身在画中元不知"。游西湖自然而然会想到被贬谪的苏轼当年如何治理西湖，看到垂柳的婀娜多姿便会想到苏堤修建的始末，远望雷峰塔也会想到白娘子与许仙的凄美爱情，西湖注定是浪漫的代名词。

杭州《宋城千古情》是自费项目，那一百元花的物有所值。在宋城不仅看到了张择端《清明上河图》所描绘的震撼场面，也欣赏了演艺秀，其集歌舞、马戏、杂技、特效等多种表演元素于一体，用先进的声、光、电等高科技手段和舞台科技，以出其不意的呈现方式将良渚古人的艰辛、宋皇宫的辉煌、岳家军的惨烈、梁山伯与祝英台的千古绝唱表现得淋漓尽致，带给观众强烈的视觉体验和心灵震撼。儿子最喜欢的是杂技表演，走钢丝、空中飞人、马术等精彩表演都给他留下了深刻印象。

苏州园林，虽然在课堂上给学生讲了很多遍，但当我真正走进苏州园林参观的时候，还是被它惊艳到了。园林内呈现出一亭一景，一草一木，假山池沼，小桥流水，粉黛瓦墙，花窗精致，曲径通幽，峰回路转，宅园合一的优美景色。那匾额、楹联、诗文、题刻，犹如无声的诗、立体的画。畅游园中，一边品诗，一边赏画，那些耳熟能详的诗句，如"庭院深深深几许""柳暗花明又一村"等映入眼帘。其他如远香堂、画舫宅、小桃源等无不充满着书卷气息，给人以诗意的栖居之感，给人以空灵、宁静、平和之感。

坐在乌镇的船上游一圈，时间短暂，大约半小时，但小桥流水人家的韵味给我留下了非常深刻的印象。乌镇以河为街，桥街相连，河畔筑屋，临河水阁，水镇一体，古色古香，堪称真正的江南水乡。到乌镇的最大感悟就是船到桥头自然直，船在行进的过程中，眼看就要与迎面而来的桥洞相撞，孩子们发出一阵阵尖叫，可船稳稳地过去了。心想，这不就是人们常说的船到桥头自然直吗？看着那些坐在敞开的门前竹椅上的老人，脑海里忽然浮现出诗人木心，想象他少年时代在朦胧的夜色中，听着潺潺的水声，品着香茗，读着一本本自己喜欢的书，那种意境美不胜收。

这次旅游还去了南京的中山陵、夫子庙，上海的外滩，但都是走马观花，没有留下什么印象。之后，下定决心以后再也不随旅行社出游。旅行的终极目标是让生活慢下来，在喧嚣繁华中寻求一份安逸，一份宁静，一份淡雅，而不是行色匆匆。

绵山的禅意，古城的证书

2012年五一长假，我和单位同事一起自驾游，一路欢歌笑语，一路品尝美食，由于山路十八弯，所以晕车的人一路呕吐，但毫不影响此次愉悦难忘之旅。我们一起看底蕴深厚的平遥古城，观热播剧《乔家大院》的拍摄地乔家大院，登水远山长的绵山，尤其绵山上的老道人对我人生的评判，可谓一语成谶。至今难忘绵山的禅意，还有古城那些搞笑的证书。

首日从神木出发，一路向北，经过府谷黄河大桥直抵绵山，住在绵山脚下的小旅馆。安放好行李，我们一行人迫不及待地去看前山人文景观，水涛沟映入眼帘，那里瀑布成群，溪流纵横，树木葱茏，景色优美。然后徒步前往水帘洞，洞前崖壁上到处可见悬棺，悬棺是原始深处的最美景观。如此近距离感受死亡的气息，不免毛骨悚然。王局从路边小摊上给我们每人买了一条红布条，让我们系在衣扣上辟邪。

　　我和瑞琴在路边摊买了烤土豆、烤玉米、烤红薯，大家
边走边吃，一位男同事吃得满嘴满脸乌黑，大家盯着他的脸，
笑得前仰后合。

　　第二天我们前往绵山风景名胜区，亲身感受悬崖栈道、
吊桥踏板，以及索道木梯，感受绵山独有的石头台阶与梅花
桩，师傅腿脚不便，骑着马，我和瑞琴高声唱着："你挑着担，
我牵着马，迎来日出，送走晚霞……"王局说："瑞琴、彩霞，
照顾好你们的师傅。"瑞琴调皮地说："猴哥，八戒遵旨。"
大家听完豪爽地大笑。走在半山腰，我们已是气喘吁吁，大
汗淋漓，踟蹰不前。王局为了给我们鼓劲儿，就给我们唱了
一首《唱支山歌给党听》，优美的歌声婉转动听，响彻山谷，
引得无数游人驻足观望。王局深情地说："每当唱起这首歌，
我的内心就会油然而生一种自豪感，为我们伟大的祖国，伟
大的党。"是的，他的那份爱国之情是发自肺腑的，真诚真挚。
我们一行人仿佛是西天取经人，一路向龙头寺与大罗宫进军，
欣赏这里独具特色的庙宇建筑，了解其独有的历史典故，亲
眼看到变幻莫测的云海，与大自然零距离接触。在龙头寺，
有一位慈眉善目的老道人目不转睛地看我，我礼貌地对他笑
笑，他说："女施主好面相，伸出手来，我给你看看。"我
出于好奇，就把手递给他，他端详良久，不无遗憾地说："女

施主是富贵相，一生不缺吃穿，可惜做不了官，你没有官运。"王局开玩笑地说："你瞎说甚了，我们回去就提拔她呀！"道人双手合十道："善哉善哉。"

走进千年冰洞，洞内景象令人感慨万千，惊叹不已。洞内溪流潺潺，流声悦耳，五光十色，色彩斑斓。岩洞空间极为广阔，洞高约百米，可容纳上万名游客。洞内水珠闪耀，波光潋滟，天然冰雕形态各异，仙气十足，令人赏心悦目。我们一行人将手紧紧地牵在一起，生怕迷失在冰塑中，赶紧逃离。

记得唐代刘禹锡在《陋室铭》中曾这样描述："山不在高，有仙则名；水不在深，有龙则灵。"绵山并没有直插云霄的山峰，也没有深不见底的泉潭，但是却有令人赞叹不已的栖贤谷与别具一格的步行索道，以及绝美的水涛沟与仙气十足的水帘洞等十几处令人流连忘返的自然景观，还有可登高远眺、视野开阔的龙头寺与令人魂牵梦绕的大罗宫等人文景观。依山而建的亭台楼阁，远看古色古香，错落有致，近赏金碧辉煌，处处经典。漫步景区，可置身于介子推的隐居地介公岭，行思坐想，感今怀昔，愤世嫉俗，浮生若梦，明月千里，睹物思人。

绵山是清明文化的发源地，唐太宗李世民曾经亲临此地，而且据说春秋时期晋国大臣介子推就埋葬在这里。整个景区，古树怪石众多，岩洞与溪流随处可见，崖下大大小小长满苔藓的石乳与终年不绝清凉的泉水构成一幅绝美的水墨画卷。尤其是各种珍贵的柏树，种类繁多，遍布山间，神态各异，活灵活现。放眼望去，有的柏树酷似龙形，镶嵌在悬崖峭壁之上，一颗颗柏树组成了一片片天然的柏林，满目苍翠，遮天蔽日，幽香绵长。

第三天，我们漫步平遥古城中，被那保存完好的古城墙、青砖灰瓦的四合院、幽深的巷道、青石斑驳的街道、票号、镖局、当铺、道观、庙宇、商会、老式戏楼、县衙署、太师椅、老茶壶、雕花的门窗、手纳鞋底等古老的建筑和物品所吸引，而我和瑞琴最感兴趣的是一个兜售各种搞笑证书的地摊，我给她买了懒人证、瞌睡虫证，她给我买了放屁证、书虫证。我们两个人拿着搞笑证书在平遥古城追逐打闹，快乐得像两个孩子。熙熙攘攘的古街道，人流如织。平遥古城虽然没有紫禁城的皇家气派，没有江南小城的温婉柔媚，但它底蕴深厚，如一位资深的智者散发着古朴优雅的气息。

参观乔家大院的时候，我的内心是充满自豪感的，大约因为姓乔的缘故吧，仿佛乔家大院里曾经住过自己的祖先一样。乔家大院，名不虚传，是一座具有深厚历史文化底蕴的古代建筑群。庭院宽敞，雕饰精美，建筑精致。整个建筑雕梁画栋，美轮美奂。有电视连续剧《乔家大院》的铺垫，让我行走在乔家大院时满脑子想的都是乔致庸的经商之道，以及他的爱情和婚姻。最后，我们买了些山西老陈醋准备回家送给亲朋好友们。三天的旅行完美收官。

成都之美

"成都，带不走的，只有你，和我在成都的街头走一走，直到所有的灯都熄灭了也不停留……"每当听到这首歌，我就想到成都去看一看，走一走，想去感受一下成都之美，品味一下成都的浪漫。于是2018年劳动节假日的时候，我和瑜再次相约，各自带着孩子，一起奔赴成都。那时两个孩子都才七岁，为了不让孩子跑丢，瑜提前买了两个亲子手环，就是手环的一头套着孩子的手，一头套着妈妈的手，可谓母子心相连，手相牵，寸步不离。到成都的第一感受就是成都的地铁四通八达，不管到哪里，都可以乘坐地铁。两个孩子，对坐地铁充满了好奇，在每一个地铁闸机入口都是奔跑着过去，害怕把自己夹着，坐在每一列地铁上都是那么欢呼雀跃，东瞧瞧，西看看，摸摸这个，敲敲那个，那种充满好奇的表情和动作令人捧腹大笑。

按照瑜提前做好的旅游攻略，我们首站抵达大熊猫繁育研究基地。憨态可掬的大熊猫一下子吸引了孩子们的注意力，它们有的趴在高高的树上，有的躺在一片竹林里，有的在草地上打滚儿，有的和饲养员耳鬓厮磨。孩子们好奇地问了很多问题，比如大熊猫那么胖是怎么爬上树的，大熊猫为什么只吃竹子不吃肉等，孩子们脑子里装着十万个为什么。在大熊猫基地，还有很多其他可爱的动物，如金丝猴、金钱豹、华南虎、白唇鹿、羚羊、矮岩羊等，还有很多珍禽，如孔雀、黑天鹅等。美丽的孔雀展开它那五彩缤纷、色泽艳丽的尾屏，向人们炫耀着自己的美丽，成双结对的黑天鹅优雅地在池中嬉戏，美若仙子。

站在杜甫草堂前，心里不由得吟咏起《茅屋为秋风所破歌》："安得广厦千万间，大庇天下寒士俱欢颜。"杜甫那种心系苍生、胸怀天下的博大胸襟，至今在人们的心中熠熠生辉。我心中对"诗圣"杜甫再次肃然起敬，带领孩子们在杜甫像前深深地鞠了三躬。

都江堰也是让人怀古思贤之地。在遥远的战国时代，李冰父子修建的如此宏伟浩大的水利工程，是中国古代著名的水利工程，两千多年来，仍造福着人民，令人叹为观止。都江堰的水与山相互辉映，相映成趣。水是岷江的水，山是青城的山，都江堰之水从雪山之上奔涌而来，河水清澈透明，河水流过之处，青翠的柳枝随风摆动，伴着潺潺的流水声，大水车吱吱呀呀地转动着，娓娓诉说着古老的都江堰之万种风情。尤其是站在宝瓶口的伏龙观的凉亭里，可以饱览内江和分流渠水，只见那滔滔的江水从凿开的巨大山门——宝瓶口涌入通向蜀中农田的水渠，天地间回荡着轰响，如沉闷的山崩，如狂奏的海啸，江水轰鸣着、咆哮着，水是白的，天是白的，可谓水天一色，蔚为壮观。

　　到成都，如果不到宽窄巷子品尝各色小吃，那也算是白来了。且不说辣子鸡的辛辣刺激，担担面的爽滑可口，酸辣粉的极致筋道，光那造型别致、味道软糯香甜的小点心、竹筒粽子，吃一口，香味都能顺着味蕾一直留到心里。这里的小吃种类之多样，味道之鲜美，让人流连忘返，乐不思蜀。更惬意的是一边品尝美味佳肴，一边观看变脸表演。每一个小吃摊位前都人潮涌动，每一张小饭桌前都热闹非凡。人间烟火气，最抚凡人心。来成都，当然要排三五小时长队，吃一顿正宗的成都火锅，成都人吃火锅是不用芝麻酱蘸料的，取而代之的是一小碗香油，据说这种吃法可以养胃，不过我还是不太习惯。成都火锅的奇辣奇香给我留下了刻骨铭心的记忆，那种辣不仅让人浑身冒汗，更让人鼻涕眼泪一把抓，听说成都人感冒了根本不用吃药，吃一顿火锅就会好。

第一次看海

天之涯，海之角，有个地方叫海南。2012年，陕西省档案编研工作培训会在海南三亚亚龙湾举行，我们一行人从神木出发坐火车的时候穿着厚厚的羽绒服，在西安乘大巴到咸阳国际机场时脱掉羽绒服，等到了三亚机场，一股闷热的裹挟着海腥味的气流扑面而来，整个人顿时汗流浃背，恨不得卸掉身上所有的行李包裹，立即跳入冰凉的海水中。南北温差之大令人咋舌，北方寒风凛冽，海南却炎日酷暑。于是，我们入住酒店后第一件事就是上街买夏装，印着椰子树图案的文化衫、短裤随处可见，而且价格非常便宜，二十五元一套，不管三七二十一，买回去换掉汗湿的毛衣毛裤。

站在所住的宾馆窗口就能看到一望无际的大海，这大概就是传说中的海景房吧。平生第一次看到大海，我们迫不及待地投入大海的怀抱。当时正是夕阳西下之时，天空被晚霞染的一片通红，流云一直红到天的尽头，红云倒映在海里，天空与大海之间，仿佛只有一条金色的缝相隔，海面上洒满了落日的余晖，道道金光闪烁，非常耀眼！海面不是半江瑟瑟半江红，而是水天一色的红，微风吹过，轻拂着海面，碧波荡漾，波光粼粼，晚归的海鸟在天空呼朋引伴一圈一圈地盘旋鸣叫，美不胜收。

沙滩上游人如织，有的在藤椅上侧躺，有的在沙滩上仰面躺着，身上盖着厚厚的沙被，只露出戴墨镜的脸，有的三五成群站着与同伴闲聊，有的在喝着椰子汁，有的在喝着啤酒。我们也脱了鞋袜，赤脚踩在软绵绵的滚烫的白色细沙上，舒服极了，随后干脆走入大海，海水也是温热的，与同伴们在浅海处追逐打闹一番，顺手捡几个彩色的贝壳、海螺、鹅卵石满载而归。

第二天凌晨起床去看海上日出，大约是来得太早，天地一片漆黑，云层似乎特别厚重，空气中弥漫着咸咸的海腥味，雪白的海浪拍打着沙滩，吹来阵阵凉风。也不知等了多久，也不知什么时候，红日从海里冒出，悬挂在云层之中，光彩四射，层层云海被染得橙红鲜亮，如同一团火焰在沸腾，海水也被染红了。我的脑海里顿时冒出欧阳修的诗句"日出而林霏开，云归而岩穴暝"，白居易的词句"日出江花红胜火，春来江水绿如蓝"，以及孟浩然的诗句"万丈光芒染海风，波涛汹涌四时同"。海上日出比海上日落更加壮观，更加璀璨，更加温暖。

在海南，我看到了高大的椰子树、皂角树、纺锤树，喝了人生中第一杯咖啡和第一杯椰汁，吃了第一只螃蟹。面对餐桌上品类众多的海鲜，我却喜欢不起来，总觉得不及陕北的猪肉烩酸菜和铁锅炖羊肉更有滋味。接连吃了几天的海鲜自助餐，我还是无可救药地败下阵来，偷偷地在回宾馆的路上买了几桶方便面大快朵颐。

当我在海南观赏着阳光、椰树、碧海、渔船的时候，脑海里不由自主地浮现出苏东坡被贬谪海南时的情形，我情不自禁地同情并敬仰起苏东坡来。宋哲宗绍圣四年（1097），苏东坡被贬海南儋州，当时的海南还是徼边荒凉之地，是死囚流放之所。这个闭塞落后的荒岛，与京城相距几千里，处在文明的边缘。当时他已经是花甲之年，为这个偏远的海岛带来了一股春风。他在儋州自给自足，重视农耕，教百姓开荒种地，为百姓开方治病。他还在儋州办学堂、收学生，教出了海南第一个举人姜唐佐，苏东坡为海南的教育做出了巨大的贡献。我甚至想，如果没有苏东坡，也就没有海南现在的盛世芳华，于是，心中升腾起对苏东坡的无限敬仰之情。

陪你一起看草原

　　2015 年夏天，我带着七十六岁的母亲和四岁的小儿子自驾游，从神木出发，一路向北，先去了红碱淖，再去了成吉思汗陵，最后游览了鄂尔多斯大草原。红碱淖和成吉思汗陵因为之前带他们去过几次，所以就走马观花游览了一番。老人和孩子都急切地要看大草原，于是，我开车带着一老一小直奔鄂尔多斯大草原。

　　鄂尔多斯大草原地处鄂尔多斯市杭锦旗境内，距杭锦旗人民政府所在地锡尼镇九公里，东距世珍园旅游区七十公里，北距夜鸣沙旅游区八十公里，自然形成黄金旅游一条线。这里被银川市、乌海市、巴彦淖尔市、包头市、呼和浩特市、榆林市和鄂尔多斯市所环绕，是消夏避暑的理想去处。

　　沿途的胡杨林傲骄地守护着淡雅的紫色槐花，有些英雄救美护美的慷慨激昂，凛然正义，让人望而生畏，肃然起敬。大自然有着和谐共生、浑然天成的美。草原上成群的奶牛，使劲儿地吃草，它们吃的是草，挤出来的是鲜美的天然绿色食品，这让人想到鲁迅"横眉冷对千夫指，俯首甘为孺子牛"的爱憎分明与奉献精神，生活中的我，也在默默地践行着这种精神。遍地的苜蓿花是草原的绿裙紫裳，美丽的格桑花盛开在草原上。格桑花的花语是"珍惜眼前人"。在藏语中，"格桑"是美好时光、幸福和吉祥的意思。藏族有一个美丽的传说：不管是谁，只要找到了八瓣格桑花，就找到了幸福。春夏之交，是雪域高原璀璨的好季节，风姿绰约的格桑花儿会如约来到草原上，为青春靓丽的姑娘们带来好时光，也带来幸福。我们在格桑花前留了个影，以此祝福所有爱我的人和我爱的人永远幸福！天空湛蓝，青草碧绿，羊群洁白，悠闲自在，纯净亮丽，这种返璞归真的自然美，让人心灵得到净化，思想得到升华。让我流连忘返的不仅是美丽的草原，还有内心的宁静致远和豁然开朗。原来生活可以如此惬意！

景区入口，首先映入眼帘的是一把巨大的马头琴，孩子好奇地问我这是什么。我给他讲：马头琴是一种两弦的弦乐器，有梯形的琴身和雕刻成马头形状的琴柄，是蒙古族人民喜爱的乐器，属蒙古民间拉弦乐器，蒙古语称"潮尔"。马头琴的琴身为木质，长约一米，有两个呈梯形的共鸣箱。声音圆润，低回婉转，音量较弱，曲调略显沧桑。相传有一牧人怀念死去的小马，取其腿骨为柱，头骨为筒，尾毛为弓弦，制成二弦琴，并按小马的模样雕刻了一个马头装在琴柄的顶部，因此得名。悠扬婉转的马头琴声从草原飘来，勾起游客们的思乡之情，让人们随之黯然神伤。

巨型的鞋子竖立在人行道边，让游人脑海里浮现出牧人远行归来的兴奋喜悦之情。其跳下马的时候，顺便把鞋子踢到很远，也许是与久别的恋人重逢时欣喜若狂，奋不顾身，也许是与十年生死两茫茫的故人挥手自兹去，脚行万里路。一切都是那么率性而为，一切都是那么放浪形骸，一切都是那么真实自然。

一望无垠的草原尽头，是一排排错落有致的蒙古包，酥油奶茶的香味，牧羊犬的忠实吠叫，牧民们高亢嘹亮的歌声，由远及近飘向湛蓝的天空，一派祥和宁静的景象。敖包周围的彩色丝带上写着游客们的美好愿望，传说人们围绕敖包转三圈，默默祈祷，虔诚许愿，愿望就能立马实现。母亲让我搀扶着围绕敖包转三圈，然后买了彩色丝带压在敖包的小石头下面，猜想她此刻心里一定在祈祷着她的子孙后代平安健康。

接下来就是带老人和孩子骑马。母亲说骑马和骑驴没有什么不同，只是马有鞍鞯，驴光着背。母亲还说她十八岁的时候是骑着毛驴走进乔家的门，做了乔家的媳妇儿。我们感慨时光荏苒，转眼之间，母亲已入古稀之年。然后我们让孩子玩了滑沙，随后一起看射箭、摔跤，欣赏了草原情大型歌舞表演。

　　返回的时候，天公不作美，下起了淅淅沥沥的小雨，我边开车边想，草原上下不了大雨，正好开车凉快点儿。老人和孩子刚离开草原就睡着了，我开着车一路向南，雨却越下越大，挡风玻璃上如瀑布般的雨水逐渐模糊了我的视线，车内也是雾蒙蒙一片潮湿。我本想把车停在路边避避大雨，但想想还有几百公里的路要走，只能冒雨前行，不敢有丝毫懈怠。更让人揪心的是手机也没电了，因为在沿途拍了太多的视频和照片，耗尽了手机的电。导航中断，前路迷茫，只能看路标凭感觉走，汽车驶离柏油路，驶入了泥泞的羊肠小道。车轮胎在一片泥水中打滑，车停滞不前，迷路使我的心变得焦虑不安。我不停地告诫自己，要保持镇静，为了车上一老一小的安全，我使出浑身解数，费了九牛二虎之力终于把车掉头，重新开上柏油路，但是方向还是错了，是开往伊金霍洛旗方向，我想干脆将错就错，在伊金霍洛旗找一个宾馆先住下来再说。

　　在宾馆安顿好老人和孩子，我的心情久久不能平静，躺在床上辗转反侧，夜不能寐。我想如果自己找不到回家的路，在那个荒无人烟的泥泞小路上过夜，后果不堪设想。坐在黑夜中，我犹如重获新生，既紧张又兴奋，我决定明天要带他们去更远的远方，看更美的风景，吃更美味的饭。

172

千人唱响清涧道情，万人瞩目袖珍清涧

为了进一步弘扬和传承中华传统文化，营造浓厚的节日氛围，让枣乡人民及广大游客度过一个欢乐、祥和、喜庆、文明的新春佳节，清涧县按照榆林市委、市政府整体安排部署，于2017年2月5日（正月初九），举办了以"乡愁""年味"为主题的"陕北·清涧过大年"活动。此次活动内容精彩纷呈，有千人唱道情比赛，百名儿童画石版画活动，陕北大秧歌表演，陕北民歌演唱会，转九曲，踢场子杂耍，垒火塔，灯展，饮食比赛，等等。活动为时两天，分五个区域。这是多年来清涧最为声势浩大、规模空前的文化艺术展演，这道精神大餐让清涧一鸣惊人，清涧必将迎来新的春天。

道情是流行于陕北一带的一种独特唱腔，听起来不同凡响，唱起来震撼有力，它既不属于我国目前已成熟的某一剧种，也不属于民歌或民间小调。这种自唐代时期兴起于陕西省清涧县一带的唱腔，在千百年的流传过程中，从最初由道士传经布道清唱，到配入器乐，再到融合了陕北民歌、说书等多种形式在节庆、庙会时登台表演。其丰富的内容和一脉相承的口头传唱方式，以及原汁原味的原生态性，十分独特。如今，受现代流行音乐的影响，道情之乡清涧，也不再有人人会道情、时时唱道情、村村演道情的盛况，这种陕北地区优秀的民间艺术也逐渐面临后继无人的现状。

陕北道情最早出现于清涧县东解家沟的玄武村。据该村道情艺人王儒伦口述，清道光年间，山西忻州一批道情艺人前来本村和附近的寨沟演出，始将山西道情传入清涧。后与当地的民歌结合，并吸收了眉户、秧歌的艺术成分，形成了清涧道情。最早组班演出的是王儒伦的老爷爷，称王家班，以坐唱形式演出。光绪年间至20世纪30年代，清涧县出现了史家河、岩头、袁家河、乐堂堡等村的道情班子。他们经常外出演出，使道情传播到子洲、子长、志丹、横山、绥德等地，出现了村村有班子的兴盛局面。演出形式从坐唱发展为舞台演出，成为各地庙会赛戏的主要娱乐品种。往往是白天演出道情，晚上闹秧歌社火。每年春节期间，村与村的道情、秧歌班子还要进行下帖和还帖式的相互邀请演出活动，当地称为闹红火。

清涧道情知名曲目有《兄妹开荒》《赌逼妻泪》《退婚》

《过河》《忤逆子》《五哥放羊》《挂女人》《男到女家》《二虎看瓜》《好亲家》《上一道道坡坡下一道道梁》《十对花》《张良卖布》《三回头》《闹书馆》等，其为群众所喜闻乐道。清涧道情这种说唱形式，说部为散文，唱部为音乐伴奏的韵文，其唱调被称为道情或道调。在这种背景下产生的道情，使它在一开始就与其他演唱形式迥然不同，受人喜爱。

清涧闹道情的到了哪个村，哪个村的人便在村口摆设酒肉，桌旁还要站上两名身穿道袍的人来接待，而以演唱为乞食工具的其他戏曲艺术班则无法得到这种礼遇。而且，道情在发展成为戏曲剧种的初期，表演的又都是清一色的神仙道化戏，如《目莲救母》《王祥卧冰》《刘秀烧窑》等，人们会自然地产生一种敬畏感。道情的许多传统戏，如《湘子出家》《上终南山》《林英敬香》等，所反映的也都是道教中一些代表人物出家成仙的故事。通过这种艺术方式宣扬了一种思想：人是精神自由、独往独来的，应抛弃一切功利，割断一切关系，摆脱羁绊，遁世绝俗，清净无为。

清涧千人唱响道情，以无比高涨的热情，以空前绝后的恢宏气势，以震撼人心的演员阵容，用朴实无华的语言，欢欣鼓舞地唱出了清涧的山水情感，唱出了清涧的人文韵味，唱出了清涧的现在与未来。祝福清涧道情走出中国，走向世界。

勤劳丰衣足食，智慧创造财富

　　一天早上，闲来无事，冒着严寒，忍受堵车，疾驰佳县赤牛坬，那里有千人枣糕宴！六十公里的路程，却足足开了三个小时，最后停在一个尘土飞扬的停车场。下车后步行走了很久，费了九牛二虎之力，传说中的赤牛坬终于全貌呈现在眼前。此时已人山人海，人头攒动。须臾，枣糕宴开始，每人二十元。我在凛冽的寒风中瑟瑟发抖，夹着一片冻得生硬的枣糕，在稍息、立正这两个姿势中吞咽着，据说站着吃糕，越站越高。这里人比较多，耳边喧嚣声一片！

　　佳县赤牛坬在2017年大年初三上演了陕北榆林过大年的年俗文化表演，并在中央电视台《乡土》栏目播出，继而声名远播，吸引了全国各地的游客。我慕名而去，果真名不虚传，看到了宏大的农家生活场景再现，有春耕、夏耘、秋收、冬藏的四季生活展示，有纺线、织布、男耕、女织自给自足的大生产运动的表演，并且用陕北信天游表现陕北农民纯朴的爱情。我还品尝了陕北颇具特色的美食，如现蒸枣糕、黄馍馍，现做马蹄酥、钱钱饭等。除此之外，活动还有各种老式餐具、农具、生活用品的展览，红白喜事的场景再现，如此种种都让人无限怀念过往，珍惜流年，憧憬未来。

望着从四面八方拥来的如织般的游客，看着前不着村后不着店的堵车长龙，再看看山路十八弯的崎岖坎坷，我在想为什么偏僻的弹丸之地会有如此魅力，吸引众人舍近求远来探访。赤牛坬这位深居简出的农妇怎么一夜之间芳名远播？关键在于启智创新，这说明佳县人民懂得旅游文化打造，更懂商业运作。赤牛坬大小不及神木民俗文化大观园的四分之一，然而赤牛坬如巧舌如簧的俏媳妇儿，眉目传情，能言善辩，神木大观园却似憨厚老实的庄稼汉，沉默寡言，老态龙钟。正可谓勤劳丰衣足食，智慧创造财富。

青海之旅

    2018年，我和瑜各自带着孩子去青海旅行，五天的行程，我们参观了塔尔寺、茶卡盐湖、青海湖、祁连山，看了油菜花，喝了奶茶，吃了牦牛肉干，体验了骑牦牛和骑马，可谓一次愉快之旅。此行印象最深的景点是茶卡盐湖和青海湖。青海之行，让我感受到了绚烂与荒凉并存，狂野与浪漫相融的极致的美好。

    第一天从西安出发，乘飞机抵达西宁，瑜提前预约好的司机接我们入住民宿酒店。第二天，司机带我们去了塔尔寺，当然是为了净化心灵，远远地就看到了一排顶部类似蒙古包的白色塔，庄严肃穆，神秘神往，塔周围盛开着娇艳的格桑花。面对塔尔寺，内心涌起了一种源自灵魂深处的敬畏之情，我们双手合十，虔诚地许了愿，然后匆匆离开。

    第三天我们游览了被称为中国天空之境的茶卡盐湖。我们一行人乘坐小火车，缓缓驶向盐湖深处，车轮和铁轨相互碰撞，发出哐当哐当的响声。放眼望去，处处都是白色的盐，仿佛进入了滑雪场，白茫茫一片，甚至连空气中都弥漫着淡淡的咸味。两个孩子在盐湖中玩起了"打雪仗"的游戏，银铃般的笑声飘荡在冷风中。

第四天我们游览了青海湖。青海湖可谓水天一色，碧波万顷，烟波浩渺，湖边盛开着金灿灿的油菜花，成片成片嫩黄的油菜花像一群活泼开朗的少女，紧围着湖泊翩翩起舞，甚是欢快，让人心生怜爱。蔚蓝色的湖水与黄色的油菜花田、翠绿的远山、洁白的云朵形成强烈的视觉对比，美得令人窒息。但青海湖最美的景色还当属落日，当夕阳的余晖渐渐覆盖湖中的波光，青海湖瞬间像一个羞答答的少女，那粉红的面庞如热恋般娇艳。半江瑟瑟半江红的湖面给人一种无比宽广和自由的感觉，让我顷刻间忘记了生活的喧嚣，内心变得纯净透明，仿佛找到了停靠的港湾。站在这灵山秀水的青海湖畔，我的思绪缥缈如点缀在蔚蓝天空的朵朵白云，非常纯净又带点忧伤。

印象中青海旅游就是一直在坐车，去每一个景点都要坐四五个小时的车，每到一个景点都是稍作停留。去祁连山的路上由于高原反应，孩子一路呕吐，我也头昏脑涨。记得坐了整整一天的车才到达祁连山下，司机兼导游说登山太晚了，安排我们住在山脚下的民宿。这里吃饭的人很多，每一种饭都夹生不熟，据说是高原压力低所致，但每一个菜上桌后瞬间就被一扫而空。大家都太饿了，饥不择食，狼吞虎咽。休整一晚，第二天一大早我们向祁连山进军，可惜天公不作美，淅淅沥沥下起了雨，远山如黛，隐藏在大雾中，我们打着雨伞冒雨登山。山，对我们这些北方人而言，已经司空见惯，没有什么稀奇的，但祁连山下的草原却有无数治愈人心的美景，黑的牦牛、白的绵羊，悠闲地散落在坡地、谷地和路边，它们闲适安逸地吃着草，甩着尾巴。还有一大群一大群的土拨鼠窜进窜出，让人忍俊不禁。这里水草丰美，开阔无垠，天地一片和谐。我和孩子一起骑牦牛、骑马，踩着如茵的绿草，蹚过潺潺的小溪，听牧民哼着悠扬的曲调，那种惬意无以言表。

印象福建

　　我们常说自己的家乡山清水秀，人杰地灵，但到了福建才真正体会到什么是山清，什么是水秀。放眼望去一大片一大片全是青翠欲滴的树木或姹紫嫣红的鲜花，芳香四溢入鼻来，熏得游人乐开怀，千娇百媚共徘徊。花草树木像江南女子一样水灵灵的，明眸皓齿，左顾右盼，风情万种，让人流连忘返。公路旁、院子里，随处可见橘红的柿子，可谓枝头累累柿子黄，无叶陪伴独自香。树下行人欲品尝，只缘个小够不上。垂涎三尺眼放光，啧啧称赞果中王。还有那漫山遍野的茶园，让人不禁感慨：一山千茶场，阡陌茶花香。行人驻足赏，佳人采茶忙。红袍肉桂广，美名四海扬。木雕巧夺天工，姿态万千，惟妙惟肖，令人爱不释手，流连忘返！走进水晶店，映入眼帘的是晶莹剔透的水晶，形态万千，造型各异。坊间流传着许多关于水晶的美丽传说，也让人不由得联想到灰姑娘的水晶鞋。爱如水晶，水晶如爱。

别土楼，登天游，忘却许多愁。戏石猴，话西游，牢记你守候。忘云游，观浓雾，看穿天地厚。穿越一线天，挑战无极限。迈步方寸间，无人把手牵。思量人生艰，庆幸美梦圆。定命桥上同心锁，忠贞爱情千古颂。字里行间誓言抒，天造地设鸳鸯谱。朱熹祠前驻足，伦理学中漫步。思考人生无数，谨言慎行靠谱。

　　大海，这已不是第一次向你走去，心里还是抑制不住景仰你的胸怀，倾羡你的风采，渴望你的青睐。想做你的小孩，仿佛春暖花开，忘掉冬的阴霾。北方人都说你不该把冬天的寒意彻底掩埋，应该给臃肿的棉衣一个交代，而你自顾自将世界覆盖，唯独我理解你想用无垠的广袤宣泄心中的爱。

　　竹筏漂流令我印象深刻。和孩子坐在竹筏上荡荡悠悠，一位中年土家妇女，头戴蓑笠，身穿蓝底白花的对襟衬衫，独自撑一根长竿，动作敏捷，一路欢声笑语，风轻云淡地向游客讲着自己的生活和家庭。竹筏在绿树青山间穿梭，时而风平浪静，时而滩险水急，沿途风景美妙，波浪流光溢彩，两岸花团锦簇，绿树成荫，怪石嶙峋，幽静秀美。岸边洗衣的少女唱着婉转动听的歌曲，令人心旷神怡，仿佛人在画中游。

　　黄昏是一天中最美的时候，走在厦门美食一条街，此刻，整条街的灯光，朦胧着；饭后散步，静静的。不问清风明月，不理世俗烟火，让前尘旧事从心底某个角落升起，落下……随便找个小吃摊坐下来，来一碗沙茶面或者撸几串鱿鱼，那份惬意如五脏六腑被熨帖过一样舒服。悠扬的小夜曲从一个个小吃摊的音响里飘荡着，总有一个音符可以触摸到你的心灵，总有一句歌词可以令你卸下疲惫！行走间，可以思，可以不思，可以静，亦可以不静，动静之间，尽显人间风情。尝遍人生百味，可以好好享受傍晚的慢时光。

　　大约是丰足的水滋养了山水田地甚至人，因此才使这里才子佳人辈出，商贾名流云集，即使普通百姓也机灵聪颖，语出惊人，满腹生意经。再看看大街小巷里品茶者比比皆是，饮酒划拳者寥若晨星。品茶是南方人的雅兴，品味中谈的全是生意经；喝酒是北方人的秉性，议的全是家长里短。这似乎应了一句古语：智者乐水，仁者乐山。水养育了江南才子，山哺育着北方仁者。作为北方人，对江南还是心驰神往，沉醉于日出江花红胜火，春来江水绿如蓝的意境美，能不忆江南？

大美桂林

对孩子们来说，只有走出原有的视野空间，才能真正意识到这个世界的广大辽阔，才能知道这个世界上还有很多东西他们未曾见过。听闻远方有桂林，桂林山水甲天下，2018年寒假的第一天，我就与几个闺密相约一起去桂林游玩。桂林山水果然名不虚传，一路走来，孩子们用自己的小眼睛见证了桂林的山清，水秀，洞奇，石美。

盆景一样的青山，连绵起伏，重山叠嶂，若隐若现，似一幅水墨山水画，更像一位千娇百媚、温文尔雅的少女。参观传说中的九马画山，笨拙的我竟然一匹马都没有看出来。引人入胜的月亮山，那高耸的形态令人惊叹，又让人看到了前进的方向。傲然独立的山峰，那美丽的身姿，总让人想"会当凌绝顶，一览众山小"。仰天长啸，充满想象，可谓望峰息心。象鼻山，又叫象山，以神奇著称。其神奇，首先是形神毕肖，其次是在鼻、腿之间造就一轮临水皓月，构成"象山水月"的奇景。因此，象鼻山是桂林的城徽山，是桂林旅游的标志山。它坐落在桂林市中心的漓江与桃花江汇流处，形似一头鼻子伸进漓江饮水的巨象，象鼻和象腿之间是面积约一百五十平方米的圆洞，江水穿洞而过，如明月浮水。坐落在西岸的象山水月与漓江东岸的穿月岩相对，一挂于天，一浮于水，形成"漓江双月"的奇特景观。每到一个景点，孩子们都以奔跑的姿势拥抱大自然。对随处可见的金橘、沙糖橘，孩子们只是静静地观望，虽垂涎三尺，却没有一个敢伸手去触摸。

来到传说中的世外桃源，文人墨客理想中的极乐世界，其造型果然像中学语文课文中描写的那样：忽逢桃花林，落英缤纷，芳草鲜美。初极狭，才通人。复行数百步，豁然开朗。

虽然那一片桃花是假花，但仍然给人无穷的想象。我给孩子们讲了陶渊明不为五斗米折腰的故事，孩子们无不被陶渊明伟大的人格所折服，孩子们拍着胸脯说自己长大以后要像陶渊明一样淡泊名利，宁静致远。

走进溶洞，仿佛进入了冰雪奇缘中的梦幻世界，孩子们在五彩缤纷、光怪陆离的空间里玩起了捉迷藏。我们参观的是有"世界溶洞奇观"美誉的银子岩，这是典型的喀斯特地貌，整个溶洞贯穿了十二座山峰，且汇集了不同地质年代的钟乳石。溶洞分为下洞、大厅、上洞三大部分，其音乐石屏、瑶池仙境、雪山飞瀑三大景观称为"三绝"，佛祖论经、独柱擎天、混元珍珠伞三大景观称为"三宝"。

　　如果你到了异地还想着找寻自己家乡的美味佳肴，那你就大错特错了！我们一定要入乡随俗，品尝当地的特色小吃，就如到了北京要吃烤鸭，到了天津要吃狗不理包子，到了新疆要吃烤羊肉串，到了东北要吃大烩菜，到了陕西要吃羊肉泡馍，到了云南要吃过桥米线，到了湖南要吃臭豆腐，到了内蒙古要喝奶茶、吃奶酪，到了青海要喝青稞酒，到了西藏要吃糌粑……那到了桂林自然也一定要吃一碗米粉。也就是说要读万卷书，行万里路，品天下美食！为了吃一碗正宗的桂林米粉，导游提前造势，渲染，调动游客的胃口。去了米粉店，早已经门庭若市，需要在门前十米开外排队等候。等候良久，一碗干拌面式的米粉终于被端上桌，米粉上面放一颗卤蛋、两片牛肉，然后自己去添加配料，配料就是辣椒酱和各种榨菜。米粉吃起来比面条爽滑些，如果喜欢吃辣椒酱，那就是美味佳肴了，如果不喜欢吃辣，便觉得索然无味了。不管怎么样，吃了桂林米粉，就算到过桂林了，因为有一份特别的记忆将留存在生命里，永远难忘。

一方水土养育一方人。桂林有洁净的天空，清澈的河水，茂盛的森林，可谓青山绿水！小时候语文课本上写道：漓江的水真绿啊，绿得像一块翡翠；漓江的水真静啊，静得像一面镜子！当时觉得太不可思议了，水怎么是绿的呢？住在黄河岸边的我们，每天看到的黄河水都是混浊的黄色。水怎么是静的呢？黄河水波涛汹涌，少有安静的时候。只有身临其境，方知大自然的美妙，不可言传！孩子们几天下来，记住了导游的解说词：桂林桂林，桂树成林；桂花桂花，飘香万家。这说的就是桂花茶的香，桂花糕点的甜。

唯一令人欣慰的是孩子们一路上能相互帮助，互相理解，不喧闹，不打斗，在每一处景点都能全程参观，细致观察，静静听讲，翻山越岭，不喊苦不叫累，带着好奇用眼睛尽力感受青山绿水的万种风情。乐善好施的孩子们，把自己手中的零花钱默默地投进街上艺人面前的纸箱中，那一刻，他们也许感受到了人生之艰难困苦。

我很庆幸，由于当老师的缘故，寒暑假能与孩子们一同出行。读万卷书，行万里路，每次带孩子去旅行都是耐心与毅力的对决。过去总是自己一个人带着孩子出去，每走一步都紧紧牵着孩子的手，目光寸步不离孩子，一次旅行下来，真是身心俱疲。这次出来，和三个年轻的辣妈结伴而行，她们年富力强，处处为我披荆斩棘，而且有小哥哥、姐姐对弟弟无微不至的呵护，让我省心省力。更重要的是，孩子们在旅行中，学会了团结协作，分享快乐。一路走来，四个孩子建立了纯真的友谊，祝愿他们的友谊地久天长！期待暑假再聚首！这次旅行，让我感受到结伴而行的快乐。

昭君泪

　　每次带孩子去红碱淖，看到因和亲而背井离乡的王昭君雕像，就不禁肃然起敬，都要在昭君的雕像前行鞠躬礼。我常常想，如此貌美如花、身姿摇曳的一个弱女子，怎么能够有令世人震撼的强大力量，去使一个国家摆脱窘境？又怎么肯在如花似玉的年纪，纵身于一片荒漠中，不带一丝怨言去和亲？每次，我凝望着怀抱琵琶、面容姣好、矗立在红碱淖景区门口的昭君，内心的忧伤都会像红碱淖的湖水被强劲的北风吹皱一般翻江倒海、汹涌澎湃。思绪穿越回遥远的汉代，我仿佛看到一个花容月貌的弱女子，像一个伟岸的男子一样毅然决然出塞，她在心里哀叹自己命运的同时，又坚定地选择了离开。她是大汉的子民，她必须为国家牺牲自己，保护国家的周全。车马一路颠簸，浩浩荡荡的人马穿过繁华热闹的街市，穿过清涧和一片片树林，身后的都城离昭君越来越远，此去朔漠，与国与家一别，不知何日能重归，惆怅片刻，她毅然转身扎入漫天的黄沙中。途中，她无数次撩开帘子，看着故乡渐渐消失在自己的视线中，泪水不禁湿了眼眶。待来到匈奴和大汉王朝的交界之处，带着满腹的忧愁和思乡之情，她下车抱着琵琶请求再为大汉弹一曲。我仿佛看见在朔漠之中，漫天飞沙走石，那个手抱琵琶站在高处的女子，正弹奏着哀婉的曲子，曲子中分明是幽怨和不舍。她从此不再过问国事，她从此生死不明。于是，在黄沙弥漫的朔漠，一曲离殇回荡在无边无际的风沙中，马鸣风萧萧，飞沙吞噬了她的娇躯，她的裙摆在风沙中翻飞，一曲终毕，余音袅袅，许是风沙迷了她的眼，泪水在她的脸颊滑落。泪流成河成淖成湖成海。随后的她扎根在茫茫的高原草地上，像一棵耐旱而茁壮的野草，顽强地活了下来。日升月落，冬去春来，她日日思念着父母，眷恋着家乡，可是家乡渺渺关山远……

王昭君与西施、貂蝉、杨玉环并称"中国古代四大美女"，她们都是美的化身，享有"闭月羞花之貌，沉鱼落雁之容"，其中"落雁"讲的就是昭君出塞的故事。王昭君天生丽质，聪慧异常，琴棋书画，无所不精，被汉元帝选秀入宫。传说王昭君入宫后，自恃貌美，又因家境贫寒，不肯贿赂画师毛延寿，毛延寿便在她的画像上点上丧夫落泪痣，昭君便被贬入冷宫三年，无缘面君。后来，匈奴首领呼韩邪单于对汉称臣，并请求和亲，以结永久之睦邻友好。据说当时汉室公主个个恃宠而骄，不愿背井离乡，客死他乡。正在汉元帝为难之际，王昭君挺身而出，慷慨应诏。呼韩邪单于辞别大会上，昭君现倾国倾城容貌，"蛾眉绝世不可寻，能使花羞在上林"。元帝大惊，不知后宫竟有如此佳丽，意欲留之，而难于失信，便赏给她锦帛二万八千匹，黄金美玉一万六千斤，并亲自送出长安十余里。猜想元帝当时的心情，一定翻江倒海、五味杂陈。他悔当初轻信画工的篡改，恨斩毛延寿，祭奠心底永远逝去的云彩，锦帛美玉陪你天涯的情怀，在历史长河里澎湃。骏马奔腾徘徊，犹如昭君的期待，一泓清澈的湖水横亘北塞，唯有鸿雁传书回来，方知身在胡地心处塞外。

昭君肩负着和亲重任，别长安，出潼关，渡黄河，过雁门，历时一年多，于第二年初夏到达匈奴与汉界处红碱淖。昭君出塞前想到自己从此与父母家人天各一方，永远不会再见面，悲从中来，流下了悲伤的泪水，泪珠滴入红碱淖，本来很小的池淖马上汹涌澎湃成湖，这就是传说中的昭君泪。

真实的红碱淖，也称红碱淖尔、红碱淖海子，位于陕西省神木市与内蒙古自治区伊金霍洛旗之间，处于黄土高原与内蒙古高原过渡地带、毛乌素沙漠与鄂尔多斯盆地交会处，总面积五十四平方公里，湖面大致呈三角形状，沿岸有七条季节性河流注入。红碱淖是中国最大的沙漠淡水湖。同时，红碱淖是当地主要渔场，湖水也可为陕北煤田开发提供水源，因此对陕北经济的发展有重要作用。

王安石在《明妃曲》中写道："明妃初出汉宫时，泪湿春风鬓角垂。低徊顾影无颜色，尚得君王不自持。归来却怪丹青手，入眼平生几曾有；意态由来画不成，当时枉杀毛延寿。一去心知更不归，可怜着尽汉宫衣；寄声欲问塞南事，只有年年鸿雁飞。"杜甫也写道："一去紫台连朔漠，独留青冢向黄昏。画图省识春风面，环佩空归夜月魂。千载琵琶作胡语，分明怨恨曲中论。"

我站在红碱淖湖畔，情不自禁赋诗一首：浩渺红湖水，昭君一滴泪。汉匈能和美，落雁心无悔。千鸟来栖红碱淖，孤雁独飞匈奴巢。和亲重担弱女挑，流落他乡孤魂绕。多少爱怜英雄恼，大义凛然美名昭。她像极了红碱淖的遗鸥，且是群鸟中的枭雄。蛾眉独自憔，汉女胡地妾，枉然留恩怨，凛然流泪去，祈盼来生归。红碱淖傍晚如血的残阳，书写了昭君离别的悲怆，她孑然一身远赴他乡，换来东汉六十年的和平吉祥。忘了岁月的沧桑，期待来生重逢爹娘，她还是沉鱼落雁的模样，她的美丽世代芬芳。她是和平的使者，她是友爱的化身，她是民族的骄傲，她是红湖的神话。

珠海拾贝

2019年寒假，我和同事玲、娇各自携带一个"小尾巴"，一起向珠海出发。有缘千里来相会，素不相识的小男孩、小女孩，因为一场说走就走的旅行而相识相知。三个孩子以兄弟相称，以姐弟相呼，姐姐十一岁，一个弟弟八岁，一个弟弟五岁。姐姐牛牛常常恨铁不成钢，举起小拳头吓唬一下小弟弟："如果再不听话，打烂你们的小屁股！"刀子嘴豆腐心，拳头高高举起，在空中划过一道优美的弧线，又叹息着轻轻放下。两个小弟弟你做一个鬼脸，他发一声怪叫，一路笑声不断。

入住横琴湾酒店，大堂金碧辉煌，房间够大、够新，服务也很细致周到，让人有很好的入住体验。这个酒店价格不菲，功能齐全，有室内游泳池、桑拿房、游乐场、咖啡厅、西餐厅、健身房、超市、时装店等。但我们忙于看演出，转景点，除了在房间睡觉，别的功能都没有用到，确实有点浪费资源。

珠海渔女是珠海市的象征。在珠海风景秀丽的香炉湾畔，矗立着珠海渔女的巨型石刻雕像，她项戴珍珠，身掮渔网，裤脚轻挽，双手高擎一颗晶莹璀璨的珍珠，带着喜悦而又含羞的神情，向世界昭示着光明。在珠海有一个浪漫的爱情传说：龙王之女来到凡间与当地渔民阿海坠入爱河，不幸为此丢掉性命。阿海痛失恋人，每日悲天恸地。九州长老被这人神之间的爱情所打动，遂告知阿海九州岛有一株还魂草有起死回生之效，但须以男人的鲜血每日浇灌。精诚所至，金石为开，阿海最终救回渔女。二人成亲之日，渔女高擎一颗举世无双的宝珠，献给了德高望重的九州长老。孩子们领略了珠海渔女的风情，置身于海岛中，看到了辽阔湛蓝的海面、碧绿清澈的海水、壮丽辉煌的海上日落，感受着温润清爽的海风。一波波海浪冲击岛礁，发出阵阵涛声。而蓝天白云优哉游哉，令人心旷神怡。渔女、沙滩、海风、夕照深印在我们的心里。在渔女沙滩上，牛牛用贝壳吹了一曲《外婆的澎湖湾》，引起了我们一番浓浓的乡愁！

　　傍晚，我们一行去参观港珠澳大桥。港珠澳大桥，顾名思义，就是一座连接香港、珠海和澳门的巨大桥梁，于2018年10月24日全线通车。其在促进香港、澳门和珠江三角洲西岸地区经济的进一步发展具有重要的战略意义。截至2018年10月，港珠澳大桥是世界上里程最长、设计寿命最长、钢结构最大、施工难度最大、沉管隧道最长、技术含量最高、科学专利和投资金额最多的跨海大桥。大桥工程的技术及设备规模创造了多项世界纪录。我们慕名而来，在远处眺望，其雄伟壮丽的恢宏气势，令我们感慨万端，为祖国的繁荣昌盛、科技发达而充满骄傲与自豪。

在珠海，由于美女们的精心安排，每一段行程都很顺利，每一顿饭都吃得舒服舒心，无论是鲜美的海鲜、清淡的馄饨，还是重口味的酸辣粉，都别有一番风味。但由于时间紧迫，我们吃了一顿出行以来最奇葩的晚餐，4点半点的外卖，6点半才送到，7点半要看马戏表演，时间紧迫，分秒必争。来不及思考，以酒店门口绿化带的一块景观石为桌，以盒为碟，摆好饭菜，席地而坐，狼吞虎咽。酒店里传出好听的音乐，身边人头攒动，宝妈们无地自容，生怕被路人拍了照片发到朋友圈，吐槽不文明行为。我们催促孩子们快点儿吃，孩子们抱怨着，遗憾着，麻利地收拾残羹冷炙，投至垃圾箱，飞奔着去马戏城。其实，马戏城与酒店只隔一条马路，到了马戏城还等了十五分钟，虚惊一场。这样的晚餐今生只有一次吧，因为其滑稽而刻骨铭心。

接着我们去了号称世界最大的海洋鱼类展览馆。长隆海洋王国的地标——高达六十三米，约十八层楼高的巨型蓝色鲸鲨雕像就矗立在这里，非常震撼。走进海洋馆，犹如置身神奇的海底世界，孩子们在弧形水下长廊内近距离观赏海洋动物白鲸鲨、海狮、海象、海马表演，还看到成千上万的珍稀鱼类在水里游动，五光十色的圆形穹顶折射出美丽的光线，带来非常独特的游览体验。

我们的人生之旅中，一直在等待某个人可以成为我们旅途的伴侣，陪我们走过一段别人无法替代的路。这次旅途中留下了特别美好的记忆，那是亲情之忆，更是友谊之忆。人生就像一场旅行，不必在乎目的地，在乎的是沿途的风景，以及看风景的心情和陪你看风景的人。旅游并不奢侈，只要勇敢地迈出第一步，快乐出发，平安抵达就好。既然选择出发，便只顾风雨兼程。旅游不在乎终点在哪里，而是在乎途中的人和事带给我们的美好记忆和令人流连忘返的景色。如果你不出去走走，你就会以为这世界很小，长此以往，就会成为井底之蛙，只能看到井口一小片天空。让我们偶尔给心灵放个假，拥有一段奇妙的旅行，去寻找诗和远方。一些人，一段路，人在途中，心随景动，从起点，到尽头，全部是快乐，全部是舒心，全部是欢声笑语，勇敢前行，梦想自会引路，有多远，走多远，把足迹连成生命线。

点亮高处的灯

就在几分钟前，我用十二分的虔诚，在孔明灯的四个面分别写下了健康、平安、快乐、成功八个字，许下了对家人的美好祝愿，然后点燃孔明灯底座的白色蜡烛，双手将孔明灯高高地举过头顶，小心翼翼地放飞。也许是孔明灯承载了太多的希望，也许是蜡烛燃烧不够充分，也许是浮力不够，孔明灯徘徊在头顶，久久不肯离去，甚至要降落在我的头上，几乎点燃了我的头发，工作人员急忙过来帮助。他耐心地教我把孔明灯擎在头顶，直至蜡烛烧成火红一片，孔明灯如张满的帆，然后放手，孔明灯这才悠然地升到高空，飘向远方。朦胧夜色中，一盏盏鲜红如炬的孔明灯冉冉升起，宛如无数个火红的太阳缀满天空，璀璨温暖。人们蹦跳着，欢呼着，大家目光炯炯地盯着自己放飞的那一盏，我也正在目送渐行渐远的那一盏愿望之灯，如同母亲目送自己的孩子背着小书包走向幼儿园开启了美好的人生之旅一样，充满希冀。

2023年9月23日，受神木希文书院的邀请，我们一行人参加了曼乔咖啡音乐节。舞台上帅哥靓妹们一展歌喉，美妙的旋律，婉转动听的歌声飘扬着、挥洒着青春的浪漫。舞台下，众人手拉着手，围着一堆熊熊燃烧的篝火欢呼着，笑着，跳着，舞动着快乐，释放着激情。火光映照在一张张热情洋溢的脸上，仿佛每个人的汗珠里都浸满了欢乐。等大家累了渴了，酸奶哥及时送来一杯杯酸甜可口的青稞酸奶，一口喝下去，甜滋滋、凉丝丝的，全身的毛孔无一个不熨帖。与此同时，烤全羊的香味弥漫，热情的曼乔人给每位游客送上一块烤羊肉，人们大快朵颐，唇齿留香。在人声鼎沸中感悟生命的活力，在喧哗吵闹中仰望天宇，体悟时空、存在、文化、价值的真谛，从而愈加热爱生活。美好的夜晚就这样开启，欢乐如同一盏盏飞向高空的孔明灯，将夜空照亮，也将人们的梦想照亮。

美食篇

meishi pian

熬冬印象

　　"熬冬至，炒腊八"，这是农人们为来年祈福的一种朴素的方式，即在冬至煮一锅鲜美的肉吃，第二年可以风调雨顺，牲畜可以健壮平安；在腊八节爆炒一锅当年新收割的豆子、玉米，来年生活会红红火火，收成会囤满粮仓。为了这一风俗，农民们都会虔诚地精心准备，孩子们更是欢天喜地。冬至前夕，家家户户都会把自己一年精心饲养的大肥猪、老山羊，甚至老耕牛、下蛋鸡宰杀了，在冬至夜熬煮，烹制为美味佳肴。孩子们早早地就开始对这一天翘首以待。

　　在积贫积弱的童年岁月里，吃一顿肉便回味无穷。记得小时候，家里每年都要养一头大肥猪，从春季买回猪仔，到冬季宰杀。我每天放学回家的第一件事就是上山割猪草，回家后姐姐把猪草剁碎，放入一口大锅熬煮，再加些小土豆和糠麸皮等，便成为猪食，待放凉后一勺一勺舀到猪槽里。看着猪狼吞虎咽地吃着猪食，就像母亲看着孩子大口大口地吃饭一样，心里洋溢出无限的幸福感。随着猪一天天长大，我对猪的感情也与日俱增，有时来了兴致，会骑着猪在村里溜达溜达。然而，乐极会生悲，因为猪可以驮动十来岁的孩子就意味着它已经长得足够肥硕，它的死期也就日益迫近了。每到冬季杀猪的时候，都是我和姐姐伤心的日子，看着自己亲手饲养的宠物任人宰割，心中的无助与疼痛无以言表。但穷人的孩子早当家，善解人意的我们深谙父母的不易，知道这一头猪是家庭重要的经济来源，我来年的学费全寄托在这头猪身上。

一年一度的熬冬时节，全村家家户户磨刀霍霍向猪羊，并约定俗成地互相帮助，共享美味。轮到某户人家杀猪时，便先在院子里支起一口大锅，倒上十几桶水，烧至沸腾待用。然后，由村里的十几个青壮年把猪生擒绑好放在石碾盘或者一块干净的大石板上，一个屠夫操刀，白刀进去红刀出来，猪的一生就此落幕。众人合力，一举把猪扔进锅里，死猪不怕开水烫，猪毛被众后生合力褪下，白白胖胖的猪躺在案上，一副任人宰割的乖巧模样。须臾，猪四分五裂，猪头、猪脚、猪身分开搁置。一般人家都会把猪肉留十来斤宴请亲朋，做所谓的杀猪菜，其余的全部卖掉，贴补家用。有的人家把猪头、猪蹄及猪下水留下自家食用，其余卖掉作为子女来年的学费。

熬冬已经成为陕北人的一种习俗。流年往事，美好未来，都被岁月熬成一锅锅令人垂涎欲滴的美味佳肴。熬冬，不仅熬猪头、猪蹄，也熬羊头、羊骨、牛头、牛骨，各类家畜、家禽都在寻常百姓的冬至熬冬之列。辛苦了一年的人们，在冬至这一天会让生活慢下来，全家人围着热气腾腾、芳香沁脾的猪头、猪蹄或羊头、羊肉等美味佳肴，啃着骨头，说着家长里短，就着冬至里的漫漫长夜，细品流年的幸福温暖，很是知足。听老一辈说，冬至熬冬，可以防冻耳朵，也期望在一年年的熬煮中生活越来越红火。

　　爱你如初见，熬冬又一年，岁岁平安，年年欢喜。

蛋 如 花

　　岁月悠然，身如浮萍。那些曾经在生命里，在路途上，在心灵深处触动并温暖过我们的人和事，都在我们的生命中留下了珍贵的记忆。此时忆起，就像一场场电影在脑海中回放，如一杯芳醇的美酒，历久弥香。小时候家里穷，记忆中最好吃的东西就是用鸡蛋做的各种美食，如荷包蛋、西红柿鸡蛋疙瘩汤、韭菜鸡蛋合子、鸡蛋地软饺子、鸡蛋软饼……

　　荷包蛋是我小时候的最爱，白白的蛋白包着金黄的蛋黄，如一朵睡莲静静地躺在一碗清水中，安静诱人，清淡可口。我也喜欢喝西红柿鸡蛋疙瘩汤，西红柿鸡蛋疙瘩汤不仅味道可口，而且色泽鲜亮。在晶莹的汤中，西红柿就像一颗颗红宝石，更像一片片鲜红的花瓣，鸡蛋花散落其间，犹如黄灿灿的花蕊。小时候一个荷包蛋或者一碗西红柿鸡蛋疙瘩汤是极其奢侈的美餐，只有在家里有人生病时，母亲才会给病人做两个荷包蛋或者做一碗西红柿鸡蛋疙瘩汤，仿佛荷包蛋和西红柿鸡蛋疙瘩汤是灵丹妙药，病人吃后，裹着被子在火炕上睡一觉，出一身汗就能浑身轻松，满血复活。作为家中的老小，每次不管谁生病，我都能蹭两个荷包蛋或者一碗西红柿鸡蛋疙瘩汤。时间长了，家里没人生病，我就会装病，其目的就是吃两个荷包蛋或者一碗西红柿鸡蛋疙瘩汤。

鸡蛋还可做成铁勺炒鸡蛋和煮鸡蛋。铁勺炒鸡蛋就是在炒菜的铁勺里淋几滴油，在灶火口上加热，油热倒入只加了盐的鸡蛋液，随着嗞啦的一声脆响，一股扑鼻的香味就从铁勺里散发出来，让人垂涎三尺。凑近铁勺一看，如向日葵花骨朵状的炒鸡蛋正向我招手，夹入口里，一股奇香弥漫口腔，来不及慢慢品尝，就囫囵吞枣下肚了。母亲问："好吃不？"我不好意思地说："忘了。"我言下之意就是让母亲再做一个。母亲说："没有了，等明儿鸡下了蛋再吃。"第二天，我追着那只老母鸡跑，嘴里骂骂咧咧地喊"老母鸡快下蛋，下了好吃炒鸡蛋"，逗得全家人大笑。

小时候，父母、兄长、姐姐都上山劳动去了，我一个人在家玩，突然公路上停下了一辆绿色邮车，两个人抬着一个木箱向我家走来。我吓得藏在院子里的一棵老槐树下，大气不敢出。一进院子，他们放下木箱大声喊："家里有人吗，用一下你们的锅。"我看他们不像坏人，就从树后走出来，把他们带回家。他们拆开木箱，把一箱鸡蛋全部放入一口大铁锅，加了水。我赶紧到外面抱回柴，点火，拉风箱烧火。那两个人问我几岁了，我说六岁，他们就不停地夸我能干。一会儿锅里开始冒热气，并发出鸡蛋相互碰撞的声音。那两个人像饿极了，不停地问对方鸡蛋熟了没，我说用筷子夹一下，如果筷子能夹起来就熟了，他们问我怎么知道的，我就说是母亲告诉我的。他们就不停地用筷子夹，后来鸡蛋终于能夹起来了，他们迫不及待地捞出来几个，可是太烫了剥不下皮，我又舀了一大碗冷水，让他们把煮鸡蛋泡进去。他们每人吃了几个煮鸡蛋才想起让我也吃，一个人抓了一个鸡蛋递给我："小姑娘，你也吃呀。"我手里攥着鸡蛋久久凝视而不肯吃，他们好奇地问："小姑娘，为啥不吃呀？"我说："想给爸爸妈妈留着，他们上山劳动去了，还没吃饭。"他们就又夸我懂事，其中的一个人硬塞给我几个让我吃，还说要给我的父母留一些，我这才剥了皮吃起来，一口咬下去，白黄相间，软软的，绵绵的，原汁原味，原来煮鸡蛋也这么好吃。吃完以后，我帮他们把鸡蛋捞在一个瓷盆里让他们带走，可是他们怎么都不要了，说自己每人吃了十几个，吃得太饱了，把这些煮鸡蛋留给我的父母吃，说完就走了。父母回家后看着一大盘煮鸡蛋，先是惊讶，听我讲完事情的来龙去脉，继而又担心，说以后再也不敢把我一个人留在家里了，万一有人把我拐走怎么办。然后，一家人围坐在院子里的树荫下吃鸡蛋，每人都吃了好几个。那时，家里的鸡蛋大人都舍不得吃，要卖了换回柴米油盐，所以，这盆天上掉馅儿饼的煮鸡蛋大约是家人吃过的最多的煮鸡蛋。在那个炎热的夏季，这盆陌生人送的煮鸡蛋不仅满足了全家人的味蕾，还给我的人生画了一道美丽的彩虹，营造出美好未来的幻影。后来，每次有邮车从家门前经过，我都会眼巴巴地瞅着它由远及近，再由近渐远消失在公路的尽头，像守株待兔一样等着一盆煮鸡蛋。邮车终究没有再次停下来，而当时煮鸡蛋、吃鸡蛋的画面却深深地镌刻在我童年的记忆里。

长大后，荷包蛋和西红柿鸡蛋疙瘩汤成了我思念母亲的缘由，想母亲了，就给自己做两个荷包蛋或者一碗西红柿鸡蛋疙瘩汤，慢慢品尝，寂静欢喜。虽然没有母亲做得完美，但也能缓解想念。吃着荷包蛋，喝着西红柿鸡蛋疙瘩汤，仿佛慈祥的母亲就坐在我的对面，笑盈盈地看着我狼吞虎咽的馋相，有一种岁月静好、现世安稳的美好。那是妈妈的味道，那是岁月的温暖。现在，每天都可以吃到好多美味佳肴，但留不下任何记忆，唯独童年的荷包蛋和西红柿鸡蛋疙瘩汤等鸡蛋做成的吃食，如长出根须的树，不断生长，枝繁叶茂，渐成参天大树。

家宴

前些日子，似乎都消磨在酒店、餐馆之中了，今天朋友聚会，明天老乡聚餐，后天参加喜宴，大后天参加寿宴，还有同学聚会、生日宴、满月宴、谢师宴等。有时候，一天要赶赴几个宴会，心里不免有些厌倦起来，空虚感油然而生，不禁怀念起小时候的家宴来。

在家请客吃饭美其名曰家宴，但其实就是家庭宴会。有人说，家是厨房的诗，宴是美食的歌，家宴是家人用美食歌颂着家的幸福。家宴是一道美丽的风景线，浸润着爱的味道。家宴上，美味和亲情交织在一起，成了童年时最美好的记忆。家宴似乎又是很久以前的事了，那个时候，时光很慢，家里来了客人不去餐馆，而是就在家里宴请。主客聚在一起，家长里短，年景概况，谈笑风生，热闹非凡，灯火可亲。家宴吃的饭很简单，大多数时候只有一种饭，最常见的就是包饺子，其次就是面条、饸饹、烙饼、馒头，很少吃米饭，因为那时候陕北只有小米饭，没有大米饭。吃食虽然单调，但吃起来特别香。无论是饺子还是面条，或者是饸饹、烙饼、馒头等稀缺食物，只有有客自远方来的时候才会吃，而且是先让客人吃饱喝足之后，孩子们才能打牙祭，对这些美食最深的印象就是秀色可餐，大饱口福。

记得小时候家里常有亲戚互相走动，今天姑姑来了，明天舅舅来了，后天又是姨姨来了，然后是表兄弟姊妹，家里的孩子们好像很盼望亲戚们来，因为亲戚来了就会有好吃的饭，但隐隐约约又害怕亲戚来，因为亲戚来了好吃的就被他们吃掉了，没有自己的了。每次来了亲戚朋友，父亲都会搬出家里的小方桌摆放在土炕的正中间，在桌上摆好瓜子、苹果、红枣之类的零食，然后让客人坐上座，父亲坐在炕栏上陪客人拉话，母亲则系上围裙，挽起袖子在灶台前忙碌，或包饺子、或轧饸饹、或烙烙饼、或搅搅团、或炸油糕、或搓圪节儿。此时此刻，炒菜的嗞嗞声，拉风箱的呼呼声，灶膛里蹿出火苗的噗噗声，锅碗瓢盆的碰撞声，伴着袅袅升起的蒸汽，是真正的人间烟火气，是最抚凡人心的生活交响乐。

待到吃饭的时候，客人在炕上大快朵颐，父母便殷勤地为客人夹菜舀饭，孩子们则在屋里跑进跑出，眼巴巴地看着桌上的美味佳肴，早已垂涎三尺。但当客人让孩子们吃饭时，孩子们会懂事地说"我不饿，我不想吃"之类言不由衷的话，父母就给孩子使个眼色让孩子到外面去玩，等客人吃完了孩子们才能分享美味。有时候客人吃着细粮，家人吃着粗粮，有时候客人吃肉，家人吃菜，常常有种打肿脸充胖子的无奈与尴尬。

还有，小时候不管大小宴席都在家里举办，红事称为吃喜，白事又叫点纸，村里的红白喜事都是在家里杀猪宰羊，自己烹饪，做成八碗，或四喜，或五魁，然后蒸几大锅馒头，一大锅软米糕，轧饸饹，炸油糕，这些简单的食材就是人间至味。记得小时候非常喜欢跟着父母赶赴一场一场的宴席，这被父母称之为赶事情。去七大姑八大姨家美餐一顿是那时候最纯真的梦想。奔赴每一场宴席时，都可以穿着平时不允许穿的新衣服，可以吃平素吃不到的美味佳肴，可以看到路上的山岚雾霭，花草树木，小桥流水人家。那年我只有六岁，随父母到村里最富有的一家人家里吃喜，我竟然吃了一碗红烧肉，晚上睡觉着凉了，全部吐了，从此以后，只要吃红烧肉，我就会条件反射似的恶心，但这丝毫不影响我对家宴的渴望，家宴是我童年时的诗和远方。

长大后，生活水平日益提高，家宴的内容变得丰富多彩，餐桌可以摆满八荤八素，山珍海味，鸡鸭鱼肉，凡所应有，无所不有，然而家宴却变得稀少起来，来了亲朋好友直接带进饭馆，住在酒店，觉得只有进饭馆、酒店才能显示主人的赤诚情意。如今，家宴日益淡出我们的生活，成为一种情怀留存在记忆里，历久弥新。

金线吊葫芦

　　金线吊葫芦，是我的家乡清涧人对一种美食的诗意称谓，通俗地说就是饺子烩粉汤。吃饺子烩粉汤的时候，挑起一筷子晶莹剔透、柔韧筋道的粉条，饺子静卧粉条末端，周围环绕着香菜、西红柿碎末和泡发的黄花菜，看起来就像一条金线上吊着葫芦，真是秀色可餐，因此，浪漫的清涧人送它一个雅俗共赏的名字——金线吊葫芦。

　　小时候，家里穷，只有过年的时候，才能吃一顿肉馅儿的饺子，那种美味无与伦比，记忆犹新。我想饺子的美味一定源自父亲精心调制的饺子馅儿。除夕那天，吃过午饭，父亲就开始准备饺子馅儿，他会选一块肥瘦相间的上好的五花肉放置在案板上，先用刀刃剔除猪皮，然后用刀背使劲儿拍打猪肉，使肉变松软好入味；然后把肉切成拳头大小的块状，把红葱、生姜、大蒜放至肉上，开始用菜刀把肉、红葱、生姜、大蒜一起剁；然后搅拌成肉泥腌制待用。母亲把白萝卜或者是胡萝卜切细丝焯水，放入冷水过凉，挤干水分，剁成碎末后与肉泥混合拌匀，使肉泥与萝卜完全融合成糊状，加入盐、大料粉、花椒粉、姜面儿、香油、酱油、味精等作料，一盆味道鲜美的饺子馅儿就拌好了。此时，已依稀闻到了饺子的香味。接下来就是包饺子，记得小时候包饺子的饺子皮，不是用擀面杖擀，而是手工捏出来的，叫套饺子皮。家里除了我，大人小孩都会套，母亲让我们姊妹六个开展套饺子皮比赛，看谁套的多，谁套的好，谁就多吃几个。哥哥姐姐们个个心灵手巧，动作麻利，套的饺子皮又薄又匀称，像一顶顶精美的帽子，我那时年纪小，又比较笨，常常把饺子皮套得七扭八歪的，有时还会穿孔。母亲怕我套的饺子皮容易煮烂，就不让我套，我急得大哭。父亲为了哄我开心，让我数已经包好的饺子，我便认真地数来数去，可总也数不对，因为正数的时候，母亲又放下了新包好的，我又要大哭，哥哥姐姐们就大笑，笑我笨。父亲又让我猜猜哪个饺子里有硬币，我就指着那个最大的，因为我想包了硬币的饺子肯定比较大，父亲便夸我聪明。饺子里包硬币的寓意是招财进宝，母亲说谁吃到了包着硬币的饺子，谁来年有钱花，谁就是有福气的人。所以，每次吃饺子的时候，大家都希望自己能吃到包了硬币的饺子。不管谁吃到有硬币的饺子，都会兴奋地大喊"我吃到了"，好像中了百万大奖一样自豪，其他人就会羡慕地看着吃到包有硬币饺子的人。我如果没有吃到有硬币的饺子，就会哭闹，哥哥姐姐们就会把自己吃到的硬币偷偷放回一个饺子里，再把那个饺子放在我的碗里。那份宠溺，那份娇惯，留在我的记忆深处，让我至今难以忘怀。

金线吊葫芦中的饺子皮薄馅儿多，一口咬下去，饺子馅儿像带着浓浓的香味和鲜美的汁水的肉丸，孩子们吃得满嘴香气，满头大汗，一会儿，饺子填满了馋嘴孩子的肚子。这时，母亲发现，孩子们忘蘸醋了，就劝孩子们再吃几个，便指着其中的一个饺子说："看，这个饺子里肯定有硬币，谁吃了谁有福气。"于是孩子们就一哄而上，抢那个饺子，结果那个饺子里没有，下一个里也没有，直至抢完最后一个饺子，哥哥终于吃到一个硬币。他偷偷把硬币放在我的碗里，对大家说："妹妹吃到硬币了，妹妹是最有福的人。"长大后每次吃饺子，都会想起父母兄长们对我的爱，心里都会充满温暖。饺子可以蘸着醋吃，可以蘸着蒜泥吃，也可以泡着粉汤吃，吃一口饺子，喝一口汤，香气四溢，美味无穷，浓郁的汤汁香味立刻充满整个口腔，浸染心房，顿时感觉生活充满幸福感，那是口齿留香的人间至味。

出了正月，就没有肉馅儿的金线吊葫芦可以吃了，母亲就会变戏法似的包素馅儿饺子给我们吃，有鸡蛋韭菜饺子、槐花鸡蛋饺子、榆钱鸡蛋饺子、鸡蛋地软饺子等，这些饺子馅儿的做法大同小异，都是把鸡蛋炒好放凉剁碎，把韭菜等辅材拌进去即可。母亲还会做苜蓿土豆泥饺子、南瓜馅儿饺子。虽然是素饺子，但因其皮薄馅儿多，玲珑剔透，同样美味可口。不管啥味的饺子我们都爱吃。其实我喜欢的不仅仅是吃饺子，更是一家人在一起的融洽氛围和饺子里浓浓的爱、深深的情。长大后，吃过饺子无数，品种不胜枚举，但总觉得都不及小时候的金线吊葫芦的饺子好吃。金线吊葫芦，是无可替代的温暖，是亲情的味道，是幸福的味道。现在，吃饺子已成为一种情怀，每次吃饺子都会情不自禁地想起逝去的岁月，离开的亲人。那时和亲人们一起包饺子时的情景如一幅美丽的画，一家人围坐在一起，有分工有合作，说说笑笑间，一个个饱满的饺子就包好了，整齐地摆放在盖帘上，很是好看。无论从哪一个角度看，饺子都像极了整装待发的小海军，一声令下便顷刻间一起跳入一锅滚烫的沸水，左右上下翻腾跳跃，最后成功上岸，跳入每个孩子的碗里。一家人围坐在一起吃饺子更是天伦之乐，那种家人围坐，灯火可亲的温馨镌刻在我的记忆中，永不褪色。

杀猪菜

　　小时候家里穷，每天数星星盼月亮盼杀猪。每年的立冬时节，父亲都会把喂了一年的大肥猪杀了，把上好的猪肉拿到集市上卖了补贴家用，留些猪头、猪蹄、猪下水及少部分猪肉过年吃。每家人在杀猪的那天，农家的小院里就会聚集村里的男女老少，年轻后生们负责把猪逮住捆绑起来，孩子们则三三两两结成玩伴，有的跳皮筋，有的打沙包，有的踢毽子，还有的调皮男孩把刚杀了的猪尿脬吹成一个大气球当足球来踢。院子里人声鼎沸，空气里回荡着欢乐的笑声，孩子们天真无邪，大人们笑逐颜开。孩子们期待着杀猪人家把做好的杀猪菜分一点儿给自己，都讨好地围着杀猪人家的孩子嬉戏，就连小猫小狗也欢蹦乱跳，等待着主人扔给它们一丁点猪下水，留在地上的猪血也是它们的美味佳肴。杀猪那天，母亲总会做一大锅猪肉炖粉条，新鲜的猪肉，筋道的粉条，自己发的黄豆芽，配上葱花、青椒丝，炖在一起，色香味俱全，是记忆中的美味佳肴，也是长大后再没有能够超越的人间至味。母亲总会给左邻右舍每家送一碗，剩下的全家人围坐在窑洞的土坑上美餐一顿。当然，别人家杀猪的时候，我们家也会收到一碗热腾腾、香喷喷的杀猪菜。

如今生活好了，但杀猪菜仍是神木人的最爱，猪肉再贵也要吃杀猪菜，这就是豪爽的神木人，这就是独具特色的神木杀猪菜。神木人自古有一顿饭一百个人吃一百只羊的传说，更有一顿饭吃四百斤重的一头猪的说法。立冬以后，人们见面便会说："走，跟我吃杀猪菜去，我爸让我把单位的人都叫上。"人们也习惯地问："今天你吃杀猪菜了吗？"吃杀猪菜成了入冬以后人们相互吃请的谈资。今天在天桥上与一朋友邂逅，无意间聊起杀猪菜的话题，她说自己的婆婆开春花了五千元买了三头猪崽儿，准备喂肥了立冬以后请亲朋好友吃杀猪菜，可惜猪崽儿太娇贵，一场沙尘暴后受了伤寒，没能活下来。婆婆为了能让只吃自己养的猪的儿孙在冬天吃到可口的杀猪菜，又花了六千元从外地买了一头中年猪，买回来后猪水土不服，上吐下泻，啥猪食都不吃，婆婆只好在猪饲料中打入鸡蛋，掺进牛奶，精心饲养，后来猪长至二百余斤，足够一家人吃一年了。杀猪菜，美味又暖心！

舌尖上的美味，味蕾中的乡愁

——谈清涧手工粉条

　　每个人的记忆里都有一种食物让自己刻骨铭心，终生难忘，它会在遥远他乡勾起你的无限乡愁和美好回忆，它是游子们舌尖上的美味，味蕾中的乡愁。比如对我来说，清涧手工粉条伴随我几十个春秋的一日三餐，它是我童年的欢乐，青年的干粮，中年的慰藉，也将是我迈入老年后的一份难忘的记忆。

　　清涧粉条因其光滑柔韧、筋道可口而闻名遐迩，远销全国各地。清涧粉条可以炖肉吃，如猪肉翘板粉等；可以炒着吃，如蚂蚁上树、牛柳炒细粉等；可以烩菜吃，如东北大烩菜、杀猪菜等；可以做粉汤、羊杂碎，也可以与韭菜鸡蛋一起做包子馅儿或者是韭菜合子；可以凉拌着吃，类似于东北大拉皮。每一种组合都是绝对的美味佳肴，让人口齿留香，回味无穷。

　　从记事起，家里每年都会做粉条，粉条是家里的重要经济支撑，也是全村人的经济支柱产业。村里每家每户都有手工粉坊，进行手工粉条加工，而我的父亲是做手工粉条的行家里手，常常被村邻乡亲们请去当粉匠，就是掌勺漏粉的人。记得父亲每次像一位将军一样，威风凛凛地指挥其他人和粉面、烧开水、捞粉、晾粉，而自己则像手术前的主刀大夫一样，高高地站在灶台上，一手举着盛满和好的粉面的大瓢，一手使劲儿拍打瓢中的粉面，这时粉条就像瀑布一样，飞流入沸腾的大锅。另一人拿几尺长的筷子将锅里的粉条摆顺，翻煮，待煮熟后捞入一冷水大盆中，另一人再将盆中粉条理顺，挂在一尺多长的细木棍上，拿至院中粉架上晾晒，使其风吹日晒自然烘干。待一切就绪后，父亲会把锅中断裂的短小粉条，抓一碗，撒点盐倒点醋递给每一位参与者，当然也有他的"肉尾巴"我的一份。刚出锅的粉条滑溜溜的，晶莹剔透，大家一边吸溜，一边谈论粉条的质地口感以及改进措施，有时也憧憬粉条卖掉可以买什么。那种惬意的劳动的快乐，收获的欢欣，让人备受鼓舞。而我只是期待着做好下一锅粉条，好吃下一碗碎粉，所以除了对粉条垂涎三尺就是翘首以待。

清涧手工粉条制作流程为：先将自家地里挖回的土豆洗干净，在石磨上磨成黏糊状，用大白布挤出水分，盛在一个大盆里澄芡，也就是淀粉，然后把淀粉晒干备用。做粉条前先把淀粉倒入一个大盆中，用开水和好，软硬都有技术要求，太软或太硬都不行，然后烧一锅开水，由一个壮年男子，一手持瓢，一手用力拍打盛有粉面的大瓢，粉条便顺流而下，如江河汇入大海。煮一会儿后，粉条便漂在水上，白花花的一片在锅里舞蹈。这时粉条已熟，赶紧捞入一大盆冷水中，浸泡几分钟后再用一根细木棍穿上晾在院子里的粉架上，上架的粉条像训练有序的士兵，一字排开，蔚为壮观。

生活中感觉压力大得无法承受时，我会一个人到一偏远处吃一碗酸辣粉，那极度的刺激会让我将一切纷扰都幻化为酸辣的况味，随风而逝！我有时也会自己做一碗杂碎粉或其他粉条美食。总而言之，清涧粉条就是我的救命稻草，吃一碗就会恢复元气，吃一碗就会斗志昂扬，它就像妈妈的手一样会抚平我所有的创伤。

无肉不欢的神木人

　　神木人的早晨是从一碗香辣的羊杂碎和一个香喷喷的卤肉夹干烙开始的。神木卤肉的一个显著特点是不仅有猪头肉，还有猪耳朵、猪肘、猪蹄、猪大肠、猪肝、猪肺、猪喉咙等，将这些混合在一起，肥瘦搭配，荤素兼顾，再配上辣椒、蒜在油锅里翻炒，用醋炝出扑鼻的香味，然后夹入干烙中就可以食用了。卤肉的制作关键在"卤"这道工序，卤肉味道的好坏取决于制作时采用的卤水配料的不同。卤水的制作方法为：将大块的冰糖先在火上烤一下，然后放在菜板上轻轻敲碎，再与精炼油一同入锅，用小火炒至呈深红色时，倒入少许沸水均匀搅拌，即成糖色。锅置火上，倒入鲜汤，放入姜、葱，调入精盐、味精和糖色，再放入香料包，烧沸后改用小火慢慢地熬至香味四溢时，即成新鲜卤水。将食材清洗干净后放到卤水汤锅中，煮时在锅盖上压上秤砣、砖头等重物，防止卤汤溢出，香味流失。一个半小时后，将煮好的猪头肉、猪肝、猪肚、猪肠等从锅中捞出，将肉从骨上剔除，与猪下水一起剁碎备用。有些人喜欢吃卤肉饭，有些人喜欢吃卤肉面，而神木人喜欢将卤肉和干烙搭配起来吃。有嚼劲的干烙夹上可口的卤肉，让人垂涎欲滴。卤肉能增加食欲，卤制调味品大多具有开胃健脾、消食化滞等功效，所以卤肉除了满足人体对蛋白质及维生素等的需求外，还能起到开胃、增加食欲的作用。神木人喜欢称卤肉夹干烙为神木式的汉堡包，可见人们对它的喜欢。神木卤肉，讲述着过往，承载着未来。

神木羊杂碎，由羊的头、肝、肠、肚等加入粉条或面条、土豆块儿、豆腐条等烩制而成，味道酸辣皆宜，无腥不腻，汤鲜味美，营养丰富。一般是男人喜欢吃面杂碎，女人喜欢吃粉杂碎。羊杂碎一年四季都可以吃，尤其是在冬天，一碗热乎乎的羊杂碎，既食用方便，还能御冷逐寒。在神木，羊杂碎是很多市民的早餐首选，大街小巷，主营羊杂碎的餐馆数不胜数，家家生意红火。

神木不但早点硬，正顿饭更硬。炖羊肉就是神木人的硬饭之一，是神木传统美食中的高档食物，食者甚广。炖羊肉可多可少，多至二三只羊全部一锅煮，少则二三斤肉单独煮。

神木人吃肉宁可少吃几顿，也要一顿吃饱吃够，吃得过瘾，而且喜欢大块煮，如手抓羊肉、羊棒骨等。炖羊肉也是一项技术活，必须冷水下锅，焯水去掉血沫，然后把洗净的羊肉再次放入冷水中煮，待煮羊肉的水沸后下入红葱段、鲜姜片、蒜瓣、干辣椒、花椒、食盐、地椒。炖羊肉时要掌握用水量，肉煮烂，水煮干，最好用铁锅炖，炖出来的羊肉原汁原味，堪称一绝。

冬天时神木人爱吃杀猪菜，杀猪菜是冬天的一道硬菜。神木杀猪菜的特别之处在于，主家要在杀猪的这一天，把夫妇双方的亲属和好友隆重地邀请到家里，被请的七大姑八大姨很期待这顿饭，众多的亲戚朋友欢聚一堂，喝酒划拳，热闹非凡。杀猪菜之所以香是因为猪肉是现杀现做，自然新鲜，而且放的肉多，少则五六十斤，多则四五百斤，平均每人一斤以上的肉。俗话说："猪的骨头羊的髓。"这是指猪骨头和羊脊髓分别是猪、羊肉中最香的部分。羊肉美在炖，猪肉香在炒。炒猪肉时，要中火慢炒，先把肉中的猪油炼出来，然后翻炒至肉变色，下入葱末、蒜末、姜面儿、大料面儿、酱油、食盐，最后用醋泼出香味，加入开水，小火慢炖，肉至九成熟加入土豆块，待肉全熟以后加入腌酸白菜，加热至熟。

酸菜与猪肉搭配也是神木美食一绝。酸菜吸入猪油更加软绵可口，猪肉也不再油腻，更加香味四溢。

冬至前一天，神木人要熬冬。熬冬时，有的熬一锅猪肘子、猪蹄子，有的熬一个猪头，有的煮一锅牛骨头，有的炖一锅牛排，有的炖一锅羊肉，有的煮一锅羊杂碎，鸡鸭鱼肉全看个人的喜好。大家聚在一起，把酒言志，啖肉话桑麻。

腊月二十三以后，神木人开始准备过年的吃食，掇母子是家家户户必须准备的。所谓掇母子就是在熬臊子时加入的原汤引子。春节前，绝大多数神木人要提前备办年茶饭，掇母子是为了年前后食用粉汤、豆面、荞麦面、白面等汤食时用。比如三鲜母子，它的组成食材很丰富，在煮羊肉或牛肉或鸡肉的腥汤里加入羊肉丁、鸡肉丝、红烧猪肉片、肉丸子、海带丝、干黄花菜、炸豆腐条、炸土豆条等做成多汤的母子（稠臊子），等吃粉汤等汤食的时候舀两勺母子放锅里，再加入水、调味品，调为稀臊子，再加入菠菜、西红柿、香菜等时蔬。将粉条在另一个锅里煮好捞入臊子中，就是一碗色香味俱全的美味佳肴——神木粉汤。

由于天气寒冷干燥，神木人的饮食习惯偏好肉类。对于神木人来说，早上喝羊杂碎、吃卤肉夹干烙，中午吃炖羊肉，下午吃杀猪菜也是完全可能的事。吃饭的时候，神木人会夸张地说："今儿一天吃了三顿肉，明儿还要去我老大家吃杀猪菜哩。"无肉不欢的神木人，顿顿吃肉便是平凡而精彩的一天，就像那些动人的故事，听过千遍也不厌倦，寻常饮食中，传统日复一日地延续。神木人不仅喜欢大块吃肉，也爱大碗喝酒，聚餐时，首先每人畅饮三大杯甚至三大碗酒，然后再行酒令、划拳、扎金花等继续狂欢。

月是故乡明，饼最饥时香

　　中秋之夜，阳台上摆放了各种月饼，有五仁老月饼，有香酥月饼，有水晶月饼，有水果月饼，可谓琳琅满目，应有尽有。可家人面对月饼却无动于衷，儿子说月饼太甜，不喜欢吃；老公说月饼太油，怕吃胖；我爱吃甜食，倒是不怕吃胖，可是吃了月饼胃胀、胃痛、胃酸，也只能望而兴叹。我不禁心生感慨：年轻时有胃口没饼吃，老了有饼没胃口吃！于是无限怀念饥饿时饼的那种香甜可口，顿悟"月是故乡明，饼最饥时香"的老理！小时候家里穷，一年只能吃到一次月饼，家乡的月饼叫雪花，是父母亲自己刻雪花模子，自己和面拌馅儿，自己烙饼。每年的农历八月初，父亲便在自家院子里的槐树或枣树上砍下一截直径十厘米左右、枝干笔直的槐枝或枣枝做雪花模子。每天收工休息时间，父亲便一刀一凿地刻制，那种精雕细刻，融入了父爱的无限虔诚与庄严。

　　与之同时，母亲也默默地筹备做月饼的各种材料，先是将地里收回的芝麻、西米晾晒烘干，放在纸筒里备用，然后把老母鸡下的鸡蛋卖了换钱，买回清油、红糖、白糖等。每当父母亲筹备这一切的时候，孩子们便心领神会，敏感地闻到了八月十五的味道，不约而同地一起憧憬有美味佳肴的中秋节的到来，心里荡漾着饼香的幸福日子，轻盈美好！我和哥哥、姐姐们数星星盼月亮终于等到八月十五这一天，自然是心花怒放，喜形于色，空气里洋溢着轻松快乐！母亲一大早就用清油鸡蛋和好面，盖上锅盖醒面，然后拌馅儿，先是把一些白面放锅里翻炒至焦黄，再炒芝麻、西米、葵花子，然后将炒好的面、芝麻、西米、葵花子与白糖、红糖和在一起拌匀。

此时，整个窑洞里都是沁人心脾的香味，香味里带着甘甜香醇，我早已嬉皮笑脸地偷着抓了馅儿吃，并肆无忌惮地向哥哥、姐姐炫耀。这时，母亲就会再舀半碗馅儿给我，我就端着碗站在磨盘上卖弄，哥哥姐姐们都来讨好我，言不由衷地夸奖我聪明漂亮，我给他们的回报就是每人一口馅儿。

在孩子们为了一口馅儿追逐打闹之际，父母亲早已包好雪花，放入模子，印上花好月圆、富贵吉祥的文字，再逐一码好，整齐排列在案板上，像即将铅印排版的文字，外表朴实，内容丰富。最后，父亲坐在灶前拉风箱为铁锅加热，母亲便掌铲翻饼，这叫烙雪花。当饼烙到八成熟时，母亲便拿一个递给正在垂涎三尺的我，名义上是让我尝一下熟了没有，实质是为安抚我的馋嘴，那份溺爱与纵容里流淌着母爱的味道，让我刻骨铭心，永生难忘！不管熟不熟，我都会斩钉截铁地说熟了，父亲慈祥地望着我，笑着说真是个憨娃，语气里全是朴实如黄土、厚重如大山的浓浓爱意。

等雪花烙好后，父母便给每个孩子分五至十个，剩下的要送给亲戚和邻居，哥哥、姐姐们拿到雪花后先是情不自禁地狼吞虎咽一两个，其余的各自藏起来，以待节后向小伙伴们炫耀，或者是让给最小的我。

那时的月饼可谓人间至味，香甜可口无与伦比。长大后，我吃过全国各地的月饼或茶点，却再也没有找到过童年吃月饼时的况味，甚至味同嚼蜡，避犹不及。大约是月是故乡明，饼最饥时香吧！

高家堡挂面高高挂

　　高家堡为"陕北四大名堡"之一，历来为商贸重镇，被称作西口路上的旱码头，近年来更是因成为电视剧《平凡的世界》的取景拍摄地而声名大噪。其地物华天宝，人杰地灵，不仅有闻名遐迩的石峁遗址，还有千洞万佛、兴武晨钟等八景添彩。城旧上添旧，人新上换新，凉砖冷瓦，不如人间风味，食者为天，所计陈粮新茶。高家堡特产众多，人们耳熟能详的有小米、石峁醋、大白菜、粉皮、白山红葱，而最负盛名的还数挂面。

　　在我的认知里，高家堡有三宝：挂面、白菜和红葱。无肉不欢的神木人对红葱可谓是情有独钟。人们常说少油没盐，吃不见香甜。红葱之于肉就像盐之于饭一样，如果炖肉不放红葱，那香味自然减半，炒菜不拿红葱炝一下锅，扑鼻的香气就出不来，当地人视红葱为烧菜的灵魂。高家堡红葱以雷家塌山地最为有名，长在地里的红葱犹如亭亭玉立的美少女，

229

从地里拔出来，红葱段像少女挽起袖子露出的白皙胳膊，白净葱须像百岁老人的冉冉长须。别看它外表和气，脾性却暴躁十足，那辛辣的香味从拔出土的一瞬间就飘散开来，剥皮切剁的时候更会辣得人泪眼婆娑，鼻涕横流，只有被炒进菜里、炖进肉里、拌进馅儿里的时候，它才被感化得乖巧温顺，用那浓厚的香味温暖着人们的胃。

高家堡大白菜，因为菜叶上没有筋，所以吃着一点儿也不柴，口感特别柔软，入口即化，菜香亦回味无穷。无论炒着吃还是熬着吃，无论炖着吃还是做饺子馅儿，味道都特别鲜美。白菜腌制成酸菜后色泽金黄，脆嫩光滑，滋味鲜醇，酸爽开胃，与猪肉、土豆、粉条可以说是灵魂伴侣，烩出的菜油而不腻，香味四溢，与肉香交织，吃每一口都是一种享受。20世纪90年代时，高家堡古城尚未开发，东门、西门外围一望无际绿油油的全是白菜，秋风挟着白菜的清香，弥漫在小镇的角角落落，白菜的美名飘扬在十里八乡，但因为交通闭塞卖不出去，价格非常便宜，一斤卖一毛钱甚至几分钱，是真正的物美价廉。一些菜贩子用最低廉的价格从高家堡买了大白菜，运到神木城里或者榆林、内蒙古卖个好价钱。人们买来大白菜储存在地窖里，作为过冬的主要蔬菜。

而最让人赞不绝口的是高家堡挂面。当你漫步在高家堡古镇，大街小巷到处是整齐有序地悬挂在木架上的挂面，白花花犹如瀑布垂落，齐整整又似哈达敬献，这蔚为壮观的场面让人眼前一亮，亦让人产生无限遐想，这白格生生、细格溜溜、美格滋滋的尤物是谁的妙手偶得？是哪位能工巧匠的杰作？有道是，黄河之水天上来，高家堡挂面也是从天上来的吗？我突发灵感，作了一首打油诗：地肥土沃弥川带，白菜翻滚红葱美，银色珠帘惹人爱，如瀑挂面天上来。高家堡挂面以其质感爽口筋道而畅销榆林、延安、西安、包头，甚至北京、上海等地，可以说哪里有高家堡人，哪里就有高家堡挂面。在物资匮乏的年代，高家堡挂面甚至是富户人家餐桌上的奢侈品。现在，高家堡挂面俨然跻身高家堡名小吃的行列。当你在高家堡古镇游玩的时候，走几步就有商家在地摊上支两口大锅，一口锅里热气腾腾地煮着挂面，另一口锅里是香气扑鼻的臊子。有人端着挂面站着吃，有人蹲着吃，人们边吃边谈笑风生，吸溜吸溜的声音此起彼伏，一碗高家堡挂面下肚，游客们疲劳感顿时消失。高家堡挂面是最抚凡人心的烟火气。

　　关于高家堡挂面，有几则有趣的故事。据说有一个祖籍高家堡的干部回高家堡调研，饭桌上摆满了山珍海味，可他直摇头，下属疑惑，问他饭菜是否不合他的口味，他说都很好，可自己就想吃一碗高家堡挂面，那是他在异乡梦萦魂牵的人间至味。于是，厨师马上为他烹饪，问他喜欢羊肉臊子还是猪肉臊子，他说要一碗清汤挂面，并要亲自下厨。于是，他煮了一把挂面，连面带汤倒入一个盆中，淋上一滴香油，倒点儿醋、酱油，放点儿盐、油泼辣子，就舀在碗里开吃了。他鼓动腮颊大吃大嚼，动情地说挂面酸辣爽口有嚼劲儿，是记忆中妈妈的味道。他还称高家堡挂面是挂面界的天花板，没有任何一种挂面可以超越。众人问其故，他说高家堡挂面好吃的原因有三：其一是高家堡水好，面好，做出来的挂面自然好吃，就像榆林的水好，做出来的豆腐好吃一样；其二是高家堡挂面是纯天然绿色食品，盐、清水、面粉就是做挂面的全部原料，不放任何添加剂；其三是高家堡挂面是被太阳晒干，被自然风吹干的，而其他挂面都是机器烘干的，高家堡挂面吸收了日月之精华，有阳光的味道。吃完挂面，他又买了三大箱，说要带回去和亲朋好友分享，可见，高家堡挂面是吃进碗里的乡愁。

关于高家堡挂面还有一则故事。高家堡人老王住在神木城里，一天，他的邻居回高家堡办事，他就让邻居帮他买十斤高家堡挂面，邻居满口答应，可是邻居到高家堡后忙着办自己的事，早把替老王买挂面的事忘得一干二净。邻居返回神木后，心想，自家机械厂路口就有一家高家堡挂面铺，于是就近买了十斤挂面送给老王，这件事就算过去了。有一天，老王和他邻居拉话，说起上次捎挂面的事，老王说："你上次给我捎的挂面不是高家堡的吧？"邻居辩解："是了，咋就不是了？"老王说："肯定不是，高家堡挂面煮出来汤水清澈，你买的那个挂面煮出来是个稠坨子。"邻居只好实话实说。高家堡挂面煮的时候汤是汤，水是水，面条筋道，一如高家堡人的利落爽气。

在那个积贫积弱的年代，神木人走亲访友就带几把挂面，作为礼物相送。谁家媳妇儿坐月子了，亲朋好友提上挂面、鸡蛋去看望，美其名曰"送汤"。据说坐月子婆姨吃了高家堡挂面，奶水就如汩汩的泉水喷涌而出。谁家老人住院了，晚辈们也买几把挂面去看望，俗称"捎料"，老人病榻上吃几口热腾腾的鸡蛋挂面，开胃暖心，病痛减半。因此，高家堡挂面自然而然成为走亲访友的馈赠佳品。

高家堡挂面缘何这么紧俏？高家堡用上好的面粉，如内蒙古面、河北面、宁夏面，采用三醒三揉技术，因此加工好的挂面质量佳、口感好。那时的挂面包装很简单，用旧书、旧报纸，甚至学生写过的作业本纸包起来就可以。把把挂面散发着淡淡的麦香，也透着质朴的乡土气息。爱人说他们小时候只有逢年过节才能吃上挂面，或者是家里谁感冒了，母亲才会给生病的人煮一碗挂面，挂面下卧两个荷包蛋，吃一碗热腾腾的挂面，随后裹住被子睡一觉，发一身汗，病就好了。高家堡挂面是传承千年的传统美食，挂面无论配上猪肉臊子、羊肉臊子还是蛋皮酸汤都非常好吃。高家堡挂面还可以凉拌着吃，炒着吃，蒸着吃，各类吃法各具风味。

　　20世纪80年代，很多高家堡人都靠做挂面养家糊口，全镇有近百户人家做挂面，不少人通过做挂面发家致富。而今，高家堡做挂面的人少了，但卖挂面的人却有增无减，而且紧随潮流给挂面配上了精美的包装，也不再小家子气地一把一把卖，而是整箱整箱地出售，箱子上有的印了石峁的图案，有的印了《平凡的世界》的剧照。随着高家堡旅游业的蓬勃发展，高家堡挂面也将走向全国，乃至远销海外。

民俗篇

minsu pian

二月二，龙抬头

又一个二月二即将来临，作为一个日子，它是那么地近；作为一段岁月，它又是那么地远。我面朝家乡的方向，默诵儿时的歌谣，思绪万千。"二月二，龙抬头，家家锅里崩豆豆，惊醒龙王早升腾，行云降雨保丰收。""二月二，龙抬头，大家小户使耕牛。""过了正月二十三，懒婆娘愁得没处钻。又想上了天，没鞋穿；又想钻了地，没铧尖；又想上了吊，丢不下二月二那顿油搅团。""二月二，吃枣山，吃了枣山，钱满罐。"太多的曾经都已成为记忆，我们在遥望中怀念，在遥望中沉思，在遥望中收获满满的幸福。

儿时的歌谣，很多都蕴含着关于二月二的生动故事，比如"二月二，龙抬头，大家小户使耕牛"，此时，阳气回升，大地解冻，春耕将始，正是运粪备耕之际。传说伏羲氏"重农桑，务耕田"，每年二月二这天，"皇娘送饭，御驾亲耕"，自理一亩三分地。后来黄帝、唐尧、虞舜、夏禹纷纷效法先

237

王。到周武王，不仅沿袭了这一传统做法，而且还将其当作一项重要的国策来实行，于二月初二这一天，举行重大仪式，让文武百官都亲耕一亩三分地，这便是龙头节的历史传说。还有一种传说是武则天废唐改周称帝，惹得玉帝大怒，命令龙王三年不下雨。龙王不忍生灵涂炭，偷偷降了一场大雨。玉帝得知后便将龙王打出天宫，压于大山之下，黎民百姓感龙王降雨神恩，天天向天祈祷，最后感动了玉皇大帝，于二月初二将龙王释放，于是便有了"二月二，龙抬头"之说。实际是，过去农村水利条件差，农民非常重视春雨，庆祝"龙头节"以示敬龙祈雨，让老天保佑风调雨顺，年年丰收。

小时候，记得母亲说在二月二这一天不能做针线活儿，传说苍龙在这一天要抬头观望天下，使用针会刺伤龙的眼睛。母亲还说这一天也不能洗衣服，怕伤了龙皮。每年二月二，母亲起床后，先在灶君牌位前虔诚地念叨"二月二，龙抬头，龙不抬头我抬头"，然后还要打着灯笼照窑顶、照窑洞的犄角旮旯，边照边念"二月二，照窑顶，蝎子臭虫无处藏"。接下来是二月二熏香，母亲点好一大把香，从院子各处一直点到室内，有缝就插，这一天被称为熏虫日。因为大部分虫子从二月二就开始动弹了，这些粮食虫、蛀虫均属害虫，母亲认为这一熏，一年家中窑里就不会遭害虫侵害。插完香母亲又在院子里燃起一堆柴火，把大年三十早上蒸好的供奉在灶君牌位前的枣山小心翼翼地取下来，放在火堆里烧烤，待枣山烧成焦黄色后取出来，分给我们姊妹们吃。金灿灿的枣山，发出淡淡的香味，红枣的甘甜夹杂着烤馍的酥香，扑面而来，让人垂涎三尺，我们早已迫不及待地伸手从母亲手里抢过枣山狼吞虎咽。母亲一边慈祥地看着我们大快朵颐，一边把燃剩的草木灰用勺子舀起来撒成一个又一个圆圈，大圆圈套小圆圈，母亲说这些圆圈是满囤的粮食，"二月二，龙抬头，大囤满，小囤流"，可见，母亲是多么期盼新的一年有好收成呀。

二月二母亲还会给我们做荞面搅团吃。只见母亲把一大碗荞面倒入冷水中，用筷子把荞面充分搅匀，最后变成糊状，再把荞面糊放入热水锅里加热，用擀面杖不断搅拌，直至面糊变成面团。然后母亲便开始调蘸料，她在一个铁锅中加入适量的食用油，将葱花爆香，加入西红柿、蒜薹等时蔬，再加入辣椒面儿、盐、花椒面儿等调料，最后加入适量水熬煮至熟。母亲把搅团盛入碗中，在搅团上挖一个圆洞，把做好的蘸料装入圆洞中。我用筷子夹一块搅团蘸一下汁子送入口中，顿时觉得"琼团辣汁葱花末，滑软沾唇口水横"。有人说味觉的记忆是永恒的，更何况是妈妈的味道。多年以后，搅团理所当然地也成为我舌尖上的美味，味蕾中的乡愁。母亲做的搅团不仅色香味俱全，而且因为它在二月二那天吃，所以预示着全家一年的日子团团圆圆，和和美美。听母亲讲在二月二这天吃搅团，是给龙糊鳞整甲，使龙抖擞精神升天降雨。我们北方地区长年干旱少雨，地表水资源短缺，而赖以生存的农业生产又离不开水，病虫害的侵袭也是庄稼的一大祸患，因此，人们求雨和消灭虫患的心理便折射到日常信仰当中，二月初二的龙抬头节对人们而言就显得格外重要，即依靠对龙的崇拜驱凶纳吉，寄托人们对美好生活的向往，使龙神赐福人间，人畜平安，五谷丰登。

家乡一直流传着二月二剪龙头的习俗，这天大人、孩子都要剃头，叫"剃喜头"，据说在这一天理发能够带来一年的好运，也有红运当头的寓意。二月二到了，春暖花开，万物复苏，祝所有人在今后的日子里事业如日中天，心情阳光灿烂，工资地覆天翻，未来风光无限，爱情浪漫亦然，快乐充满人间，健康如松柏之茂。

贺岁，守岁，岁岁平安

　　祝福短信满天飞，群里下起红包雨，集福红包抢不停，欣喜感动之余，却是莫名的惆怅与失落。大人小孩各自捧着手机，在自我的世界里傻笑、发呆、沉浸，春晚无论怎么精心筹划、推陈出新，都不能唤起观众曾经的热情，年过得寡淡无味，年过得冷清寂寞。记忆犹新的是 20 世纪 80 年代的贺岁和守岁，那时一家人早早地守在一台黑白电视机前，望眼欲穿地等待春晚的开播，对每一个节目都目不转睛，津津乐道，那种空前高涨的热情，那种一家人其乐融融围坐电视机前的时光，是一去不复返的美好记忆。

　　曾经的守岁是一家人围坐在一起，一边看春晚，品评节目，一边嗑瓜子，吃糖果，拉家常，总结一年的成败得失，憧憬来年的幸福美好。或者孩子们玩扑克赢压岁钱，大人们包饺子，等待新年钟声的敲响。大人们会在饺子里包几个硬币，诱惑孩子们多吃几个饺子，吃到包有硬币的饺子的孩子被认为是最有福气的人。为了当一个最有福气的人，大家拼命地吃饺子，吃到胃胀肚圆，甚至意识模糊才肯罢休。那时的守岁又叫熬夜，熬的是时间，享的是欢乐，图的是幸福，是真正意义上的阖家欢乐，尽享天伦。现在的守岁，玩的是手机，大家各不打扰，自得其乐，没有交流，没有互动，表面上的热闹狂欢，掩饰不了内心的落寞孤单。

小时候母亲会在除夕之夜，给每一个孩子枕头下压两元钱，也压上祝福，压上心愿，压上平安，压上快乐。大年初一早上，孩子们都会主动把两元钱如数交回母亲手上，让母亲去置办柴米油盐酱醋茶，现在的孩子们，把几千块甚至万把块的压岁钱变成自己的小金库，真是今非昔比。这个除夕夜我也把自己的工资卡及所有现金压在自己的枕头下，任性地做一个发财梦，希望来年财源滚滚，红运当头，梦想开花结果。

记忆里的老物件

　　马灯，就是可以手提的、能防风雨的煤油灯，骑马人夜行时能挂在马身上。它的结构很简单，上下两端用铁皮固定，中间是铁的筒架，外有圆弧形玻璃罩，底端放有一油皿，上端是螺丝盖，全封闭，只留一些小孔通气，还有一根铁丝提手，一般晚上在户外照明使用。父亲用过的马灯，已经锈迹斑斑，听父亲说这个马灯是他当年拿一只老母鸡在集市上换来的，20世纪四五十年代，在没有电的乡村，它曾经照亮了父亲的夜路，温暖温馨。

　　小时候，家里还有一个箱子，模样非常像电影里给犯人送餐的工具，它其实是父亲的木匠工具箱，打开小盖，上面是一个小抽屉，放有木直尺、木三角尺、木圆规、线盒，下面是一个小箱，放有推刨、锯子、凿子、斧子。它像个百宝箱，收纳了干木活的全部家当。现在这个箱子已经尘土厚积，破败不堪，但它曾经伴随父亲几十载，走乡串户，为乡邻们雕刻精致的窗户造型，打造各种实木家居用品，如竖柜、高低柜、大立柜、木床、木椅、木桌、木凳子。这个箱子曾经是父亲赖以生存的谋生工具，用它养活了妻儿老小。直至有一天父亲老了，干不动了，它也闲置在角落里，被人遗忘。

20世纪80年代，能买起黑白电视的人家，大抵是万元户，当年大哥是远近闻名的农民企业家，家里储物间那台黑白电视机就是那时大哥孝顺父母的礼物。当时父母引以为豪，视若珍宝。每天晚上，村里的男女老少都挤在我家的窑洞里，边看电视，边聊天，热闹非凡。剧中人物的一颦一笑都紧紧牵动着每个追剧人，看到一个拥抱或者亲吻的动作，大家便都难为情地把目光移开屏幕，并转移话题，仿佛这个动作不是发生在剧情里，而是发生在自己身上，羞涩困惑甚至意乱情迷。于是大家都期待着下一段剧情的发展，哪怕是插播一段广告，来调节气氛，缓解尴尬。那种夹杂着烟味、汗水味、唾沫星味的空气有点令人窒息，但与现在邻里之间的生疏、冷漠相比，还是令人怀念。

收录机是二哥为我学习英语买的，因为有它，我的英语成绩一路攀升，直至名列前茅。在没有电脑、手机、互联网的时代，闲暇时候能边收听邓丽君的歌，边读舒婷的诗，生活有点儿小浪漫，甚至有点儿小资情调了。

　　用电影放映机播放的露天电影，大约是 70 后们青春年少时的一道精神大餐了。那时候，一个村里放电影，十里八村的乡邻们都会扶老携幼蜂拥而至。农村青年虽说目不识丁，但悟性极高，对影片中主人公的爱恨情仇心领神会，对经典台词过目不忘，倒背如流。而我当年年幼懵懂，并不能领会《刘三姐》《血凝》《少林寺》等影片里的爱情，但我的四个哥哥轮流背着我翻山越岭去追剧，多数时候剧情对我毫无意义，倒是他们买给我的各种小吃让我念念不忘，所以我就成了哥哥姐姐们看电影时的小跟班、"肉尾巴"。醉翁之意不在酒，在乎各种美味及千娇百纵也！

　　大学毕业后，因为曾经在省级刊物上发表了十几篇文章，就有点狂妄自大，认为自己最起码可以当个记者，甚至有望成长为像三毛一样的女作家。于是我就在远房亲戚家里淘到了一个老旧的摄像机，想象着自己在街头，扛着摄像机，记录下生活中的每个精彩瞬间，或者为民请命，或者为官商树碑立传，或者我行我素，留给世界一个美丽的背影。不曾想后来却在家当了作家，虽笔耕不辍，却没有再发表过文章，泯然众人矣！有时候梦想并不能照亮现实，梦想与现实之间还差一个坚持。

三弦悠扬

悠悠石峁，巍巍皇城，秋高气爽，风和日丽，祥云朵朵，彩旗飘飘。为庆祝祖国生日，诗意小镇高家堡在石峁遗址皇城台举办了文艺庆典，锣鼓喧天，舞姿翩翩，歌声嘹亮，喜气洋洋，文朋诗友，欢聚一堂，笑语欢声，其乐融融，说不完诗意浪漫，道不尽盛世繁华。

臧五娃的陕北说书《刮大风》把文艺活动推向了高潮，那夸张的说词，精彩的说唱，再现了神木翻天覆地的变化，曾经的不毛之地毛乌素沙漠，如今已是松柏苍翠，花红柳绿的塞上绿洲，曾经的老黄风已经变成一股轻柔温润的和谐风。一个和谐、生态、富裕、幸福的神木像一个活脱脱的青春美少女站在听众面前。

记忆被拉回20世纪七八十年代。当时的农村，生活积贫积弱，农民基本没有什么娱乐活动，能隔三岔五看一场露天电影或赶庙会的时候看一台戏，就是一种极大的精神享受了，能听一场陕北说书更是能开心许久。说书在旧社会是盲人的一种谋生手段，盲人以说书挣几个糊口钱，行似乞讨，和打莲花落差不多。那时候学说书是老盲人教小盲人，师父收徒，全由口授。师父耐心地传授，徒弟认真地学习，一代又一代，延续下来。他们为了养家糊口，长期在外，由残疾人或乞丐拖着盲人，常年走村串户，行走江湖，翻山越岭，一把三弦、一副褡裢、一根打狗棍就是全部家当。说书人所到之处，万人空巷，人们闻声而动，扶老携幼，奔走相告。每逢说书，冬天村里男女老少都要围坐在一孔窑洞里，夏天则聚集在村子的大槐树下或农家小院，听众挤得水泄不通。人们或站或蹲，里三层外三层把说书人团团围住，每个人都屏气凝神，洗耳恭听。说书人怀抱三弦，腿绑快板，摇头晃脑，嬉笑怒骂，表情夸张，时而扮男，时而扮女，幽默滑稽，令人目不暇接，啼笑不止。说到高潮时，场内不时爆发出哄堂大笑，听众沉浸在一片欢乐之中；说到悲苦时，艺人声音嘶哑，如泣如诉，声泪俱下，听众也往往情不自禁泪流满面，再加上弦音低沉，似断非断，悲从中来，整个场内无人不悲、无人不恸。听着说书，享受心灵的熨帖，身上的每个毛孔，像吃了人参果，无一个不畅快。小时候，我常常坐在人堆里，听那些盲人艺人说书。他们说书前往往先说一段"小段子"，然后才开正本。《五女兴唐传》《薛仁贵征西》《乌鸦告状》等，常常听得我如痴如醉，仿佛身临其境，久久不愿离去。我静静地用心聆听、铭记说书内容，我觉得那是寂寥的大山深处的一道光，照亮了我孤独的精神世界。为了那一抹亮，人们追随说书人的足迹，在东家听了去西家听，张村听了去李村听，同一场说书，三遍五遍地听，百听不厌，乐此不疲。悠长苍凉的三弦像一缕青烟飘荡在村庄的天空，凄婉悲壮的唱腔回荡在每一个人的心里。

印象非常深刻的是，每年冬天农闲时候，村里都会来一个身材魁梧，但双目失明、脸上皱纹沟壑纵横的老人，人们尊称他为惠师，私下里有人叫他惠瞎子，很多小孩叫他惠大爷。很多农户都邀他为自家小孩保锁，传说凡是他保锁过的孩子都百毒不侵，长命百岁。每个他保锁的小孩过十二岁生日时，他都会来开锁，孩子的父母会给惠师买一块布料或者缝一件衣裳表示感谢。惠师不仅说书，还算命。那时农村人最大的期盼就是希望惠师每年给自己算一次命，虽然他每年说的都不一样，但大家还是乐此不疲地期待着。

惠师被一位哑巴老人牵着，挨家挨户地说书。每到一家说书，农人都会拿出自家的最好食物盛情款待他，以示对他的感谢。有一次父亲十分热情地把惠师他们邀请到我家，并吩咐母亲做了白面烙饼和粉汤招待他们。由于他们辗转迁徙，饥寒交迫，每人吃了五六碗粉汤，几张烙饼，那位哑巴老人吃完饭站起来的时候裤子掉在了地上，原来，他吃饭的时候不停地松裤带，以便敞开肚皮吃，待吃饱饭就忘了紧裤带。我们兄妹见状笑得前仰后合，父亲忍着笑却狠狠地批评了我们，说这些人都是可怜人，不准嘲笑。长大后我明白了父亲的意思，每个人都值得尊重，不管他从事什么职业，无论他是健康还是残疾。我也懂得了当年说书人的辛酸生活，他们常常风餐露宿，食不果腹。

他们每年说书的内容都不相同，有《罗成算卦》《穆桂英沙场点兵》《杨宗保表功》《掏苦菜》《光棍哭妻》《花柳记》《摇钱记》《观灯记》《雕翎扇》《张七姐下凡》《王丕勤走南路》《刘巧团圆》《翻身记》《兄妹开荒》《薛刚反朝》《杨家将》《王贵与李香香》《雷锋参军》《张良卖布》《小八义》《五子葬父》《十二爱》《刮大风》等。印象最深刻的是《罗成算卦》，至今说词我都能倒背如流："一人一马一杆枪，二郎担山赶太阳。"说书内容中的诸多英雄名字我都是烂熟于心的。每次听完说书，我都能把说词倒背如流，并在家里面给家人模仿表演。我常常搬了长凳坐在凳子上，一手拿着笤帚，一手假大空地在笤帚上婆娑，腿上绑着两块竹板，不停地摇晃，闭着眼睛嘴里念念有词，一会儿说一会儿唱，陶醉在自编自演的欢乐中。有一次我爬上院子里的一棵大槐树，那棵大槐树是我们兄妹小时候爬上窜下玩耍的地方，也是孩子们端着饭碗坐在树权上吃饭的地方，更是爬上树召集小伙伴来玩的"哨塔"。我坐在开满槐花的枝权间，怀里抱着一根开满槐花的树枝当三弦，忘乎所以、摇头晃脑地说唱《罗成算卦》的时候，身体失去平衡，一头栽倒在院子里的柴草垛上，虽然没有伤筋动骨，但也遍体鳞伤，槐树枝上的刺和柴草垛上的圪针在我身上划了几道血口子。平时，每次我表演说书，哥哥姐姐们都会夸张地大笑，调皮地尖叫，吹口哨，就连不苟言笑的父亲脸上也会绽放慈祥的笑容。而这一次，父亲生气地拿起牛鞭吓唬我说："再敢说书我打死你。"父亲是不愿我长大成为说书人的。然而年幼无知的我恰好有一个秘密的理想，那就是长大以后也要当说书人，说遍天下故事，吃遍天下美食。后来，我没有成为说书人，只是无数次地在山间地头对着我放的羊群，声情并茂地说唱，将心中的理想书写在了空旷的田野，留给了洁白的云朵、蔚蓝的天空、明媚的阳光、烂漫的山花、潺潺的小溪。

随着时代的变迁，现在说书不再是盲人的专利，健全的人也加入说书的行列中来，给古老的陕北说书注入新的血液和活力。陕北说书在形式上也发生了较大的变化，由原来的一人说唱变为两人对唱或多人走唱，所使用的乐器也不再是单一的曲项琵琶或三弦，列入其中的还有二胡、板胡、笛子、扬琴等，人数与乐器的改变更加拓宽了陕北说书的表现形式，同时也对故事中人物的刻画和环境、气氛的渲染起到了举足轻重的作用。而且，说书的曲调、乐器里融入了一些现代元素，和以前的说书相比，现在的陕北说书触景生情，现编现说，很有生活情趣。说书的阵地也不再是走村串户，街头巷尾，而是走上舞台，从小型聚餐、大型宴会、红白喜事到春晚舞台，都能看到说书艺人的身影，以及精彩展现吹拉弹唱的风采。按时下流行的话来说，就是与时俱进。

如今，说书也成为传播时代声音的一种方式，说书要能说到乡亲们的心中去。而《传党声》《劝世良方》《酒后勿驾车》《说保账》等现代版陕北说书也具有非常深刻的教育意义。

被称为陕北民间艺术最耀眼的技艺之一的陕北说书，虽然具有独特的艺术风格，但随着人们对文化生活的更高追求，陕北说书艺术的继承与发展之路堪忧。手机、电视、电影、舞会、台球、棋牌，以及南来北往的各级各类文艺团体的演出活动，已经把陕北说书挤出城镇，挤向了十分偏僻的山村。但我还是希望陕北说书能够被传承，能够被历史铭记。

指尖上的面燕

　　又是一年清明节，清明节总是让人怀旧，总会让人追忆那些流年往事。指尖上的清明面燕像一道亮丽的风景浮现在我的眼前，如一幅恬静的乡村写意画，逢每个清明节都会出现在我的梦里，如影随形，挥之不去。

　　在我的家乡，过清明节的时候有一个传统习俗就是捏面花，又叫捏面燕。捏面燕是陕北妇女的拿手好戏，她们用灵巧的双手，能将发酵好的白面捏成各种形状的面花。通常在清明节前几天，家家户户会提前捏好面燕，然后把面燕用一条红丝线穿起来，或者是别在一根圪针枝上，高高地挂在窑洞的窗户上，或者墙壁上。面燕小巧玲珑，栩栩如生，像一只只远道而来的活泼可爱的燕子，经过长途迁徙，终于在阳春三月来到新主人的屋檐下重新安家落户。家里的孩子每人可以分到一串或一个，大家分到面燕都舍不得马上吃，而是自己藏起来慢慢享用。我是家里最小的孩子，每次分给我的都比哥哥姐姐们多。我被父母宠着，被哥哥姐姐们让着，他们会把自己分到为数不多的面燕再塞给我一些，所以，我可以在很长一段时间里把面燕当干粮，还时不时地向其他小伙伴炫耀。有时，我的清明节面燕可以一直挂到第二年清明节。

说是捏面燕，其实，捏的不仅仅是燕子，还有老虎、蛇、母子猴、小马、小狗、小羊、小猪、小鸡、小兔等十二生肖和面鱼、抓髻等。捏面燕使用的工具有梳子、剪子、锥子、镊子等，辅料则是红豆、黑豆、花椒籽和食用色素。一块小小的面团，在农村妇女的手里，用剪子随心所欲地剪成各种小动物，将红豆、黑豆或花椒籽当作动物的眼睛，用梳子梳理一下就是小动物的脚趾，用镊子夹一下就是小动物的耳朵和眉毛，甚至是胡须，捏出来的小动物造型夸张，神态各异。那稚气的眼神，憨态可掬的样子，栩栩如生，犹如艺术珍品，令人爱不释手。尤其在那个积贫积弱的年代，清明节的面燕更让人唇齿留香，甚至垂涎三尺，回味无穷。

另外，在清明节那天要蒸子推馍，而且要每人吃一个子推馍。所谓子推馍又称老馍馍、面花，也叫蒸大馍。子推馍就是一个超级大的馍馍，在馍馍上盘上牡丹花，花枝上站着小燕子，并在牡丹花上点上花花绿绿的颜色，取意鸟语花香，花开富贵，子孙多福。

子推馍和面花除了自己食用，还用来馈赠亲友。母亲要给当年出嫁的女儿和未过门的儿媳妇送抓髻。所谓抓髻就是状似宝葫芦的一个超级大花馍，其貌华丽秀美，形态逼真，五彩缤纷，寓意吉祥如意，婚姻美满。女儿要回赠母亲几个大子推馍，未过门的儿媳妇要回赠未婚夫两个大老虎，寓意是希望自己的未婚夫在新的一年里虎虎生威，体魄健壮，坚强能干。记得小时候常随几个哥哥提着一大篮子沉甸甸的抓髻，步行十几里路，给未来的嫂子们送抓髻的情景。哥哥们一路高唱着信天游，像唱给缄默的黄土高原听，更像唱给自己的心上人听，我总是像一只快乐的小兔子蹦蹦跳跳尾随其后，十里奔波，为的是到了未来的嫂子家能收获一串面燕，回家后好向邻居小孩炫耀。我们也把自己的面燕和老师分享，让离开家独自在偏僻的山村教书育人的园丁品尝到节日的美食，那种至真至善的纯朴情感总让人回味无穷。

母亲捏面燕的技艺高超，每逢清明节就会被邻居请去捏面燕。有一年清明节母亲照例被一个邻居张阿姨请去捏面燕，张阿姨家的几个孩子就在自家柴窑里玩。大人们开开心心地捏面燕，孩子们忘乎所以地疯玩。半天工夫面燕蒸好了，可不见孩子们回来，张阿姨就站在脑畔上大声喊孩子的名字，可是千呼万唤没有任何回应，低头一看，她家的柴窑里冒出滚滚浓烟，她心头咯噔一下，心想，该不会是自己家的孩子把柴窑点着了吧。急得她连爬带滚地到了柴窑，惨不忍睹的一幕出现在她的面前：几个孩子横七竖八地趴在柴窑里，一个个黑乎乎的，已经气绝身亡，张阿姨当即昏死过去。后来，张阿姨因悲伤过度而精神失常。母亲在难过之余庆幸没有带我去张阿姨家，让我逃过一劫，但从此以后母亲再也没有给人家捏过面燕，就连给自己家捏面燕的时候也总是长吁短叹，想起邻居家在清明节的时候烧死的几个孩子，母亲都会老泪纵横，痛苦不堪。

在家乡，家里逢年过节，儿婚女嫁，红白喜事都会捏面花，小小面花蕴含了浓浓的亲情、友情，传递着绵绵的思念、祝福，承载了人们对美好生活的向往与期盼。花馍馍也是在男女结婚时，女方赠送男方的礼品，示意姑娘心灵手巧。

陕北婚礼上，新媳妇上轿前（出门前），母亲要给女儿围儿女馍馍。每当这时，新娘、新郎坐在陪嫁的新被褥上，男女双方手里各拿着一个大馍馍，两个馍馍紧挨着，并左右摆动，母亲将小馍馍摆放在男女四周，两两一组，围着新娘、新郎，这是祝福繁衍后代、儿孙满堂的礼仪。如果那两个大花馍馍代表着儿女，那些小馍馍就象征着孙子、重孙，故名围儿女馍馍。实际上，儿女馍馍就是蒸一对代表男女的内包红枣、花生的大馍馍和代表儿女的十二个小馍馍，一对大馍馍象征孕育子孙的母体，红枣、花生象征孕育在母体中的新生命。

在白事上送大花馍馍，又叫送老献的。老献的大小与子推馍差不多，不同的是馍上的花饰不同，老献的上的花饰多为松鹤延年、福星高照等图案。在奔丧的时候，将老献的与花圈一起呈在逝者灵前，然后点纸叩头，以此来表达对逝者的悼念之情。

常言道，十里不同俗。就拿捏面花来说，榆林南六县在清明节，而神木、府谷一带则在农历每年七月十五日（中元节）。神木人捏面人还有一个美丽的传说：传说在很久以前，民间发生了一场严重的瘟灾，瘟神在人间打算要一半人的命才肯罢休。真武祖师为了救人，化身一妇人到民间教人们捏面人，吃了消灾。瘟神在人间见到一片人吃人的惨状，信以为真，就不再伤害人了，人们才得以摆脱这场瘟灾。此后每到农历七月十五日，人们就捏面人，每人要吃一个面人，用此来避开生命的灾难。南六县人捏面花叫捏面燕，神木人捏面花叫捏面人。单从名字来看，一个温文尔雅，一个粗犷豪放。再看面花的形状，面燕个头小，秀气可爱，像江南女子；面人块头大，彪悍威风，像草原骑手。神木人捏一个面人要用半斤面，最小的也要用二三两面，捏出的面人叫大肚罗汉。

大肚罗汉不仅体态肥硕，还怒目圆睁，龇牙咧嘴，令人望而生畏。神木面人的品种规格也很多，有仿人的，有依照动物和飞鸟捏成的，用小麦粒当嘴，蒸好刚出锅时要在面人表面点上红绿点装饰，以求雅观，但总体上来看显得笨重。蒸好面人后不但要给自己的孩子分发，还要送给近亲属的孩子每人至少一个。面人蒸好后在大锅中用微火烤干或在太阳下晒干保存，年龄小的孩子由大人代管，年龄大的孩子由本人保管，作为饥饿时的零食。过去的孩子对面人十分青睐，每到农历七月十五日前的一段时间，就盼望着大人给他们蒸面人，拿到面人后互相比较谁的多，谁的好。因此，孩子的母亲对蒸面人十分重视，技术不好的要请技术好的帮忙。此举与我的家乡清明节捏面燕、分面燕又十分相似，这也许是榆林南北文化的融合吧。

读书札记

dushu zhaji

自然之魂，心灵之语

——读黄浩《黄土四季》札记

　　神木本土作家黄浩的散文集《黄土四季》以博大的胸襟、悲悯的情怀、真挚的情感、含蓄的语言写出了陕北大地的自然之魂，心灵之美。书中如诗如画的美景、如泣如诉的乡情一下子吸引了我的注意力，于是我迫不及待地把书从头到尾细读了一遍，感触良多。

　　书中每一篇文章都像是一位智者牵着读者的目光，去领略黄土高原的沧桑沉静之美，去感悟陕北汉子既粗犷又细腻的性格特点。文章从陕北之花写到陕北之树，从1月写到12月，从冰河写到冰挂，从雪花写到流凌，从绿叶写到落叶，从蚂蚁写到飞虫，从麻雀写到斑鸠，从大湖写到长河，向读者打开一扇厚重的自然之门。推门而入，皇天后土，阳光山岚，黄河山峰，花魂春瀑，桃红柳绿，黄杏红枣，土豆南瓜，鸡犬猫兔，黎明黑夜，如一幅水墨油画，有一种质朴清新的气息扑面而来，大自然的缕缕芳香氤氲出黄土高原的热情洋溢、五谷丰登，让读者在黄土高原上诗意地栖居。

文章旧事重提，老调新唱，富有创意，采用意识流的叙事风格，给人耳目一新之感；语言散发着黄土文化、草原文化的馨香和浓郁的乡土气息。作者将如烟往事、如歌岁月熔铸在黄土四季之中，通过亲近自然、洞察自然、感悟自然，情景再现生活的点点滴滴；语言鲜活生动，富有想象力，表达张弛有度，游刃有余，雅俗共赏。文章既有对黄土高原自然景色的流连忘返，又有远离城市喧嚣的沉静安然，如其中的散文《高原一壶蓝》《黄土的眼》《秋声弥漫》，仅标题就给人无穷的遐想。天空之蓝可用一壶盛放；4月每一条沟都是陕北的眼睛，每一朵花都是黄土的眼；听到壮观的满秋金黄的秋声弥漫在天高地远、开阔广袤的黄土地上，给人以先声夺人之美。

作者观察细致入微，细节描写生动传神。在黄浩笔下，就是一只蚂蚁，一棵树，一只飞虫，仿佛都有灵性，都有它独特的世界。如在《七星瓢虫》中这样写道："黑点黄背的七星瓢虫，落到青草上，又落到树叶上。当我举起这片枯叶时，它从叶面爬到叶背，从叶的中间爬到叶的边缘，它似乎已经感受到一种危险正渐渐逼近，这片枯叶上的环境已经发生了重大变化。树叶在翻动的过程中，它已感受到悬浮在空中，但它并不是自己飞上去的悬浮，而是借助了一种外力，它闻到了一种陌生的气息和声音，是我让它的生存发生了危机，是我侵扰了它的领地，我是一位不速之客。""黑点黄背"四个字简明扼要地概括出七星瓢虫的外貌特点，两个"落"字，传神地写出七星瓢虫动作敏捷、警惕性很强的特点，两个"爬"字形象地写出当七星瓢虫遇到不速之客的侵扰，生命危在旦夕时的慌张。再如，《蚂蚁搬家》中有这样的细节描写："我曾亲眼见到一只蚂蚁搬运一只死虫，那只死虫的身体比它大十倍，它先在后面推、反推、前拽、根底推它，在尝试了无数种可能后，依然无法撼动它。它像彻底泄气了，一动不动地待了好长时间。面对困难，它用什么方法搬救兵呢？它没有离开这里，不一会儿，就有四五只蚂蚁赶来帮忙，特别神奇。几只蚂蚁分别在不同的角度用力，扛起了这具美味，向洞口的方向快速地移去。"蚂蚁何其小也，如果没有作者贴近大地、细致入微的观察，蚂蚁的耐力，蚂蚁的智慧，蚁群的凝聚力就不能展现在读者的面前。

心怀悲悯，方见苍生。每个人内心深处都有一个声音，那是我们的灵魂。对于这个世界，我们都有不同的观察和理解。但无论是谁，都希望自己生活在一个和谐、友好的环境中。《黄土四季》处处流露出作者的悲悯之心。如《鸡的自由》

中写道："我曾到新的现代的养鸡场看过养鸡的情景，规模化的养殖让鸡固定在一个小笼子里，可以说一只鸡一个笼子，吃喝拉撒睡全给控制在一个小空间里。每次去鸡场我都不忍心看那笼子，像一个囚室，每次走近鸡场，我内心都深深不安，它们本可以在村庄的树荫下，享受阳光雨露，自由自在地鸣叫、追逐，但在这里，一切都变成了梦幻。它们的生命已变成囚笼，变成一生的苦役，这一生也仅仅浓缩成三个月，令我触目惊心。"作者用囚室、囚笼、苦役写出鸡的不幸，用不忍心看、深深不安、触目惊心写出自己对鸡的同情。

作者敬畏生命、敬畏自然。他在《一棵树的信仰》中写道："面对狂风，老松毫无惧色。凉风习习，老松顶着巨大的压力，风雨雷电轮番上阵，都败下阵来，它是高原战斗的旗帜。一棵树，就是一尊神。两千多年守望着岁月，掀起满树挂着的红丝带，飘舞在高原，如歌如泣。"他在《树根之家》中写道："树根在黑暗的世界里，摸索着最佳的生长路径，他要避其锋芒……"他在《乡野榆树》中写道："榆树不仅是看家护院的使者，更是人类的恩人，它的生命力非常顽强，树皮被剥后仍与死神搏斗，待到来年春暖花开，它又吐出新叶。"其敬畏自然、感恩自然之情，可见一斑。

作者用高傲的孤独与低调的落寞诠释了行将消逝的村庄

之殇，许多文章里都有如泣如诉的乡情，天空之蓝，河水之清，映在水中的白云，红红的摇曳的枣儿，酸酸甜甜的杏儿都抵不过对故乡的孤独守望，故乡的一草、一木、一砖、一瓦都是作者创作的因子，故乡静卧在作者的灵魂深处。黄土地四月的风，吹过额头，温暖而舒畅，和风拂面，那是一副驱散烦恼的解药，一风刮走，一切都可以从头再来。望着长满荒草、上了锁的院落，因无人看管落了一地的红枣，令人悲叹和感伤，让人心生伤痛。乡村静穆，锁住了久远的乡愁，没有孩子的村庄，让人看到了永恒的孤独，让人嗅到了行将消逝的村庄之殇，这正是《一颗枣的情怀》中所表达的。

　　总而言之，《黄土四季》如一位大山深处的少女，素雅、端庄、朴素、纯洁、自然，如清风明月山泉，如烈日灼灼，如山岚轻摇，如鸟雀欢歌。黄土四季的世界很明亮，人情很温暖，你值得拥有。

把生命活成一束光

——读苗雨田长篇小说《石峁》有感

　　《石峁》是中国作家协会会员、神木籍作家苗雨田继《玉兰带》《黑金白银》《红柳林　蓝柳林》之后的又一力作。《石峁》讲述了出身寒门的年轻人牛远昌高考落榜后的奋斗历程，是一部底层草根农民艰苦卓绝的创业史和奋斗史。主人公牛远昌在建筑工地扛过水泥，后来又被人所骗，大学梦彻底被击碎。在同学杨丽丽的帮助下，牛远昌在一家房地产公司谋职，并由公司资助上了大学。上学期间他勤工俭学，做过家教，在工地上做过推车、拉沙、上料等工作，大学毕业后回家乡石峁村创业，搞民宿旅游度假村。之后，他又蹬过三轮车，送过菜，其间因为见义勇为救了煤矿老板的女儿艾丽娅，时来运转当了煤矿总经理。时势造英雄，后来，牛远昌自己买了煤矿当上了董事长，又投资了电厂、电石厂，成立了投资集团公司。他的人生历程诠释了"生如蝼蚁当立鸿鹄之志，命如薄纸应有不屈之心"。牛远昌的奋斗史见证了改革开放几十年来陕北农村发生的翻天覆地的巨变，并在此时代背景下把生命活成了一束光。

人生的悲与欢、生与死、穷与富，相对于世事的变迁与历史的长河来说，都不值一提。一个小人物能把自己的生命活成一束光，燃烧自己，照亮别人，他的百味人生，铿锵岁月，值得品味。

梦想被生活一次次碾轧，但牛远昌对生活总是满怀希望，可谓生活虐我千百遍，我待生活如初恋。雨下给富人，也下给穷人，牛远昌在人生的风雨中，踏平坎坷成大道，历经风雨见彩虹。正印证了那句话：别想太多，努力生活，也许日子过着过着就会有答案，走着走着就会有温柔的着落。

《石峁》把人物故事背景设置在宏大的历史潮流中，有令人震撼的真实感和厚重的历史感。石峁村是黄土高原成千上万个村落中的一个。作者从小处着眼，刻画出一个个普通人物平凡的人生旅程，展现出日新月异的时代变迁，反映了人们在这一过程中的思想情感、成长蜕变，叙述脉络清晰，主题深刻。

这部小说以牛远昌这个人物为主线，通过他的成长经历，展现了那个时代整整一代人对生活的憧憬与向往。作品通过富有乡土气息的语言叙述，通过石峁村典型环境的描摹，通过鲜明个性的人物形象塑造，展现了改革开放以来，一个陕北农村青年的奋斗史、成长史。贫穷曾经让许多有理想的人们意志消沉，可在逆境中牛远昌并没有退却，而是用另外一种方式去掌控命运，创造美好的生活。那种在战胜自我、重塑信心的决心中所表现出来的自卑中的坚强让人感叹，这正是一种不屈服于命运的顽强拼搏精神。牛远昌战胜困难，摆脱束缚，向往美好生活，给读者以重拾生活的信心和勇气，充满了正能量。这一幅现实主义画卷蕴含着这样的人生哲理：幸福是奋斗出来的，奋斗的青春最美丽。生命中会有很多困难和挫折，但是只要坚持、努力，就会战胜一切，充满希望地活下去，活出精彩的人生。牛远昌的奋斗史对经历过那个时代的人来说有着巨大的共情力量，写出了每个人的困境、期待与追求。从高考的独木桥痛栽下来后，牛远昌昏睡了三天三夜，一直到第四天，他被一双异常粗糙的手轻轻地摩挲醒。看到是父亲后，牛远昌嘴唇抖动着，既像被长期禁锢的囚犯，又像是久受委屈的孩子，突然间放声号啕起来……像牛远昌这样世世代代贫困的农民，考大学是唯一的出路，面对高考落榜的打击，其痛不欲生的心情让我们感同身受，心生怜悯。

牛远昌不懈追求的激情，在读者的心里激起回响，他大地般宽广的气魄，给予对生活失望的人莫大的安慰与力量，他的人生，也是我们每个 70 后的人生。陕北人的人生际遇大多类似。《石峁》的主人公牛远昌的人生际遇与《人生》的主人公高加林有很多相似之处。他们都出生在积贫积弱的陕北农村，父母都世代务农，都是非常善良质朴、老实厚道的农民，家境都十分贫寒；他们都经历了高考落榜，都从农村走向城市，再从城市回到农村；他们都拥有过轰轰烈烈的爱情。然而两个主人公不同的命运，不同的结局，上演了不同的悲喜剧，高加林的人生以落寞收场，而牛远昌的人生绽放辉煌。牛远昌的人生充满奋斗者的艰辛，但他一步一个脚印，努力奋斗，对待感情始终忠贞不渝；而高加林的人生有一定的投机取巧，对待感情也是见异思迁。所以，两个人的结局截然不同：牛远昌风光无限地站在人生的巅峰，事业爱情双丰收，而高加林身败名裂，穷途末路，鸡飞蛋打。作品不同的结局，体现了作家不同的叙事风格，不同的价值取向，《人生》的悲剧色彩令人扼腕叹息，《石峁》的喜剧风格让人拍案叫绝。牛远昌的人生可谓春在路上，花在枝上，所有的美好都在路上，努力过好自己的日子，不论挫折，还是平稳，都各有滋味，怀着诚恳，好好努力，好好生活。百味人生，铿锵岁月。

　　牛远昌在人生的十字路口，也曾有过艰难的抉择。高考落榜后，选择去建筑工地扛水泥还是继续复读，面对父母亲的满面愁容，看着家徒四壁的凄惨景象，牛远昌选择了到建筑工地打工。当度假村生意兴隆之时，牛远昌选择了把度假村拱手让给他的初恋情人杨丽丽，在金钱与友谊之间选择了友谊，无奈再次打工。尤其在爱情与婚姻面前，年轻时他放弃了美丽知性的初恋杨丽丽，而选择与杨丽丽家的保姆杨秀梅在一起，这样的选择应该是违心的选择，是生活所迫，实属无奈。人生面临很多选择，就像美国诗人罗伯特·弗罗斯特的《未选择的路》中所写的一样："黄色的树林里有两条路，可是我不能同时去涉足。"苏格拉底曾说过："人生就是一次无法重复的选择。"柏拉图也说过："人生最遗憾的，莫过于轻易地放弃了不该放弃的，固执地坚持了不该坚持的。"选择即取舍，总是充满遗憾。在牛远昌功成名就后，未婚妻杨秀梅却选择了退出，让位给艾丽娅，表面上看是牛远昌的不义，实质上是杨秀梅的善良。人生有限，欲望无边，万般皆苦，唯有自渡方可自我解救。作者在人物塑造上追求人性向善，他认为人性向善，才是人类最后的骄傲与胜算。作品中无论是牛远昌、牛定昌、牛承德，还是杨丽丽、杨秀梅、艾丽娅，都是非常善良的人，他们在困难面前总是替别人着想。善良是一颗生机无穷的种子，只要你舍得播种，就会有你意想不到的甜果；善良是一束美丽的玫瑰，当你赠送他人时，也为你自己留下了满室的芬芳；善良是冬天里的太阳，在照耀了他人的同时，也温暖了你自己。

《石峁》的前半部写得非常成功，无论是人物形象的塑造，还是环境的铺排渲染都非常精准到位，尤其是语言描写、心理描写都极具个性。作者情感细腻，表述流畅，立意高远，妙笔生花。比如写牛远昌在建筑工地劳动的一系列动作描写："……临近中午时分，最后一袋子水泥好不容易被牛远昌扛了起来。这袋子水泥一旦被扛了过去，就该是收工吃午饭的时候了，繁重的劳动也会暂告一段落。牛远昌背着水泥袋子，身子晃荡不止。他牙关紧咬，双手攥着袋子，在急促的气喘声中，不时有凶猛的咳嗽声强烈地冒出。他的肩膀被水泥袋子压得实在难以承受，就只好躲避似的深弯着腰，前倾着身子，重心便明显地倾向了前方。这样一来，他的双腿就无可逃避地被迫小跑着去追撵、支撑着向前的重心。很显然，牛远昌双腿中肯定有一条腿耍了奸，跑得慢了点，仅靠一条腿根本就无法支撑住他身上那百余斤重物的强大惯性的冲击，只听'咚'的一声，人和水泥刹那间便跌翻在了一片尘埃之中……尘埃落定好一阵之后，一个灰包脑袋才勉强地从那堆四散撒落着的水泥灰末中挣脱出来，但身子仍然呈麻花样地在灰堆中扭曲着，未能站立起来……"这段描写非常传神地写出了一个高考落榜生用稚嫩的肩膀扛起沉重生活重担的无限艰辛，读来让人浮想联翩，无比心酸。

《石峁》后半部分写得有些仓促，故事情节的发展有些理想化，缺少矛盾冲突，主人公的人生似乎太顺溜。喜剧的内核是悲剧，悲剧是把喜剧撕碎了给人看。《石峁》喜剧的结局令人欢欣，但如果能把故事情节写得更加跌宕起伏，矛盾冲突更多一点，人物形象就会更加饱满而有张力，无疑会更有力地凸显出"奋斗改变命运"这一宏大主题。

不害怕，不焦虑，向阳而生

——读史铁生散文《我与地坛》有感

　　地坛，是史铁生感悟生命、思考生命的一片精神净土。地坛驱散了他的孤独，为他构建了一个世外桃源。可以说，地坛是史铁生的精神家园。在史铁生两条腿残疾后的最初几年里，他找不到工作，也找不到出路，为了逃避痛苦的现实世界，他一头扎进了这个荒芜却并不衰败的地坛，发现了心灵栖居的世界，找到了治愈现实痛苦的良药。地坛里，有着他漫长而又坎坷的轮椅印，记录着他不幸的遭遇与波折；有着他母亲平静而又深沉的脚步声，讲述着他对母亲的缅怀与感恩；有着日复一日、年复一年与之相伴的天高云阔、莺飞草长，沉淀着"轻舟已过万重山"的智慧和洒脱。全文最触动人心的就是史铁生那可贵的坚强与乐观的精神。

　　在地坛满园散发的沉静光芒中，史铁生感受着地坛的四季，观察着来往地坛的人，回忆着自己所经历的苦难。在地坛，他长久地思索着，关于死与生，关于苦难与命运。最后他明白了，打从人出生时起，死亡便是既定的终点，所以死是一件不必急于求成的事，死是一个必然会降临的节日。人的一生仿佛是一场说长不长、说短不短的旅途，谁也不知道这途中会遭遇什么，唯一知道的是，这场旅途终会迎来终点，既然如此又何必心急呢？由此可以推断史铁生在悟出这个道理之前，肯定在潜意识里千百次地冒出过死的念头，是地坛让他拨开云雾，是地坛引导他不害怕，不焦虑，向阳而生，所以说地坛是他生命的救赎。

苦难是一笔宝贵的精神财富，经历了苦难的淬炼，史铁生变得坚强乐观、豁达通透。在人生最美好的二十岁时双腿残疾，在陷入痛苦的泥淖中不能自拔时母亲逝世，在地坛遇见那个总是差一点点运气的长跑朋友和那让人怜惜的漂亮却不幸的姑娘后，他感悟到，如果没有爱，何来的恨；如果没有愚钝，怎么体现机智；如果没有丑陋，美丽也将不复存在；如果恶劣和卑下消失，善良与高尚也将失去意义。于是不管有什么样的际遇，只能坦然接受。"看来差别永远是要有的。看来就只好接受苦难——人类的全部剧目需要它，存在的本身需要它。"那么便接受吧。如他在书中所言，"苦难既然把我推到悬崖的边缘，那么就让我在这里坐下来，顺便看看悬崖上的流岚雾霭，唱支歌给你听。"史铁生被疾病囚禁在轮椅上，却依然能够探索出超越生死的意义，向阳而生，心怀希望，历经坎坷与磨难却依然热爱生活。我们生逢盛世，即便我们看透了生活的本质，也要心存必胜的信念，对生命永远热烈。

史铁生通过在地坛读书与写作，坚强地生活了下去。他说："活着不是为了写作，而写作是为了活着。"写作给了他活下去的动力，给了他慰藉。这种对生命的渴望，使他的文字传递出一种惊人的力量。他在书里写道："蜂儿如一朵小雾稳稳地停在半空；蚂蚁摇头晃脑捋着触须，猛然间想透了什么，转身疾行而去；瓢虫爬得不耐烦了，累了，祈祷一回便支开翅膀，忽悠一下升空了；树干上留着一只蝉蜕，寂寞如一间空屋；露水在草叶上滚动、聚集，压弯了草叶轰然坠地摔开万道金光。""满园子都是草木竞相生长弄出的响动，窸窸窣窣窸窸窣窣片刻不息。"这些细致入微的观察，惟妙惟肖的描写，都让读者感受到了生命的蓬勃生机，即使一只小蜜蜂、小蚂蚁、小瓢虫也是心向光明，目追旭日，向阳而生。那么每一个人都有存在的意义，每一个人都应该有被铭记的价值。

掉落人间的小太阳

——读《苏东坡传》有感

看了林语堂所著的《苏东坡传》后，我为苏东坡完美的人格所倾倒，肃然起敬的同时又生爱慕之心，胸中涌动着一种激情，似奔腾汹涌的长江之水，继而化作一股向前的力量，启迪了我的心灵，激励我奋发向上，这就是东坡千古不变的精神魅力。

苏轼是一个多才多艺的天才。他知识深厚广博，性格幽默风趣，有超群的智慧，有天真烂漫的赤子之心。他完美的人格正源于他豁达乐观积极的人生态度。苏轼的一生都陷在政治旋涡中，却又始终超脱于政治之上。无论是反对派当权，还是自己的党人得势，他过得都很"失败"。一任一任的皇帝私下都很喜欢他，一任一任的太后都成为他的朋友，可是他却遭到贬官、逮捕，一辈子几乎没能在一个地方住上三年，恰如风中飞蓬，东飘西荡。然而，他以天真无邪的心灵到处捕捉在常人看来难以忍受的屈辱生活中诗意的片刻，并将其化为永恒。苏东坡最好的文章都是在被贬谪时写就的，却丝毫没有怨气，相反却表现出极其超远的视野和极其广阔的心胸。苏东坡留给后人的不仅仅是他的诗词书画，还有广为人知的苏堤，甚至人人喜欢的东坡肉。苏东坡是个幽默的人，他说："吾上可以陪玉皇大帝，下可以陪卑田院乞儿。眼前见天下无一个不是好人。"

林语堂是这样结尾的："在读《苏东坡传》时，我们一直在追随观察一个具有伟大思想、伟大心灵的伟人生活，这种思想与心灵，不过在这个人间世上偶然成形，昙花一现而已。苏东坡已死，他的名字只是一个记忆。但是他留给我们的，是他那心灵的喜悦，是他那思想的快乐，这才是万古不朽的。"心灵的喜悦和思想的快乐，这才是万古不朽的，恰如其分地概括了东坡的一生。全书字里行间流露出作者对东坡的喜爱和崇敬之情。在林语堂眼里，苏东坡是一位积极向上的乐天派，一位伟大的人道主义者，一位百姓的朋友，一位大文豪、大书法家、创新画家、造酒试验家，一位工程师，一位憎恨清教徒主义的人，一位瑜伽修行者、佛教徒、巨儒政治家，一位皇帝的秘书、酒仙、厚道的法官，一位政治上的坚持己见者，一位月夜的漫步者，一位诗人，一位生性诙谐爱开玩笑的人。他比中国其他诗人更具有多面性、丰富感、变化感和幽默感，智能优异，心灵却像天真的小孩。苏轼是"唐宋八大家"之一，他乐观、豁达，会享受人生，不故作深沉。苏轼的文才更博，词、文、诗、画、书法都是一流，就连烹饪也很有一套，比如家喻户晓的东坡肉便由他创制。苏轼一生极具传奇色彩，像掉落人间的小太阳，把生命活成了一束光，照亮了千古。

九层之台，始于垒土

——读郝卡厚《逐梦》有感

九层之台，始于垒土，这是我读郝卡厚先生所著作品集《逐梦》最深的感悟。

一个陕北乡村的放牛娃，一个军哨站岗的小兵，一步一个脚印，逐梦前行，走向人生巅峰，成为军队团级干部、地方处级领导。这可谓千里之行，始于足下，积土为山，积水成海，九层之台，始于垒土的典范。《逐梦》分为"新闻之实""研究之深""散文之美"三部分。全书以淳朴自然的语言，真诚炽热的情感，阳光明朗的风格，将往事娓娓道来，有对苦难童年的回忆，有对峥嵘岁月的感慨，有对锦瑟年华的流连，有对自己人生哲学的总结，更有对亲人深深的怀念。"新闻之实"部分，用事实说话，现场画面感强烈；"研究之深"部分，站位高远，思路清晰，研究与对策兼具；"散文之美"部分，美在语言，美在感情饱满，情真意切。《逐梦》一书旧事重提，让故人重现光辉，重温故土的芳香，让自己的治学心得、为人处世、文学艺术如一幅丹青展现在读者面前，给读者"幸福是奋斗出来的"的启迪，他的人生如水穿过平原，越过高原，抵达大海。文如其人，飒爽干练，气宇轩昂，尽显军人风采。

本书的三部分中，我最喜欢的是"散文之美"部分。他的每一篇散文都是真性情、真感悟。感情朴实无华，语言率真，胸怀坦荡，叙事简明扼要。他笔下的每一个人物形象都个性鲜明，栩栩如生，让人过目不忘，尤其是写母亲的两篇文章《母亲》和《隔世的疼痛》给我留下了非常深刻的印象。我读了《隔世的疼痛》一文后，被母亲舐犊情深的鲜活形象感动泪目。月落乌啼，痛失慈母，梦影依稀，隔世疼痛，"应是母慈重，使尔悲不任"。母爱之恩，与江河同流，与日月同辉。郝卡厚先生的《隔世的疼痛》让我深受震撼，一为母慈，二为子孝，三为深深的母爱，四为隔世的疼痛。

《隔世的疼痛》用真挚的情感、朴实的语言深情记录了母亲苦难的一生。由于家境贫寒，十二岁的母亲做了童养媳，虽然还是一个未成年的少女，可从此母亲就成了这个家里的顶梁柱，下地劳作，打理家务，做饭洗锅，砍柴喂猪，缝补浆洗，可谓穷人的孩子早当家，她稚嫩的肩膀过早地挑起了生活的重担。在那个闹饥荒的年月，巧妇难为无米之炊，母亲起早贪黑到山上挖野菜做成野菜糠窝窝，凉调苦菜，剥树皮熬成糊糊，刨草根，摘野果，硬是把一家人从死亡线上拉了回来。
母亲一生养育十二个孩子，只存活了三个，面对亲生骨肉相
继夭折，母亲经历了怎样的痛彻心扉，可想而知。母亲中年
丧偶，生活雪上加霜，日子从此落寞。更悲催的是母亲老年
又痛失一子，人生苦短，风雨莫测，母亲又一次经历了白发
人送黑发人的切肤之痛。母亲的一生经历了很多次生离死别，
经历了常人难以承受的痛苦，但母亲始终坚强地活着，这是
一个顽强的母亲，更是一个伟大的母亲！

《隔世的疼痛》用朴实无华的语言，将慈母对自己的深
情厚爱表现得淋漓尽致，字里行间洋溢着"我"对慈母深深
的怀念。母爱永远藏在心间，母亲永远活在梦里。多少次午
夜梦回，多少次在梦中吃着母亲拿手的揪面片，多少次在梦
中与母亲对话，多少次在梦中搀扶着母亲颤巍巍地挪动，梦
有多美丽，痛就有多深刻，那是隔世的疼痛。"我"是母亲
五十岁时所生的"老生儿"，母亲对"老生儿"的宠溺在文
章中表现得淋漓尽致。睡在被窝里就有母亲端来的可口饭菜，
吃完饭母亲为"我"洗脸、穿衣；七岁的时候放学回家，母
亲总少不了敞开温暖的胸怀让我在已经干瘪的乳头上吮吸几
口。母亲咽下的是粗茶淡饭，流出的却是甜蜜、有营养的乳汁；
"我"从小口细，在物资极度匮乏的年代，母亲想方设法为

"我"开小灶，做"我"最爱吃的揪面片；母亲在她八十岁高龄的时候，送"我"一双千层底布鞋，布鞋里还垫着一双心字图案的鞋垫，作为"我"而立之年的生日礼物。这双鞋是母亲在煤油灯下戴着老花镜，一针一线，耗时大半年为"我"缝制赶做的，为了这份礼物，母亲的手不知被针扎了多少次。

"我"用一块红布包起母亲八十岁亲手为"我"缝制的布鞋，珍藏了浸透着母亲心血、满含母亲牵念和祝福的心爱的生日礼物，珍藏了宽厚博大的母爱。

母亲对"我"的爱也不是一味地宠溺，也有严厉的批评，更有殷殷的期待。比如"我"偷吃了农家的酸杏，比如"我"在野菜筐里做了手脚，母亲都是严加管教。母亲教育"我"三要三不要：要实在，不要耍滑；要细心，不要糊弄；要简朴，不要忘本。这样的教诲，也是"我"一生宝贵的精神财富。她雪天送子从军，让"我"立志参军报国的信念更加坚定。纵然有千般的不舍万般的不愿，母亲还是深明大义，默默为"我"准备饭食，蹒跚着身子为"我"送行，对"我"千叮咛万嘱咐："厚儿，去闯吧，好好听部队首长的话，可要出息呀。"一个农村老太太，能有这么高的境界，是一个母亲的本能，更是一个母亲对孩子朴素无华的爱！正是这份厚重的爱，让"我"热泪盈眶，让"我"铭记一生。忠孝不能两全，没能守在母亲的身边为母亲养老送终，是"我"一生的痛。

夜色如墨，月华如水，心存感念，日有所思，夜有所梦，梦里潸然。慈母在心，心有所依，为母祈福，在天安息。

其实，郝卡厚先生的其他散文与《隔世的疼痛》一文有异曲同工之妙，文章中的每一个场景都经过作者的精心设计，每一处语言都水到渠成，自然至极。梦境与现实趋同，感悟与行动渐深。他的文字传递着真善美的主旨，表达着人间至爱，人世之美，亲情之深，爱情之甜，相思之苦，思念之痛。另外，他的文章还有一种悲悯情怀，如《民工》一文真实地再现了民工的生存状况，他写道："民工吃的是几乎四季不变的便宜饭菜，住的是十几个人合租的破旧房子，甚至是工棚、地铺，医疗没着落，安全无保障，有时光干活，拿不到钱。"再如《民工》一文的题记中写道："民工是众多行业中最不可或缺的。他们被视为社会最底层，他们也是很少有人关注的一分子，我想说的是他们是时代发展的助推器，他们是加速社会前进步伐最重要的推动力量，他们的职业是无上光荣和极其伟大的。"作者对民工的高度评价，反映了他对劳动者有一种深深的敬意。

总之，《逐梦》是一本励志之书，作者努力走好人生的每一步，每一步都脚踏实地，每一步都兢兢业业，每一步都用心用情在走，走出人生的精彩，走出生命的辉煌。《逐梦》紧扣时代主旋律，以新闻之实、研究之深、散文之美绘制了一幅华美的人生履历表，反映了作者的成长史、奋斗史。

"脚踏大地，仰望星空，逐梦星海，不断前行，未来可期，收获必然。"读《逐梦》，品人间草长莺飞柳色浓，赏军人叱咤风云今昔。

贫穷与富贵相遇

——读《红楼梦》刘姥姥三进大观园有感

　　人不可苟富贵，亦不可图贫贱。刘姥姥进大观园，是贫穷与富贵的相遇，贫穷得到富贵的救济，然而贫穷又何尝不是富贵的救赎呢。这是我读《红楼梦》刘姥姥进大观园部分最深的感受。

　　刘姥姥因为家业萧条，搬到了乡下，后来借着与贾府的远亲关系，到贾府寻求救济，希望能渡过难关。然而，刘姥姥第一次进荣国府，正值贾府走下坡路之始，最终刘姥姥从贾府只借到二十两银子，但这二十两银子已经足够她一家人一年的生活费用。刘姥姥二进荣国府的目标不是乞食，而是来报恩，感恩贾府曾经雪中送炭，救了他们一家人，帮他们度过了最难熬的那段生活。刘姥姥带来了很多瓜果蔬菜，而吃惯了大鱼大肉的贾府众人，更喜欢吃这些农田里种出来的原汁原味的蔬菜。刘姥姥二进荣国府，因元春封妃，此时的荣国府又是一派歌舞升平、盛世繁华景象，于是刘姥姥拉回去贾母及众人送的一牛车绫罗绸缎和金银财宝。刘姥姥三进荣国府是为了搭救巧姐。当时荣国府已经"家亡人散各奔腾"，刘姥姥看到的也许正是"陋室空堂"和"衰草枯杨"。富贵落寞转身走向贫穷。

刘姥姥三次进大观园的内容都写得非常精彩，刘姥姥的幽默诙谐，刘姥姥的孤陋寡闻，刘姥姥的知恩图报，都给我留下非常深刻的印象。印象最深刻的是第三十九回中刘姥姥第一次进园与贾母见面时那一段贫穷与富贵的精彩对话。贾母是富贵的代表，来自史家家族。史家是金陵四大家族之一。她嫁到贾家一直掌管家政，过着衣来伸手，饭来张口的生活，出门有车有轿，在家有丫鬟仆人伺候，任何事情不用操心，高高在上，一生养尊处优。而刘姥姥家境贫寒，靠种地为生，是受苦人，又穷又苦，是个土包子。刘姥姥与贾母这两个原来没有任何机会见面的人见面了。贾母享尽了荣华富贵，每天想着法子找乐子，正在百无聊赖之时，听闻刘姥姥来了，就要见一面，因为她"正想找个积古的老人家说话儿"。于是代表富贵的贾母与象征贫穷的刘姥姥相遇了。贾母并没有因为刘姥姥穷而看不起她，还亲切地问："老亲家，你多大年纪？"贾母很和善，一副菩萨心肠，让我很是感动。刘姥姥诚惶诚恐地回答："七十五了。"贾母便说道："七十五，比我大好几岁。"贾母又惊讶地问："眼睛还好吗？耳朵还好吗？"
刘姥姥回答道："还好，左边的槽牙稍微有点松动。"贾母说道：
"我怎么眼睛也花了，耳朵也聋了。"刘姥姥安慰贾母说："老
太太老寿星，你生来就是享福的，不需要受苦。"贾母说道："什
么福气，我就是个老废物罢了。"因为贫穷，刘姥姥粗茶淡饭，
因为贫穷，刘姥姥辛苦劳作，这让刘姥姥有一个非常好的身体，
而贾母却得了富贵病，过早地耳聋眼花。这是贫穷与富贵的
对话，当贫穷与富贵相遇，也许贫穷是富贵的救赎，《红楼梦》
中的刘姥姥就是富贵之人的救赎。刘姥姥进了大观园后带给
所有人快乐，大家给她头上插上一大堆花，把她打扮成一个
小丑的形象，她的每一句话、每一个动作都让贾母捧腹大笑，
让所有人开怀大笑。这个家族养尊处优，然而常常不快乐，
刘姥姥让这个充满抑郁的家庭洋溢出快乐的气氛。

　　刘姥姥二进荣国府时，正值贾府因为元春封妃而再次重
返巅峰，刘姥姥也因此得以进入大观园，参与贾母所设的家
宴，得以窥见贵族豪奢的一面：一个鸽子蛋就要一两银子，
一个简单的茄子原来做法那么复杂……此时贾府可谓钟鸣鼎
食之族，饫甘餍肥之日，繁花似锦之时。具体来说，此时的
贾府，是元春封妃之后的贾府，它迎来了最后一个辉煌的顶点。
刘姥姥见证了贾府生活的豪华，感受到了贫穷与富贵的天壤

之别。

　　刘姥姥三进荣国府是为搭救巧姐，可见刘姥姥是一个知恩图报之人。刘姥姥应该是听闻了贾府被抄家的消息或传闻，且又隔了几年没去，就准备带着外孙板儿三进贾府，却没想到此时的贾府已经家亡人散。刘姥姥多方打听，得知巧姐下落，最后几经辗转，历尽千辛万苦，终于把巧姐从火坑中救了出来，将她带到了乡下，从此远离富贵，过着平凡的生活。

　　《红楼梦》中的人物曾经过着富贵荣华的生活，最后家道衰落，让人体会了什么叫世事无常。"眼看他起高楼，眼看他宴宾客，眼看他楼塌了。"经历了短暂的繁华之后，贾府最终还是走向了衰落和灭亡，而这个由盛转衰的全程，恰好被前后三进荣国府的刘姥姥这个乡村老妪全部看到了，也许没有什么比贫富这样如此悬殊的对比更能凸显《红楼梦》的悲剧了。可见贫穷与富贵从来都是相对的，没有永远的富贵，也没有长久的贫穷，应该善待富贵与贫穷，富贵不珍惜，也许会变为贫穷，贫穷经过努力也许会走向富裕。当贫穷与富贵相遇，我们都应该懂得珍惜，心怀感恩。

平凡是生命的本色

——读路遥《平凡的世界》有感

有幸聆听了贺智利老师关于路遥先生写作的《平凡的世界》的报告，受益匪浅，让我明白文学不仅能提供娱乐，更给人精神的滋养。《平凡的世界》唤醒了陕北人乃至国人对路遥的怀念。他如一枝怒放的桃花吸走了土地的精气神。他像牛一样劳动，像土地一样奉献的精神，朴实、沉静的创作风格，对普通人民艰苦卓绝的奋斗历程的描绘，干净纯洁、朴素真诚的情感，展现出的至善至美的爱情，都让人深深地迷恋陕北这片土地，让人感悟到只有劳动才能让人有尊严地活着。是苦难深重的陕北大地成就了不平凡的路遥！《人生》中的高加林和《平凡的世界》里的孙少安、孙少平是路遥的人生缩影，他将自己置于作品中，诉说了陕北农民努力抗争命运，力争改变多舛命运的苦难史、创业史！作品的悲剧结局，也是路遥英年早逝的哲理性诠释。平凡，是生活的本色。我们每一个人，对于这个浩渺的世界来说，都是十分渺小、脆弱、微不足道的。这个世界也是平凡的，悲与欢、生与死、穷与富，终将湮没在世事的变迁和历史的长河中，如过眼云烟。对于平凡，我素来都是这样认为的，直到读了《平凡的世界》，才恍然大悟。

我很喜欢路遥的出发点——平凡的世界。他将平凡的世界定格在黄土高原上几千几万个村落中的一个。他从小处刻画出一个个普通人物的一段段平凡的人生旅程，反映了日新月异的时代变迁，表现了人们的思想，引发人的共鸣，给人以启迪。

路遥在平凡中看到了他的主人公的不平凡。比如孙少平，作者通过少平的成长和成熟的经历，展现了那个时代整整一代人对生活的憧憬与无奈。他读过高中，经过自学达到可与大学生进行思想探讨的程度，作者赋予了这个人物各种优秀的品质，包括不好高骛远。贫穷曾经让许多有理想的人们意志力消失，在逆境中人们产生的自卑与懦弱，我们没有理由去嘲笑它，相反我们要用另外一种眼光学会欣赏。那种在战胜自我、重塑信心的渴望中所表现出的自卑中的坚强让我敬畏，因为那也是一种精神。我们应学会战胜苦难，摆脱束缚，产生对美好生活的向往，体会生活中的亲情、友情、爱情，学会生活，懂得珍惜。

破茧成蝶，活出自我

——《你当像鸟飞往你的山》读后感

　　《你当像鸟飞往你的山》是美国作家塔拉·韦斯特弗的处女作。这是一本自传体小说，讲述一位十七岁前从未上过学的女孩冲破家庭的牢笼，最终通过教育实现人生逆袭，活成她自己的故事。塔拉出生在一个极端的宗教主义家庭，父亲很混账，母亲很懦弱，家庭关系一团糟。家里有七个孩子，塔拉是最小的一个。塔拉在童年时经常遭到哥哥殴打，哥哥常常会把她的头摁在马桶里。塔拉的童年只有垃圾场、起重机这些东西，后来通过自学考上杨百翰大学，最后成了剑桥大学的博士。这是一部女性破茧成蝶的自传体传奇故事。

　　这是一个鼓舞人心的励志故事，现实生活中每个人都有不如意的地方，人们大都想要改变自己，改变命运，活出真正的自我，但在困难面前常常望而却步，徘徊不前。塔拉以自我成长的真实故事告诉我们，只要你敢于迈出第一步，改变就有可能。教育为她打开了新的世界，赋予了她生命的无限可能。

《你当像鸟飞往你的山》反映了原生家庭对一个人的深远影响，也反映了教育改变人生，读书改变命运。从这部著作中，我们既看到了家对一个人的束缚与伤害，也看到了作者如何破茧成蝶，活出自我。这本书能带给我们一种不一样的人生启迪。

家如牢笼，生活如在刀尖上舞蹈

意大利教育家蒙台梭利说："一个人的个性特征就是在他童年心灵的敏感和秘密时期形成的。"塔拉生于一个摩门教徒之家，父亲有明显的躁郁症，性格偏执，家里的一切都由父亲说了算，父亲的话如同圣旨。如，父亲认为喝牛奶是有罪的，是对上帝的不忠；塔拉嗓子疼，父亲提出了太阳疗法，认为太阳是最厉害的杀菌武器，塔拉便每天早上出门，张开嘴，站在太阳底下晒半个小时。

父亲就是家里的权威，影响无处不在。父亲还给他们讲了韦弗一家因为不送孩子去公立学校，联邦政府警察来包围他家木屋并打死韦弗夫妇和他的儿子的事情。父亲之前让三个大孩子上学，自从韦弗家事件之后，他不让任何一个孩子上学。他认为政府建公立学校是用来给孩子们洗脑的，把孩子送去上学如同将他们交给了魔鬼。所以塔拉没上学，甚至连生日也不知在哪一天。父亲说韦弗一家的命运可能会轮转到他们身上，他们要进行备战，要储备十年的物资，于是他们全家囤积食物，天天将水果煮熟制成罐头，还备好枪、草药、燃料、水、黄金，在他们住的山上修建防御工事，父亲认为这是生死攸关的事。

父亲编织的虚拟世界很恐怖，现实世界也同样残酷。父亲一生主要经营一个废料场，在偏执狂父亲的带领下，几个孩子先后成了他的伙计。在废料场并非寻宝，父亲整理废料时随地乱扔，所以在废料场断指、伤胳膊都是常有的事，塔拉曾经在父亲倾倒废料箱时差点从高处摔死。哥哥肖恩曾经从托盘摔下来失去知觉，卢克在切割钢时被火烧伤。父亲做事从不靠谱，曾经两次一意孤行，要求夜里从奶奶家开车回家，两次都出了严重的车祸，一次母亲摔成了"浣熊眼"，一次塔拉的脖子压成了僵直状态。即使负了伤或生了病，他们也基本不上医院，认为上医院是对上帝的不敬，而母亲的草药包治百病。

此外，父亲有很强的控制欲，认为一个女人应该待在家里，厨房是女人的主阵地，女人应该学习草药知识，因为那是上帝的药房。而且他认为正派的女人穿衣不能露出脚踝以上部位，跳舞和演剧都是淫荡的表现。

哥哥肖恩就是父亲秉性的继承者。塔拉涂口红时，他说妹妹是个妓女、贱人。他不停地以控制塔拉为乐，还虐待她。他抓起她的头发，揪着发根，将她拖进卫生间，把她的头塞进马桶，有时他还将她的手指和手扭曲直至她屈服为止。肖恩经常这样非人性地折磨塔拉，父母则视而不见，不加阻止。

生活在这样的家庭简直让人窒息，家庭束缚着塔拉的发展。幸好她有一位善良而且靠自学考上大学的哥哥泰勒，泰勒是她灵魂的引路人，他建议塔垃离开家去上大学，外面是另一个世界。

文明与野蛮的碰撞，自我意识终于觉醒

教育会给人提供不同的视角，开阔人的视野，甚至会颠覆人的认知，从而使人开启新的自我认识系统。在哥哥泰勒的鼓励和帮助下，塔拉从加减乘除四则运算学起，逐渐掌握勾股定理、正弦、余弦、正切，最后竟然通过了大学入学考试，这开启了塔拉新的人生篇章。在大学里，她的认知不断

地被颠覆：她了解了六百万犹太人遭杀害，而不是她意识中的六七个人；她知晓了欧洲是一块大陆，而不是一个国家。塔拉十七岁之前经历了刀和火的磨难，这不但没打垮她，反而让她走向坚强，她一路披荆斩棘、冲破牢笼，接受高等教育，重塑自己的认知，体会自由的空气，像鸟儿一样飞向自己神往的那座山。

正如塔拉自己在书中所说："你可以用很多说法来称呼这个自我：转变，蜕变，虚伪，背叛。而我称之为教育。"

《你当像鸟飞往你的山》这部小说的精髓就是教育改变人生，教育赋予人生无限可能。每个人都有属于自己的山峰，你当如同小鸟纵情飞往，相信终将抵达属于你的山巅，如同塔拉，如同你我，如同这熙攘尘寰中寻寻觅觅的每个人。

生活真实的样子

——读《喜宝》有感

很久不看电影，不久前看了一部电影《喜宝》，感慨万千，于是便找出亦舒的同名小说来读，读后感触颇深。

姜喜宝，选择与男主勖存姿在一起，刚开始的确是为了钱，还能得到很多宠爱。但后面爱上与父辈同龄的勖存姿，不仅是为了钱与宠爱，而是因为他俩"灵魂匹配"。

姜喜宝家境贫寒，困境重重，从未感受过父爱，在她心里，最刻骨铭心的，除了穷的窘迫，还有渣男父亲对母亲的伤害，所以她压根不信爱情。心灵遭受的苦难，加上天资聪颖，使她早已超越了同龄人的心智，她的思想通透，与勖存姿同频共振，这也是她能得到他青睐的原因。聪明人不打诳语，各取所需，最后因为灵魂契合而相吸、相爱。

对勖存姿这样的人来说，姜喜宝的坦诚真实、聪明睿智和通透人性的悲悯善良，引发了他的爱情。勖存姿给予了姜喜宝如父亲般的宠爱，弥补了她自小父爱的缺失，甚至滋长了她似女儿般的任性。对世俗爱情不抱期望的喜宝来说，勖先生满足了她所需的全部。姜喜宝与勖存姿，在心灵上是完全契合的，相爱是自然而然的。

身为勖存姿的儿子，勖聪恕也有钱，也能够给予很多爱，但姜喜宝拒绝了儿子勖聪恕，接受了父亲勖存姿，因为她与勖聪恕完全没有心灵上的共鸣。富家子弟勖聪恕无法触及姜喜宝苦难心灵的创伤，宋家明也是。唯有勖存姿这般的男人，能解读她的心灵，让她露出伤疤，还能感到极度舒适，而不是躲闪逃避或尴尬。因此，我们不能因为年龄而去鞭挞两颗匹配的灵魂。更何况，谁不是在穷其一生，寻找生命中的灵魂伴侣，得之我幸，不得我命而已。

《喜宝》里的每个人都是矛盾的。姜咏丽、姜喜宝、勖存姿、宋家明、勖聪恕……每个人都活在巨大的撕扯里。比如喜宝，她曾把金钱看得很重，但实际上爱在她心里仍排第一。每个人都渴望爱，就像勖聪恕渴望得到全世界的关注。

俗语说：穷快乐，富有愁。勖家每一个人都很有钱，但每个人都不快乐，勖存姿富可敌国，坐拥天下，然而他的儿子软弱无能，住在精神病院，大女儿自杀，二女儿离家出走。他希望自己的孩子如姜喜宝一样聪明有出息，而事与愿违，只能喟然长叹，这大概就是生活真实的样子。

撕破脸皮接受命运

——读《脸面》有感

好的作品，能把自己的艺术涵养隐在其中，能把自己的情感和思想传达给读者，让读者从文字里品读到其笔下人物的人生百态和生活中的悲欢离合。《脸面》正是这样一部中篇小说作品。

作家刘小玲的《脸面》用朴实无华的语言，用陕北方言土语将故事娓娓道来，将人物形象一一呈现。让文字呈现出作者的思想、学识和观点，这不是人人都能做到的，而小说《脸面》却做到了，这与刘小玲老师扎实的文化底蕴和独特的思想学识密不可分。

在她的笔下，无论是煤老板还是掏炭汉，无论是老师还是学生，无论是邻居还是其他村民，都有鲜明的个性，尤其是农村妇女杨巧杏。她长相漂亮，性格泼辣，心灵手巧，精明利索，但因生活的贫困、精神的饥渴不得不委身于煤老板，让人哀其不幸，怒其不争。

　　杨巧杏的个性举止为日后考上清华大学的韩华沦为杀人犯埋下伏笔，点燃了其导火线。如果没有她的曲意逢迎，委曲求全，甚至是委身于人，就不会有儿子怀疑老王要娶自己母亲时的愤怒，仇恨，冲动！

　　小说故事情节一波三折，层层推进。

　　为了借钱，杨巧杏夫妻一同踏进老王家的大门。一场车祸，杨巧杏成了老王家的保姆。作者把女主人公放在农村这种特定的环境里，更有利于人物命运的叙述；又把女主人公的命运与一场梦幻般的婚外恋情串联起来，为小说的悲剧收尾奠定了基础。为了儿子的学杂费，杨巧杏敲开了暴发户煤老板老王的门。老王被杨巧杏的美色打动，于是慷慨解囊，并且安排杨巧杏的丈夫韩贵山到自己的煤矿打工。老王表面上的仗义疏财，其实是为杨巧杏撒下了一张情网，且不说这网是罪恶的还是善良的，先让读者嗅到了生活的百般无奈和生存的艰难困苦。老实巴交的韩贵山对老王心里的小九九心知肚明，却默默忍受，装聋作哑，甚至还故意喝醉酒为老王与杨巧杏创造条件，成人之美。那是一种怎样的隐忍，怎样的深层悲哀呀！自己戴着绿帽子还卖命替老王工作，默默地为老王劈柴……尤其是韩贵山在除夕夜醉卧老王车中，让杨巧杏与老王在自己家的土炕上翻云覆雨的情节，让我读出了辛酸的眼泪。老王丧妻后，韩贵山做出了更大的让步，与杨巧杏离婚，这一举动从表面上是成全王、杨的好事，实际上是为儿子韩华上大学求得老王的赞助，这就是现实中穷人的悲哀。穷人生存的艰辛让一个七尺男儿丧失了做人的尊严，失去了脸面。儿子最后扎向老王的一刀，也是企图为父亲挽回脸面，殊不知却赌上了自己的大好前程，甚至是年轻的生命。

小说开头韩贵山一家人在榆钱车站下车。韩贵山一个肩膀扛着铺盖卷，自顾自迈开腿走在前头。秀秀左顾右盼，举步不前。韩华背着大大的书包，跳下车紧跟其后。杨巧杏叫上三轮车，与三轮车夫讨价还价。一家人行色匆匆的画面感很强。写到陕北过年的吃食有：早上炸糕、羊肉粉汤，中午清汤杂面，晚上摆碟子，上盘子，吃十三花。这些情景让我立刻开始思念故乡的人，故乡的事，故乡的年味。再比如，杨巧杏纳鞋垫，在鞋垫上绣上情人的名字，一针一线都是满满的爱，这正是陕北女人表达爱情的淳朴的方式。

读完整部小说后，我认为小说有以下几点不足之处：第一，人物形象不够丰满。比如对于老王，只是简单地叙述，没有具体地描写刻画他的内心世界。第二，细节描写不够生动。王、杨的爱情都是以旁观者的角度叙述，没有展开深入细致的描述，再比如，小说开头写到的杨巧杏对丈夫的辱骂，足见其泼辣的性格，但后文再没有任何描写，应该把她的这一形象贯穿始终，形成矛盾冲突，推动故事高潮。当韩贵山让她把鞋还给老王的时候，杨巧杏可以大骂特骂韩贵山，历数对韩贵山的怨愤，而不是婉转解释。第三，结尾有点仓促，前文已多次叙述老王有心脏病，那么结尾可写老王在韩华的追问责骂声中轰然倒下，那样的话故事结局就不会太悲惨，而且能给读者留下思考的余地。

为爱而生

——读《梦里花落知多少》有感

　　《梦里花落知多少》写的是三毛的孀居生活，共二十三篇，真实地记录了三毛的爱人荷西意外离世后，三毛所经历的至暗时光。月光清明如水，星星很淡很疏，群山如巨兽般守着荷西，霓虹灯兀自照耀着孤寂的三毛，三毛一个人料理了荷西的后事，可以想象一个弱女子当时压抑着何等的痛苦。命运无常，人间处处即天涯，说好不散的，但却在下一个路口各自纷飞。失去荷西后，三毛如断翅的鸟，再无人比翼。一个人的爱有多深，牵挂和不舍便有多长，书中字里行间漫溢着爱与悲伤，但这位深情的女子用深沉的笔表达了她走出阴霾的勇气，以及再次坚强面对生活的心路历程。她写道："家里失去了荷西，便失去了生命，再好也是枉然。"可见三毛是一个爱情至上主义者，她仿佛就是那个为爱而生的人间天使。

　　多少人羡慕三毛与荷西的爱情，她说要去撒哈拉沙漠，他便放弃自己的计划，提前去撒哈拉沙漠附近找好工作，是为了更好地留在她身边照顾她，并一个人承担起赚钱养家的责任。从十七岁到二十二岁，几年的时间，这个少年成长了。他们初识在西班牙马德里，朋友聚会上他对她一见钟情，十七岁的他对二十五岁的她说："你等我六年，大学四年加上兵役两年，结束了我便娶你。"她没答应也没有拒绝。两人分手后她回到台北，遭遇人生滑铁卢，未婚夫婚前猝死，伤心之下她又回到了马德里，刚好是六年之约的最后一年。再次相见，荷西依然不忘当年的约定，一定要娶她。就像她自己说的那样，嫁给他一小部分只是由于荷西的痴情，大部分是想给父母、朋友一个交代，让他们放心，她私下里一直觉得自己一个人也没什么不好的。婚前，三毛是不爱荷西的，八岁的差距一直存在，她感动于荷西的痴情想要对他好，她总是说他是她的大孩子，她爱上荷西也是在婚后的点滴相处中发现的，在荷西死后仿佛她的心已死，留下的只是一个躯壳，最后为了父母而活下来。荷西的死，带走了三毛的生机与活力。她原本是一个喜欢流浪、爱闹爱笑、任性洒脱的人，自他走后，她整个人都变得压抑了许多，连所写文字都没有之前的那般欢脱雀跃。有人说三毛自杀是"慧极必伤，情深不寿"，也颇有几分道理。

书中先是回忆了她与荷西在撒哈拉沙漠结婚，白手成家的生活。那时，她与荷西只是守着海，守着家，守着彼此。她说："每次听见荷西下工回来那急促的脚步声上楼，我的心便是欢喜的。"

　　身处撒哈拉沙漠，条件极为艰苦，但他们生活得十分富足，是精神上的富足。他俩日常对话给人一种简单逗趣的感觉，好像透过那些文字看到了他们之间如何相处。有一次，荷西陷入泥沙中，她把轮胎坐垫都拆了铺上面，然后把衣服撕开绑成条，奋不顾身去救他……书中一幕幕，都像是 20 世纪的老电影一样，一帧一帧铺陈开来。和一般的夫妻一样，他们也有争吵，她教他英文，教了很久，然后脾气暴发了，互相对骂了几句，然后她拿起剪刀就把头发剪了，不过这次争吵后，他们再也未有过争吵。

　　三毛一生短暂，但经历不凡。在三毛还是二毛的时候，辍学的她一度自闭、叛逆，游学西班牙、德国、美国后，渐渐成长为独立自信的青年。平静的外表下藏着洒脱不羁的内心，说的就是三毛和荷西这样的人吧。她说："如果有来生，要做一棵树，站成永恒，没有悲欢的姿势。一半在土里安详，一半在风里飞扬，一半洒落阴凉，一半沐浴阳光。非常沉默、非常骄傲，从不依靠、从不寻找。"从不依靠，从不寻找，这就是她的处世之道。她一个人潇洒不羁，想去撒哈拉沙漠便去了，从来不被其他事所束缚。荷西知道她是这样的人，所以才会放弃自己潜水的梦想，陪着她远走撒哈拉沙漠，并提前几个月便在撒哈拉沙漠附近找好工作等待她的到来。只是，她一直以为是自己要先走，所以一直让他答应她等她死后不要伤心，嘱咐荷西在自己死后要再找一个温柔贤惠的女子，快乐地生活下去。在他们的最后一个跨年夜，三毛许了十二个愿望，每个愿望都是"但愿人长久"，她不敢说出对夫妻不利的后半句"千里共婵娟"。结果却是荷西先于她撒手人寰，荷西潜水意外身亡，他提前离她而去，留下她一人痛苦。虽然后来她继续旅行，也认识了其他人，但荷西一直是她心上的伤。为爱而生，没有爱，她的生命只是一个空壳，其实，她一直没有放下荷西，我想，她自杀的那一刻应该彻底放下了吧。

文学作品里的窗子

——读《长物志》有感

文震亨在他的那部明代优雅生活指南《长物志》里写道："长夏宜敞室，尽去窗槛，前梧后竹，不见日色。列木几极长、大者于正中，两傍置长榻无屏者各一，不必挂画，盖佳画夏日易燥，且后壁洞开，亦无处宜悬挂也。北窗设湘竹榻，置簟于上，可以高卧。几上大砚一，青绿水盆一，尊彝之属，俱取大者；置建兰一二盆于几案之侧；奇峰古树，清泉白石，不妨多列；湘帘四垂，望之如入清凉界中。"作者认为，那些窗槛什么的，应全部拿掉。于是屋外竹林荫翳、清泉击石，屋内竹榻可以高卧、墨砚已经备好，屋内屋外，没有间隔，全然一片清凉之境。对骄傲的文震亨而言，那些窗前美好的日子已然远去，但文学作品里所有的美好，都在一扇窗里。一窗之隔，窗外是岁月，窗内是人生。窗外的日子，闲庭信步，别有洞天；窗内的日子，琴棋书画，诗意盎然。

古人云：窗，聪也。窗子是房子的眼睛，通过这双眼睛，我们看到了世界百态，生出了万种情怀。古代窗这一意象多与思妇倚窗听雨的悲愁凄苦哀怨联系在一起，如李清照在那个秋日，饮三杯两盏淡酒，看着梧桐叶上细雨淋漓，心情萧瑟，守在窗前，盼不到天黑；李商隐在《夜雨寄北》里用"何当共剪西窗烛，却话巴山夜雨时"，寄托未来团聚时的幸福想象；苏轼十年梦回，眼前竟是早已故去的结发妻子，"小轩窗，正梳妆"。十年寒窗，浮生一日，悲欢离合。李白的"寒月摇清波，流光入窗户"，也许是所作于某回醉舞狂歌之后；杜甫流寓成都，所幸还能见到草堂"窗含西岭千秋雪"。文人们借助窗这个客观事物，表达着内心的忧伤之情，或是临窗梳妆少女的闺阁生活。现代窗的意象有的代表美好，艾青、李广田、陈敬容都写过同题诗歌《窗》，都以窗为意象，写出爱情的美好，而《雷雨》中的窗象征着人们对封建专制的反抗和对自由的追求。琼瑶的小说《窗外》曾经为多少纯情少女所痴迷，而琼瑶真实的生活却因《窗外》而备受折磨，她因《窗外》而离婚，因《窗外》而险些自杀。可见窗承载了文人雅士丰富多彩的生活状态。窗外连接着自然万物，窗内展现着日常生活。窗外是繁华热闹的宇宙奥秘，窗内是热气腾腾的人间烟火。

窗子的历史自是比文字的历史要久远得多，津津乐道于窗子的文人向来很多。文学窗子内外，一幕幕剧情在岁月里上演。卞之琳在诗歌《断章》中写道："你站在桥上看风景，看风景的人在楼上看你。明月装饰了你的窗子，你装饰了别人的梦。"明末清初的文学家、戏剧家、美学家李渔当年住在西湖湖畔时，很有些想法：买一只画舫，旁的不求标新立异，只需在窗子上做做文章。李渔在《闲情偶寄》里，把他的设想写得清清楚楚：画舫四面包裹严实了，只在左右两侧留下虚位，"为'便面'之形"。"便面"这个词听起来有些费解，其实说白了就是"扇面"。他将画舫的窗子设计成了扇形。那么多能工巧匠、设计人才，哪个似他这般有想法？

　　唐元和十二年（817年）春天，江州司马白居易呼朋引伴，又请来东林寺、西林寺的长老，备了斋食茶果，庆祝他的新居庐山草堂落成。这是白居易被贬到江州的第三年。他不得已收起兼济天下的豪情，转向独善其身。搬进新居已经十来天了，眼前的草堂仰可观山色，俯可听泉音，白司马很满意。三间屋子，中间是厅堂，两侧是内室。夏天，打开北边的门，凉风习习吹来；冬天，南面的阳光照进来，屋里暖洋洋。内室的四扇窗子，贴上窗纸，挂上竹帘麻帐，窗外竹影随风而动。不过，白居易坐在窗前时，大概也不免遗憾：不能推开窗，探出头去，看有没有新笋冒出来，因为在唐代，墙上开的窗子，多是没有启闭功能的直棂窗，棂条纵向排列，是固定的。能启闭的窗子倒也不是没有，李白就写过"开窗碧嶂满，拂镜沧江流"，只是远没到普及的地步。而宋代的窗子，就高级多了。南宋宫廷画家刘松年笔下的宅子，其单薄程度多少让人有些心疼古人：外面白雪皑皑，宅子的墙却是样式全部一样的隔扇，由上至下，都是一纵一横的木条构成的方格子，格子上只覆着薄薄的窗纸。

金杯，银杯，不如老百姓的口碑
——读贺子明《回想录》有感

金杯，银杯，不如老百姓的口碑，这是我读了贺子明先生的《回想录》后的整体感受。我不认识贺子明先生，先生与我只有一面之缘，那就是在神木麟州书院，由神木希文书院组织的晋陕蒙文化旅游交流活动上，看见他给别人签名赠书，我也顺便要了一本。当时，他问我叫什么，我报了姓名以后，他就把签好自己名字的《回想录》赠予了我，我也没有看清他的长相。回到家，翻开书，才在照片上看见他是国字形脸，天庭饱满，浓眉大眼，身材魁梧高大，是一个帅哥。一种猎奇的心理促使我很快读完了全书，读罢心情久久不能平静。他为人正派，一身正义，两袖清风，有思想，有担当，为官一任，造福一方。贺子明在仕途上虽然没有达到理想的高度，但他得到了老百姓的一致好评，大家普遍认为他是个好官，官品即人品，金杯，银杯，不如老百姓的口碑，于是我动笔写下了这些感想，与大家共勉。

　　《回想录》是一位人民公仆的个人心灵史，是一位众口皆碑的好官员的人生跌宕的缩影。全书通过纪实手法，按照时间顺序，深情回顾了作者与共和国一起成长的故事。书中依次写作者贫穷的幼年、懂事的少年、奋斗的青年、沧桑的中年，这也正是一个人的成长史、奋斗史、创业史。书中图文并茂，至真、至情，感人至深。

　　贺子明像路遥一样，因家庭贫困，无法抚养他，把他由李家过继到贺家，所幸，养父母对其视若己出，不仅给了他温暖的爱，还供他念书识字。这为贺子明长大成人，学而优则仕，打下了良好的基础。他从小通讯员做起，一步一个脚印，当过团县委副书记、团县委书记、乡镇书记、县纪检书记、县委副书记、政协主席，可谓千里之行，始于足下，九层之台，始于垒土。

　　常言道：吃得苦中苦，方为人上人。书中写道，他在公安局当通讯员兼打字员的时候，每天 5 点多起床，打扫庭院，打扫每一个人的办公室，给每一个人打洗脸水，给每一间房子生火炉子，然后，骑着自行车送文件、取文件，那种勤快踏实令现在的年轻人望尘莫及。

　　他为官一任，造福一方。贺子明不管在哪个岗位上当领导，都能急群众所急，想群众所想，真正为老百姓办实事。他在工作中能身先士卒，率先垂范。他在神木县大保当镇当书记的时候，当时大保当百废待兴，治安混乱，贺子明书记每天赤脚走在沙地上，逐村逐户进行调研，最后把工作突破口放在治安、城镇建设和整治沙漠上。他确定了"发展农林牧，狠抓水电路，教育奠基，科技领先，综合治理，全面发展"的工作思路，这样的工作思路对现如今的乡村工作也有启发作用，很有实用价值的。他亲自抓治安、战风沙、兴农田、办教育。他以身作则，带头冲锋，真抓实干。他曾在寒冬腊月，跳进冰水里挖渠，身先士卒，那种焦裕禄精神、铁人精神彰显了共产党人的责任与担当。他给村里架电线，修道路，植树造林，在每村建小学，可谓真正的为官一任，造福一方。当贺书记离开大保当的时候，老百姓送他，人山人海，每个人眼含热泪，依依不舍。我觉得贺书记如果当时能留在神木，那将是神木人的幸运，将会造福更多的百姓，可惜贺书记调离神木了。

他一身正气，真抓实干。在佳县任职期间，贺书记组织开展反腐工作，做出了严禁公款吃喝玩乐，严禁婚丧事大操大办的规定，制定了佳县接待工作细则等。在脱贫攻坚战中，他给两个村修了公路，建设了红枣种苗基地，建成了万亩红枣基地，让红枣成为佳县人民致富奔小康的希望，让佳县成为旅游观光之地。他为自己所包抓的乌镇榆圪村争取了资金，路通了，电也通了。他还亲自奔赴西安、北京、山西等地为佳临黄河大桥争取资金，筹措资金成立经济实业开发公司，为佳县打了两口油井，为佳县人民创汇创收。

他一心为民，仗义执言。贺子明在米脂当县委副书记期间，工作多，任务重，他坚持老老实实做人，勤勤恳恳做事，一心为群众着想，深入基层农户，和群众同吃同住同劳动。用他自己的话说就是为官先为人，干干净净做人，自觉抵制不正之风，做到自重、自警、自省、自励，轻车简从，力避瓜田李下之嫌。用别人的话讲就是他工作踏实认真，理论水平高，基层工作经验丰富，能力强，为人正派，做事果敢，是一位难得的好领导。他在米脂任职期间，以城镇建设为重点，狠抓生态环境建设和山川秀美工程，在佳米沿线建成绿色通道示范区，逐步建立以果品、小米、洋芋为主的种植业基地，以鸡羊为主的养殖业基地，以服装生产、农副产品加工为主的生产基地，还实现了乡乡通柏油路，并争取资金近千万，开展了米脂县城防洪设施、城区道路、排水管网建设，以及学校和医院扩建、李自成行宫修缮等。

他急农民所急，想农民所想，为老百姓办实事。贺子明在定边工作期间，经常到基层调研，发现这里的农民很穷，靠天吃饭，窑洞里只有几样电器。这里的生存条件很差，环境很恶劣，严重缺水。他在书中说："人民群众所面临的困难，就是我的奋斗目标。"我被这句话深深地感动，能为老百姓设身处地地着想，能及时为老百姓的幸福生活寻求出路，真的是一位党的好干部。他那样想，也那样做了。他加大对道路、水、电的建设投入力度，解决滩区用水问题，通过引黄工程，打井、积水、建坝等措施解决了群众吃水难的问题；走访调研，了解民情，对老百姓动之以情，晓之以理，公开村子里的财务状况，给老百姓寻求资金，解决农民生活上的困难；大力调整农业产业结构，重点抓以羊、草、杂粮为主的特色农业产业和生态建设，着力推广旱作农业综合技术、沼气技术、地膜覆盖技术、无公害蔬菜生产技术，让农业发展，农村稳定，农民增收。他在开会时说，要为定边人民实实在在干点事，权为民所用，利为民所谋，情为民所系。他为定边经济又快又好的发展做出了巨大贡献。

贺子明在生活中是一个多才多艺的人，他擅长书法、唱歌、打乒乓球，喜欢摄影，摄影作品多次获奖。他文化水平高，又平易近人，没有官架子。他情趣高雅，有良好的生活习惯，为人爽快，工作有预见性、前瞻性，有自己独到的见解。他能与人民群众打成一片，同甘共苦，与民同乐，这是他工作过的每一处群众对他的共识。

掬水月在手，弄花香满衣

——读《追梦黄土地》有感

　　读神木籍作家贺昕的散文集《追梦黄土地》，脑海中就闪现出一句唐诗"掬水月在手，弄花香满衣"，诗意是将天上的月亮捧在手上，全身沾满鲜花的芬芳，贺昕的每一篇文章都是手掬岁月，花香袭衣，心系苍生，情满故乡。书中描写的无论是故园情深、浪漫花事、行走高原，还是乡土风物，都非常接地气，都是返璞归真、大美无言之作。她低头倾听大地的回响，抬头仰望灿烂的星空，回眸陈年的往事，鼻嗅浓郁的花香，眼含深情的热泪。全书内容真实具体，情节张弛有度，语言生动优美；情感细腻含蓄，善于运用比喻、拟人、通感等手法；写景状物栩栩如生，惟妙惟肖；叙事娓娓道来，铺陈渲染，画面感很强，让人身临其境，作品对读者有很强的代入感，读者与作者能产生强烈的共鸣、共情。

　　我与贺昕是文友，只见过一次面，但因为她大哥是我的恩师，所以我对她有一种特别的亲切感，读她的作品好像是拜会一位深交多年的老朋友，心有灵犀一点通。她写的每一件事仿佛就发生在我的身边，她说的每一句话好像就是我想要表达的意思，她替我说出了许多心里话，尤其是"故园情深"部分，我似乎读到了我的童年。读到"香利，捡地软去了""香利，捋泽蒙花去了""香利，挽草去了"，我几乎就要拿着筐子出发了，好像童年的小伙伴就站在我家的脑畔上叫我。还有那些放羊牧牛、挖苦菜、捋槐花、摘青杏等场景都引领我梦回童年，梦游故乡。她写道："云朵载着我的思绪飞回故乡浩渺的天空下了！故乡的天空湛蓝而又深邃，没有一丝尘埃。我仰面躺在花草织成的锦缎里，看着洁白的云朵在深海般蔚蓝的天穹里悠闲地游走，听着牛驴惬意地咀嚼着青草，微风送来花草的清香和泥土的甘甜。四野寂静，能听见蝴蝶与花朵的私语，听见昆虫的村落里搬运粮食杂沓的脚步声。"这样的画面正是我童年时熟悉的场景。再比如在《石磨记忆》这篇散文中她写道，小脚奶奶给石磨喂粮食的时候被驴脑袋顶着后背，奶奶小跑几步靠墙站着的样子，奶奶唱上几嗓子听不懂歌词的歌，这样的细节描写使人物形象活灵活现。再比如写磨眼缓缓吞进去粮食，磨扇就像一张硕大的嘴，一边缓缓地咀嚼，一边沙沙地往外吐面，石磨的胃口很大，从不挑食，荞麦、玉米、谷子、麦子、黑豆都被它那硕大的嘴咀嚼出浓浓的香味。作者运用拟人的手法巧妙地描写出石磨磨东西的样子，读来趣味盎然。

　　同样是爱花之人，我只在阳台上侍弄，而贺昕的作品里处处散发着花香，不仅有自家阳台上的千娇百媚，还有连着炊烟，连着温饱，连着庄稼人安稳日子的漫山遍野的柠条花；还有园林庭院，街头巷尾，甚至荒山野岭都在怒放的菊花；还有田间地头，房前屋后，阳光快乐的向日葵；还有笑颜尽展，耀眼夺目的牡丹；还有出淤泥而不染的荷花；还有不张扬，不攀附，不喧哗，悄然开落的土豆花；还有含羞带笑，勾起人粉红色回忆的荞麦花；还有那红艳艳的山丹丹花；还有那细碎的散发着淡淡清香的枣花。甚至落叶也如花，更不用说那飞舞的雪花，孤傲冷艳的梅花，它们都在作者笔下芬芳着，美丽着。更让人惊艳的是"天空真的有花呢，五彩缤纷的花儿，白色的云朵是洁白的棉花，搂抱在一起的雪花儿。晨光熹微时，夜幕低垂时，天空变成了花儿的海洋，火焰般炽烈的牡丹，金灿灿的菊花，紫色的薰衣草……我还看见了故乡山野里星星点点的野花。"作者可谓真正的花痴，无论在园林庭院，还是荒野阡陌，只要看到花，眼睛就被花吸引住了。书香常相伴，花香怡性情，作者写花极善联想，如写桃花就联想到依旧笑春风的桃花诗人以

317

及他哀婉的爱情故事，又联想到"桃之夭夭，灼灼其华"，以及陶渊明的桃花源；写向日葵就联想到它充满张力的果实。

读贺昕的"行走高原"部分，感受到的是一种恢宏、磅礴的气势，她能够站在历史的高度写景状物，抚今怀古。乡土风物中的年味，如红灯笼、面人、油糕、看戏、豆腐等，都写得非常接地气，翻开书页，一股浓郁的乡土气息扑面而来。那些熟悉的乡音乡情，那些温暖如春的话语，如满天繁星呈现在记忆的星空，璀璨缤纷。正如艾青诗云："为什么我的眼里常含泪水，因为我对这片土地爱得深沉。"

"校园春深"部分，描写了如诗如画的校园环境以及沙漠大学特有的景致。贺昕对校园的特别情怀再次触动我敏感的神经，让我再次午夜梦回，重温那一段青春的少女时光，恰同学少年，风华正茂，同是性情中人的很多相同经历又一次使我们心灵契合，又一次产生同频共振，真的有一种"同是天涯沦落人，相逢何必曾相识"的知遇之感。

"品味善良"部分中的《一滴晶莹的泪珠》一文尤其令人感动。其中的细节描写如"我手里的豆豆在口袋里攥出了汗水，却没有勇气给一个陌生人递上，而四岁的小弟伸手递给饥寒交迫、沮丧忧郁的卖瓷人几颗炒豆子"，把一个少女的矜持和胆小善良，以及小弟弟的纯朴可爱表现得淋漓尽致。"许多年过去了，那颗晶莹的泪珠一直在我心里滚动，他困顿的双脚怎样翻越重重大山，回到日夜呼唤他的家园？小时候，常听大人们感叹'出门人可怜啊'。然而，在茫茫的尘世里，又漂泊着多少个孤苦的灵魂？迷茫的心啊，希望有一缕风，能拂去你眼中的乌云；希望有一束光，能驱散你心底的黑暗；希望有一场甘霖，能滋润你干涸的心田。小手心里那几颗黄灿灿的豆豆又在我眼前滚动，世界有爱，一颗小豆也能孕育出绚丽的花朵，繁衍出一个花团锦簇、阳光明媚的春天。"这一段话把至真至诚的人性之美表达得纯粹自然。这正是贺昕散文一以贯之的文风，文如其人，她本人真诚善良，率性坦荡，用这两句诗形容她再恰当不过了："掬水月在手，弄花香满衣。"